대도시의
**사랑법**

# 대도시의
# 사랑법

박상영 연작소설

창비

차
례

재회 … 7

우럭 한점 우주의 맛 … 69

대도시의 사랑법 … 183

늦은 우기의 바캉스 … 253

해설 | 강지회 … 310

작가의 말 … 336

수록작품 발표지면 … 340

개희

1

　호텔 3층 에메랄드홀에 들어섰다. 하객이 400명이라고
했나. 체감상으로는 그것보다 훨씬 더 돼 보였다. 나는 단
상 근처의 지정석에 앉아 테이블을 둘러보았다. 불문과
동기들이 저마다 다른 속도로 늙은 얼굴을 하고서 앉아
있었다. 근데 도대체 몇명이야. 재희가 그간 동아리 술자
리며 학과 홈커밍데이 같은 데에 불러주는 대로 넙죽넙죽
갔던 결과가 이것이로군. 이럴 때 보면 재희의 친화력은
징그러울 지경이었다. 나는 최소 5년에서 심하게는 10년
만에 만난 동기들과 안부 비슷한 걸 나누었다. "너 작가
됐다며. 축하해." "연락 좀 하고 살아라." "애들 사이에서

는 너 죽었다는 소문 돌았는데 멀쩡하네." "네 소설 어디서 볼 수 있어? 인터넷에 찾아봐도 없던데." "근데 글 쓰느라 많이 힘들었나보다. 살이 엄청 쪘네." "너 아직도 술 그렇게 마시냐……"

내 책은 조만간 나올 예정이며, 술은 많이 줄었다. 늙고 살찐 건 너희도 만만찮은데 자꾸 이런 식이면 왕년의 술버릇이 나올 수밖에 없겠다, 말하고 싶었지만 30대의 사회인답게 교양을 차리며 대충 웃음으로 눙쳤다. 누군가가 내 소설을 봤다고 하면, 다 지어낸 거라고 해야지. 괜히 묻지도 않은 질문에 대답을 준비하고 있는 내가 웃겼다. 자의식 과잉도 병이라면 큰 병이었다.

──잠시 후면 예식이 시작되오니 하객 분들은 자리에 앉아주시기 바랍니다.

결혼식 사회를 맡은 남자는 재희 남편 될 사람의 친구라고 했다. 하관이 빨고 피부가 번들거려 영 내 스타일이 아니었고, 경상도 사투리 억양이 심한 것이 진행 솜씨도 별로인 것 같았다. 방송기자라고 했나? 내가 훨 낫겠구만. 그놈의 관례가 뭔지. 괜히 심술이 올라왔다.

단상 옆 커다란 스크린에 재희와 그의 신랑을 찍은 사

진이 떠올랐다. 휴대폰 카메라로 찍어 화질이 떨어지는 두 남녀의 사진을 보며 나는 레드와인을 연거푸 들이켰다. 얼마 전에 기업은행으로 이직했다는 철구가 내 옆구리를 쿡 찌르며 물었다.

　　—근데 너 솔직히 말해봐. 너랑 재희랑 뭐냐. 소문이 사실이냐?

　　소문은 사실인데 재희한테 들이대다 대차게 까인 철구, 네가 할 소린 아니지.

*

　　스무살의 여름, 재희와 나는 급속도로 가까워졌다.

　　술을 사주기만 하면 해달라는 건 다 해주는 술버릇이 있던 그 시절의 나는, 그날도 어김없이 연령 미상의 남자와 이태원 해밀톤호텔의 주차장에서 키스를 하고 있었다. 아마도 지하의 클럽에서 데낄라를 여섯잔쯤 얻어먹은 상태였을 것이다. 달빛과 가로등과 온 세상의 네온사인이 나를 비추고 있는 것 같았고, 귀에서는 연신 카일리 미노그의 일렉트로닉 넘버가 흘러나왔다. 상대가 누구인지는 중요치 않았다. 단지 내가 그 어두운 도시의 거리에 누군가와 함께 존재하고 있다는 사실이 중요했고, 때문에 알수 없는 누군가와 온 힘을 다해 혀를 섞었다. 세상 모든 것들이 다 나를 위해 뜨겁게 끓어오르고 있다고 믿게 될 즈음, 누군가가 나의 등을 세게 쳤다. 잔뜩 취한 와중에도 이건 혐오범죄가 분명해, 드라마 퀸다운 상상을 하며 포갰던 입술을 떼고 고개를 홱 돌렸다. 여차하면 몸싸움을 불사하리라 마음먹고 주먹을 꽉 쥐었는데 내 앞에 서 있는 것은 재희였다. 언제나처럼 필터에 립스틱이 묻은 말보로 레드를 쥔 채로. 술이 확 깨는 것 같았다. 재희는 놀란 표정을 짓는 나를 보며 숨도 안 쉬고 웃었다. 그러곤 특유의 큰 성량으로 외쳤다.

　―아예 먹어라.

나도 모르게 뭐래, 하고 웃음이 터져버렸고 그러던 사이 나와 키스를 하던 남자가 어디로 갔는지, 심지어는 그가 누구였는지조차 이제는 기억나지 않는다. 다만 재희와 내가 주차장에서 나눴던 얘기는 대충 기억이 난다.

　―학교 사람들한텐 비밀로 해줄 거지?

　―당연하지. 내가 돈은 없어도 의리는 있다.

─근데 너 안 놀랐어? 내가 남자랑……

─전혀.

─언제부터 알았어?

─처음 본 순간.

뭐 이런 진부한 얘기.


그때까지만 해도 나는 재희에 대해 잘 몰랐고 다만 언제나 짧은 바지를 입고 다니며 수업이 끝나면 누구보다 빨리 건물 밖으로 달려 나가 담배를 피우는 애 정도로만 그녀를 기억하고 있었다. 고백하자면 실은 학과에서 재희의 평판은 최악에 가까웠다.

명실상부 학과의 아웃사이더였던 나도 처음부터 그랬던 것은 아니어서 단지 평균보다 덩치가 좀 큰 남자라는 이유로 남자 선배들의 자취방 모임에 초대받고는 했다. 그들의 놀이 코스라는 게 뻔해서 대개 당구장이나 피씨방에서 1차를 마친 뒤, 학교 앞의 MSG 전문 식당에 모여 짠 안주에 소주를 들이붓고, 고만고만한 자취방들 중 가장 상태가 양호한 편인 선배의 방에 놀러 가 여자 얘기를 하다 코를 골며 잠드는 게 고작이었다. 별것도 없는 스무살,

스물한살짜리 남자들이 지가 뭐라도 되는 것처럼 굴면서 얼마나 대단한 섹스를 했는지, 누굴 얼마나 만족시켜줬는지, 학과 여자애들 중 누가 쉬운지에 대해 시시콜콜 떠들어댔는데, 재희는 그 단골 소재 중 하나였다. 반쯤은 지어 낸 게 분명한 그런 얘기를 내가 대학까지 와서 들어야 하나 싶어서, 한번은 취한 채로 "쥐좆만 하게 생긴 것들이 허풍 좀 작작 떨라고" 소리를 지르며 술상을 엎었더니 그 뒤로는 아예 부르지도 않았다. 원래 집단의 속성이라는 게 웃겨서 한때 그 집단의 일부였다 튕겨져 나온 사람이 더 맛 좋은 제물이 되기 마련이었다. 새내기 여자애들의 품평에 질린 그들은 이번에는 나를 안줏거리로 삼아 아무리 봐도 게이 같다느니 이태원 어딜 가서 뭘 하고 논다느니, 순진한 스무살짜리들이나 신경 쓸 것 같은 소문을 잘도 떠들어댔고 그 얘기는 반 정도만 맞았다. (현실은 언제나 상상을 뛰어넘기 마련이었다.) 한학기도 지나지 않아 학과에서 나를 모르는 사람이 거의 없을 때쯤에야 내 귀에도 그 소문이 들어와 우스운 꼴이 되어버렸다. 앞으로 과에서 친구 만들기는 글렀구나, 뭐 어때 다들 술도 못 마시고 재미도 없는데, 하고 자조적인 합리화를 하며 복잡

했던 마음을 정리할 때쯤 내 인생에 재희라는 존재가 나타난 것이었다.

예기치 않게 재희와 비밀을 공유하게 된 나는 그 뒤로 그녀와 시시껄렁한 남자 얘기를 나누는 사이가 됐는데, 실은 재희도 나도 그런 얘기를 나눌 사람이 별로 없었기 때문에 서로가 좀 절실한 편이었다.

재희와 나는 정조 관념이 희박하고, 아니 희박하다 못해 아예 없는 편이며 그런 방면에서는 각자의 세계에서 좀 유명하다는 공통점이 있었다. 재희는 167에 51, 나는 177에 78이었는데, 둘 다 키가 평균보다 좀 컸다 뿐이지 얼굴이 반반하지도 못했으나 아예 박색은 아니었고, 데리고 다닐 정도는 됐다. (내가 소설로 신인상을 받았을 때 심사평에 가장 자주 등장했던 구절은 '객관적인 자기판단 능력'이었다.) 세상은 가난하고 헤픈 스무살의 육체들을 마음껏 이용할 준비가 되어 있었다. 때문에 우리는 별로 어렵지 않게 아무 남자나 만나서 술이나 마시고, 아침이면 둘 중 누군가의 자취방에 모여 부어터진 얼굴에 마스크팩을 붙이고는 밤새 만난 남자들의 정보를 공유하곤 했다.

──등산복 만드는 회사에 다닌대. 자지가 작았는데 애무를 잘해서 50점은 주려고.

──연세대 통계학과 나왔다는데 거짓말 같아. 얼굴도 민짜같이 생겼고 입만 열면 대가리가 텅텅인 게 티 나서 웃겼어.

──동영상을 찍으려고 해서 핸드폰을 집어 던졌어. 자기만 볼 거라는데, 어디서 약을 팔아.

그렇게 실컷 남자들 흉을 보다보면 어느새 눈이 감겼고, 잔뜩 말라붙은 팩을 얼굴에 붙인 채 나란히 잠들어버리기 일쑤였다. 주로 아침잠이 적은 내가 먼저 일어났고, 이불을 정수리까지 뒤집어쓴 재희를 내버려둔 채 인스턴트 북엇국이나 진라면 같은 걸 끓였으며, 냄새를 맡고 일어난 재희와 함께 신김치에 식은 밥을 말아 먹고는 했다. 그러다보니 어느새 재희의 방에는 나의 헤어 왁스와 질레트 면도기가, 내 방에는 재희의 아이브로 펜슬과 맥 파우더 팩트가 놓여 있게 되었다. 나는 혼자 있을 때 재희의 펜슬을 들어 눈썹의 빈 곳을 채우거나 팩트의 퍼프를 꺼내 괜히 뺨이나 이마를 세번쯤 두드려보곤 했는데 재희는 이 사실을 몰랐다. 그럴 때마다 재희도 나의 면도기로 다

리나 겨드랑이 털 같은 걸 밀었을지도 모른다는 생각을
했다.

　재희가 부모님과 인연을 끊은 것은 스물한살의 봄이었
다. 우리 둘 다 부모님이랑 썩 사이가 좋지 않은 편이기는
했는데, 그렇다고 해서 우리의 부모님이 뭐 대단한 악인
이거나 한 것은 아니었고 평범한 중산층 가정의 보수적인
부모에 불과했다. 대부분의 평범한 부모가 그러하듯, 자
식에게는 답답한 상식을 들먹이면서도 뒤로는 신나게 외
도를 하거나 종교나 주식, 다단계 같은 것에 미쳐 있는 종
류의 사람들이었다. 내 경우는 부모를 싫어하는 주제에
얻어먹을 것은 또 다 얻어먹겠다는 놀부 심보를 가지고
있어(그래서 갈수록 인상이 심술궂어지나?) 적당히 눈치
를 보며 엄마에게 매달 몇십만원씩 용돈을 타 쓰곤 했는
데 재희는 부모님과 대판 싸운 뒤로는 아예 연락을 끊고
경제적인 원조마저도 거부해버렸다. 역시나 대쪽 같은 구
석이 있는 여자였다.

　재희가 처음으로 구한 일자리는 동네의 까페 '데스띠
네'라는 곳이었다. 간판에 '운명'이라는 거창한 의미의 불

어가 쓰여 있어서 그곳을 선택한 것은 아니었고 동네에서 흡연이 자유로운 몇 안 되는 까페였기 때문에 단박에 마음에 들었다고 했다. 담배를 뻑뻑 피우며 커피를 내리는 재희의 모습에는 20대 초반다운 천진난잡한 귀여움이 서려 있었다. 나는 새로운 썸이 생길 때마다 그들을 데스띠네에 데려가 재희에게 일종의 검사(?)를 받았고 재희는 매번 어디서 섹스만 밝히고 성격은 개차반 같아 보이는 놈들을 잘만 골라 온다고 평했다. 지나고 보면 다 맞는 말이었다.

재희는 낮에는 데스띠네의 점원으로, 밤에는 과외 교사로 투잡을 뛰면서도 새벽에는 알뜰히 술까지 퍼마셨다. 그러면서 학교 수업도 듣고 학점도 그럭저럭 받고, 아무튼 뭘 했다 하면 평균 이상은 하는 재희는, 다른 건 다 잘하면서도 제대로 된 남자를 고르는 것과 엉망진창인 남자에게 적절한 시점에 이별을 고하는 데 있어서는 천부적일 만큼 재능이 없었다. 그래서 내가 번번이 재희의 남자들에게 거절이나 이별의 문자를 보내곤 했다. 나는 또 그 방면에는 달인에 가까웠는데 내가 남자들에게 차이며 숱하게 들었던 말을 그대로 되돌려주기만 하면 됐기에 어려울

게 하나 없었다. 그 시절 나는 나 자신을 냉면집의 발깔개 정도로 여기고 있었다. 대충 발이나 털고 지나가버리면 그만인, 그런 존재. (객관적인 자기판단 능력!)

브라운아이드걸스의 「아브라카다브라」가 전 국토를 강타했을 무렵, 나는 입대 영장을 받았다. '사랑하는 형에게'로 시작하는 애인의 편지 덕분에 게이임이 들통나 군대에서 죽도록 고생을 한 사람의 이야기를 들은 적이 있었기에 훈련소에 들어가기 전, 나는 당시 만나고 있던 K에게 재희의 이름으로 편지를 보내라고 일러놓았다. 재희는 이럴 때마다 참 좋은 연막이 되어주었다. K뿐 아니라 재희에게도 매일 웃긴 얘기를 써서 보내라고 명령하기는 했는데 귀찮은 것을 질색하는 재희의 성격을 알기에 별다른 기대는 하지 않았다.

2주차 훈련이 끝나고, 처음으로 편지가 배달되어 왔을 때 나는 전율했다. 입대하기 전에는 간도 쓸개도 다 빼줄 것처럼 굴었던 K가 보름 동안 고작 한통의 편지를 보낸 것과는 달리(그마저도 한장을 다 채우지 못한 분량이었다), 기대도 하지 않았던 재희가 열두통이나 되는 편지를 보내왔기 때문이었다. 초반에는 자신의 허랑방탕한 일상이며(어제는 오징어바다에서 술을 먹다가 테이블을 엎어버렸지 뭐니……) 학과 사람들의 욕 같은 것을 마구잡이로 적어놓았는데(철구 미친 새끼가 나한테 자자고 하는 거 있지. 뒤에서 내 욕하고 다니는 거 뻔히 아는데. 얼굴과 마음이 골고루 역겨운 새끼……), 날짜가 거듭될수록 우리가 함께 겪었던 시절에 대한 소회나 나에 대한 그리움 같은 것을 쏟아내기 시작했다. 심지어 마지막 편지에는 "상실하고 나서야 비로소 알게 되는 소중함도 있어. 네가 그래"라고 어디서 베껴 온 건지 뭔지 모를 말까지 써놔서, 얘가 술 먹고 편지를 쓴 게 분명하다 싶다가도 괜히 감동 같은 것까지 받게 되어버렸다. 그래서 보급용 편지지에 "세상에서 제일 못생긴 재희에게"로 시작하는 답장을 꾹꾹 눌러쓰기까지 했다.

내가 막 자대에 배치됐을 무렵 재희는 부모님과 다시 연락을 하기 시작했으며 그들의 원조로 호주에 교환학생을 가게 되었다는 소식을 전해 왔다. 또한 K의 낌새가 심상치 않다며, 날 잡고 그를 족쳐보라는 조언을 해주었다. (그녀의 촉이 정확하다는 것이 밝혀지는 데 오랜 시간이 걸리지 않았다.) 예기치 않은 사고로 의병제대를 하기까

지 총 6개월의 복무기간 동안, 재희는 군대에서 나의 공공
연한 여자친구였다.

쫓겨나다시피 다시 사회로 나오게 됐을 때, 재희는 이
미 호주에 가 있는 상황이었다. 그것은 복학할 때까지 반
년 정도 되는 긴 시간을 재희 없이 혼자 버텨야 한다는 의
미였다. 별달리 하고 싶은 것도, 보고 싶은 사람도 없었던
나는 내 방 안 침대를 벗어나지 않은 채 먹고 자는 삶을
이어나갔다. 엄마는 이런 나의 나태한 성정을 몹시도 한
심하게 여길 줄 아는 사람이었고, 그녀의 잔소리에 질려
버린 나는 결국 한 계절도 지나지 않아 학교 앞의 고시텔
에 혼자 나가 살게 되었다.

*

해가 바뀌고, 재희와 나는 인천공항에서 재회했다. 그
녀는 입국장에 서 있는 나를 발견하고는 트렁크를 내팽개
친 채 달려와 나를 안았다. 그녀의 머리카락에서 나는 담
배 냄새를 맡으며 나는 비로소 우리가 다시 함께하게 되
었다는 사실을 실감했다.

재희는 한국에 돌아오기 무섭게 학교 정문 앞에 열평짜리 전세 원룸을 구하고 영어학원을 등록해 토익 점수를 만들었다. 복학하고 나서는 경제학을 복수전공하질 않나, 마케팅 동아리에 들어가 케이스 스터디를 하는 등 그럴듯한 취업준비생이 되어 있었다. 나는 재희의 그런 건실한 모습이 몹시 낯설게 느껴졌는데 일주일에 일곱번씩 술을 마시는 걸 보면 여전히 내가 아는 재희가 맞다는 생각이 들었다.

　새로운 집에 들어간 지 얼마 지나지 않아 재희가 이상한 소리를 하기 시작했다. 밤 열시마다 어떤 남자가 집 앞에 와서 재희네 집 창문 쪽을 하염없이 바라본다는 거였다.
　── 전세방 귀하다던데 부동산에서 왔나보다.
　대충 대답하고 치웠는데 아무래도 찝찝한 기분이 들기는 했다. 한번은 속옷만 입고 머리를 말리는데 자신을 노려보고 있는 남자와 눈이 마주친 적도 있다고 했다. 층고가 낮고 2층밖에 되지 않아 마음만 먹으면 얼마든지 베란다로 들어올 수 있을 것 같다는 말도 덧붙였다. 정 불안하면 꼴에 남자인 내가 며칠간 너희 집에 들어가 동거하는 척이라도 해주겠다고 말했더니, 재희는 별로 불안하지는 않지만 밤에 심심하기는 하니까 며칠 놀다 가라고 했다.

나는 마치 엠티라도 가는 것처럼 속옷이며 잠옷 대용으로 입을 반바지와 민소매 티셔츠를 챙겨 재희의 집으로 향했다. 우리는 카레를 끓여 먹고 쓸데없는 연애상담이나 하는 예능 프로그램을 보며 출연자들의 한심함을 지적했다. 나는 침대에 누워 핸드폰을 만지고 있었고, 재희는 샤워를 하고 나왔다. 머리를 말리는데 커튼 너머로 무슨 그림자가 어른거리는 게 보였다. 나는 별생각 없이 그것을 바라보고 있었는데, 재희가 베란다로 다가가 커튼을 확 젖혔다. 장작개비처럼 마른 남자가 에어컨 실외기 옆에 쭈그려 앉아 있는 게 보였다. 어, 진짜였네, 하는 생각이 들기 무섭게 재희가 연속동작처럼 신속하게 창문을 열었고, 벙벙한 남자의 얼굴을 걷어찼다. 남자는 그대로 고꾸라졌다. 그가 신음 소리를 내며 고개를 들자 코와 입에서 피가 쏟아졌다. 재희는 교육열이 남다른 동네에서 자라 유치원 때부터 피아노와 태권도를 배웠으며, 초등학교 5학년 때 태권도 2단 단증을 땄다. 조기교육의 힘은 위대했다. 나는 정신을 못 차리는 남자를 붙잡아놓고 재희에게 119와 112를 같이 부르라고 했다. 자꾸만 웃음이 나와 참기가 힘들었다.

나흘 뒤, 나는 트렁크 하나에 내 짐을 모두 담아 재희네 집으로 들어갔다.

뭐 대단한 합의가 필요했던 건 아니었다. 월세 30만원에 공과금을 절반으로 나눠 내는 조건이었다. 이미 내 물건 중 상당수가 재희의 집에 놓여 있는 상황이었고 열평짜리 원룸은 둘이 살기에도 크게 부담이 없는 크기였으며, 20대 중반이 다 되도록 진득한 연애를 해보지도 못했던 우리에게 있어서 서로는 어느덧 지구상에서 가장 가깝고 편한 사람이 되어 있었다.

재희는 깻잎 장아찌를 달게 잘 담갔고 나는 매운 봉골레 파스타를 만드는 나만의 레시피가 있었다. 나는 물때가 끼지 않게 설거지를 잘했고, 재희는 수챗구멍의 머리카락을 치우는 데 소질이 있었다. 언젠가 내가 냉동 블루베리를 맛있게 먹는 걸 본 이후로 재희는 마트에서 장을 볼 때마다 벌크 사이즈의 미국산 냉동 블루베리를 사다 냉동실에 넣어놓곤 했다. 나는 보답처럼 재희가 좋아하는 말보로 레드를 사서 냉동실 블루베리의 옆자리에 올려놓았다. 재희는 새 담배를 꺼내 피울 때마다 입술이 시원해서 좋다고 했다.


## 2


재희가 결혼을 하게 됐다고 했을 때, 내가 가장 먼저 한 말은 사고 쳤니,였다. 재희는 어쩜 다들 토씨 하나 안 빼고 똑같은 말을 하냐며 깔깔댔다. 놀랍게도 사고를 치기는커녕 사고 근처에도 가지 않았고, 그냥 그렇게 됐다고 했다. 그냥 그렇게 됐다는 말을 하는 재희의 표정을 보니 이번에는 진짜구나 하는 생각이 들었다.

재희가 결혼을 한다고?

실감이 나지 않았다. 차라리 내가 여자를 만나 결혼을 하는 게 더 현실적으로 느껴질 지경이었다. 그도 그럴 것이 재희는 정착과 안정과는 거리가 먼 여자였기 때문이다.

*

20대 중반에 들어선 재희는 무슨 올림픽이라도 나가는 것처럼 정말 끝도 없이 술을 마시고 문어발식으로 남자를 만났다. 내 경우도 지고 사는 성격은 못 돼서, 아니 실은 그냥 그러고 싶어서 하루가 멀다 하고 술에 취해 새로운 남자와 잤다. 나는 세상이 외로운 사람들로 가득하다는 진리를 매일 아침, 종로의 모텔촌에서 헝클어진 머리를 하고 나오며 느끼곤 했다. 그렇게 만난 남자들 중 일부는 술 먹고 섹스하는 것 이상의 다음 단계로 넘어가고 싶어했다. 싫다고 해도 자꾸만 데이트를 하자느니 자취방에 찾아오겠다느니 난리를 쳐대서 룸메이트가 있어 안 된다고 핑계를 댔다.

──룸메이트?

서로의 파트너에게 룸메이트를 어떻게 말하면 좋을까 고민하다 나는 재희를 대학 동기 재호로, 재희는 나를 고향 친구 지은이로 소개하기로 합의를 보았다. 우리는 저마다의 세계에서 재호와 지은이가 된 채로, 서로에게 꽤나 좋은 핑곗거리가 되어주었다.

이를테면, 재희의 (임시) 남자친구에게서 이런 문자가
온다.

*재희야. 어젯밤에 왜 전화 꺼놨어? 문자도 안 보고.*

*말도 마. 새벽에 지은이가 아프다고 해서. 같이 응급실 갔
다 왔잖아.* (지은이는 코를 골며 잘만 자고 있었고, 재희는
학교 남자애들이랑 횟집에서 소주 다섯병을 깠다.)

*형 주말에 만날까요?*

*미안. 재호랑 같이 한강 가서 맥주 마시기로 했어.* (재호
는 남자를 만나 노느라 바쁠 것이며, 나도 너 말고 다른
애랑 섹스나 하고 치울 것이다.)

뭐 이런 식.

재희의 다섯번째인가 여섯번째 남자는 전문대에서 보
일러설비학을 전공하다 중퇴하고 생전 듣도 보도 못한 클
럽을 전전하며 디제잉을 하는 한량이었다. 실은 내 여덟
번째 혹은 아홉번째 남자도 이태원에서 디제잉을 하던 애
였다. 정말 세상천지에 디제이가 뭐 이렇게 많은지 무슨
협회 같은 데서 자격증이라도 발급해야 하는 거 아닌가
싶을 정도였다. 그래도 내가 만났던 애는 자지도 크고 문
신도 많고 섹스할 때 좋은 노래도 틀어주고 아무튼 적당

히 멍청해서 좋았고, 그래서 남들 하는 건 다 하며 꽤 재 밌게 사귀었는데, 만난 지 두달 만에 형은 사랑하지만 형 의 주사(길에서 노래 부르고 키스하고 욕하고 난리를 치 다 마지막엔 꼭 울면서 끝나는)만큼은 도저히 사랑할 수 없다며 이별 통보를 했고 그 후로 나는 디제이들 전반에 대해 묘한 적개심을 갖게 됐다. 내 복잡한 심경을 알 길이 없는 재희는 새로 연애를 시작한 자 특유의 신나고 생기 있는 얼굴로 자기 남자친구 얘기를 했다.

　── 머리가 길어서 인디언처럼 땋아놨는데, 콩콩이 인 형 같아. 할 때 자꾸 웃겨.

　사진을 보여주는데 하나도 안 웃겼고 단지 눈빛이 싸 한 게 성격이 더럽고 뒤끝이 안 좋게 생겼다는 느낌을 받 았다. 남자는 한사코 지은씨(즉, 나)를 클럽에 데려와라, 얼굴 좀 보자고 했는데 재희는 그럴 때마다 칼같이 제안 을 쳐냈다.

　── 걔가 좀 부끄러움이 많아.

　부끄러움이 많은 지은이는 실은 훔쳐보는 것을 좋아해 서 재희와 남자가 데이트하는 까페의 옆 테이블에 앉아 둘의 대화를 몰래 듣거나 흘끔흘끔 남자의 상태를 점검하곤 했다. 그런데 말하는 것을 봐도 표정을 봐도 뭘 봐도, 이번 남자는 촉이 좋지 않았다.

— 재희야, 너 그 남자 왜 만나?

— 글쎄. 잘해줘서?

— 별것도 없는데 그냥 자지 커서 만나는 거지?

재희는 예수의 계시를 받아 든 모세 같은 표정을 지으며, 그걸 도대체 어떻게 알았냐고 물어봤고 나는 재희에게 누구보다도 새침한 말투로 말했다.

— 내 영적 재능이야.

지은이 가라사대 그 남자는 생식기가 크다 뿐이지 인생에 도움 될 게 하나 없어 보이는 관상이므로 얼른 정리하는 게 신상에 이로울 것이다, 하니 재희는 앞으로 어떤 남자를 만나든 나에게 일단 검사부터 받겠다며, 광신도 같은 표정으로 내 손을 잡았다. 나는 고개를 끄덕이며 불쌍한 재희의 영혼을 끌어안았다.

불행히도 내 영적 재능은 틀리는 법이 없었다.

하루는 수업을 마치고 집에 들어왔는데 재희의 얼굴이 창백해져 있었다. 그녀의 손에 들린 것은 임신 테스트기였다. 나는 가방을 내려놓지도 않고 재희의 손에 들린 임

테기의 두 줄을 확인했다. 입이 떡 벌어졌다.

―진짜 너, 한번에 하나만 하면 안 되냐?

―나 망한 거 맞지?

―망할 것도 없어. 얼른 백 들어. 우리 병원 가자.

―그래, 그냥 병원 가면 되는 일이긴 한데, 다만 문제가 하나 있어.

―뭔데.

―나 돈이 한푼도 없어. 개털이야.

―애는 너 혼자 만들었니? 남자한테 타내면 되지.

―그게 진짜 문제야.

―뭔데. 찔끔찔끔 흘리지 말고 길게 말해.

―누구한테 돈을 뜯어야 할지 모르겠어.

사연을 듣자 하니 재희가 요즘 꽂아놓고 만나던 디제이라는 새끼는 섹스나 잘했지 성격이 영 개차반이고 술버릇도 거지 같은데, 그것을 예술혼이라고 착각할 만큼 멍청하기까지 해서 걷어차버릴 결심을 굳혀가고 있었다. 때마침 같이 알바를 하던 애에게 동갑의 미대생을 소개받게 되었는데, 알고 보니 대학은 중퇴한 지 오래였고, 현재 직업은 문신쟁이라고 했다. 재희가 그와 소개팅을 한 날,

공교롭게도 내가 외박을 했고 재희는 하는 수 없이(?) 남
자를 우리 집에 끌고 와 신나게 섹스를 했다고 했다. 콘돔
없이. 인간이 원래 시작이 어렵지 한번 문을 열고 나면 모
든 게 편해지기 마련인지라, 재희는 그 후로도 안전하지
않은 섹스를 몇번 더 하게 됐다. 두 남자 모두와.

  ─ 섹스는 디제이가 낫고, 인물은 문신쟁이가 더 나아
서 고민을 좀 했어.

  요즘 같은 정보화시대에 남들처럼 고민도 좀 빨리빨리
하고 치울 것이지 재희는 무려 세달 동안 두 남자를 번갈
아 만나며 깊은 고뇌에 빠져 살았다. 두번만 더 고민했다
간 아주 고아원도 차리겠다, 말하니 아예 못 들은 척을 했
다. 그러더니 갑자기 핸드폰을 내밀었다. 문신쟁이의 얼
굴이라고 했다. 재희가 보여준 남자는 디제이라는 놈이랑
머리카락 길이만 달랐지 놀라울 만큼 인상이 비슷했고,
국거리로도 못 쓸 만큼 말라비틀어진 멸치 같아 보였다.

  ─ 둘 다 똑같이 생겨서 일단 낳아놓고 아무나 골라 아
빠라고 우겨도 되겠는데?

  재희는 내 헛소리에 웃어주지도 못할 정도로 꽤 상심
한 것 같았다. 그녀답지 않게, 술 좀 줄일걸…… 밥 사 먹

을 돈도 없는데…… 엄마한테 달랄 수도 없고 어쩌지……
앓는 소리를 하는데 그 꼴이 보기 싫어서 그냥 이렇게 말
해버렸다.

　─됐어. 그냥 내 돈으로 해.

　─야…… 아무리 그래도, 그건 아니지.

　─누가 거저 준댔니? 나중에 달러이자 쳐서 받을 건
데? 급한 대로 얼른 지우고 봐.

　─정말? 진짜? 너밖에 없다. 고마워.

　재희는 입고 있던 청바지를 벗고 펑퍼짐한 고무줄 치
마로 갈아입더니, 화장을 하기 시작했다. 못 보던 립 컬러
이길래 어디서 났니, 물었더니 입술을 뽑뽑거리며, 며칠
전에 현백에서 하나 샀어, 대답했다. 나도 모르게, 넌 이
와중에 디올 립스틱 사 바를 정신은 있니? 해버렸다. 잘해
주고도 본전도 못 찾는 데 소질이 탁월한 나였다. 신발을
꺾어 신는 재희의 등에 대고 말했다.

　─수술하는 건 넌데 막상 간다니까 왜 내가 떨리냐.

　─별거 있니. 그냥 여드름 짜러 간다고 생각해.

　─그게 같냐?

　톡 쏘면서도 내심 마음이 놓였다. 그래, 본인이 괜찮다

는데, 괜히 내가 오버할 일은 아니지. 평소에는 다소 짜증이 났던 재희의 (무신경함에 가까운) 담대한 성격이 이럴 때는 퍽 고마웠다.

우리는 동네 산부인과로 향했다. 원장이 불친절하고 시설도 후진데 우리 학교 학생들을 대상으로 자궁경부암 예방접종을 30프로인가 40프로 디씨를 해줘 다니기 시작한 곳이라고 했다. 그곳에서 수술을 해줄지는 미지수였다. 수술해준다는 데를 인터넷에서 미리 찾아봐야 하지 않을까? 말을 해보았지만 귀찮은 걸 딱 질색하는 재희에게 씨알도 먹힐 리 없었다. 일단 검진을 받아보고 수술이 안 된다고 하면 다른 곳에 가면 된다고 했다. 인생의 중요한 문제들을 아무렇게나 넘겨버리는 데에는 재희만 한 고수가 없었다.

병원은 과연 재희의 말대로 낡고 후진 모습이었다. 우리 말고는 사람이 하나도 없어서, 재희는 접수하기 무섭게 바로 진료실로 들어갔다. 나는 오래돼 한쪽이 푹 꺼진 소파에 앉았다. 벽면에는 온갖 바이러스 이름과 그것으로 인해 발생하는 질병, 그 모든 병을 예방해준다는 주사에 대한 설명이 쓰인 포스터들이 붙어 있었고, 그 옆의 검은

칠판에는 보톡스나 필러, 제모 레이저를 여름맞이 특가에 모시겠다는 광고 문구들이 적혀 있었다. 나는 그것들을 일일이 읽으며, 도대체 얼마를 들이면 구질구질한 내 얼굴이 조금은 볼만해질까 고민도 하며, 재희를 기다렸다. 생각보다 진료시간이 길어졌다. 접수대 앞에 앉은 젊은 간호사가 크게 하품을 했다. 설마 오늘 바로 수술하는 건 아니겠지? 뭐 이렇게 오래 걸려.

테이블에 놓여 있는 자두 맛 사탕을 까먹으며 몇달 전 갔던 비뇨기과의 풍경을 떠올렸다. 두 병원은 다른 듯 비슷한 분위기였다.

처음에는 오줌을 눌 때마다 요도가 좀 따끔거린다 싶었는데, 얼마 뒤부터는 누가 쥐고 짜는 것처럼 불편한 기분이 들어 병원에 가기로 마음먹었다. 검사를 받는 김에 당시에 만나고 있던 동갑의 공대생을 데리고 역 근처의 비뇨기과에 갔다. 그와 몇번 한 적이 있었기 때문에 함께 검사를 받는 게 맞는 것 같아서였다. 나답지 않게 순진한 판단이었다.

작은 컵에 오줌을 싸서 검사를 받아본 결과, 뭐 다른 심각한 성병은 아니었고, 그냥 요도가 세균에 감염돼 염증이 생긴 것이라고 했다. "거기가 세균에 감염될 수도 있구나" 혼잣말을 했는데, 의사는 난처한 표정으로 여성의 성기에도 더러 대장균이 흘러들며 그것에 의해 요도가 감염되는 경우도 있다고 묻지도 않은 설명을 늘어놓았다. 나역시 괜히 뭔가를 들켜버린 것만 같아 얼굴이 조금 붉어진 채로 진료실 문을 닫고 나왔다. 주사실에 들어가 바지를 반쯤 내리고 여전히 살짝은 부끄러운 기분에 젖어 있는데 적막한 파티션 너머로 남자 간호사 둘이 작게 속삭이는 소리가 들렸다.

　　— 쟤네 봤어? 맞는 거 같지?

　　— 맞네. 똥꼬충들이네.

　　— 씨발, 존나 더러워.

　　나도 모르게 푸하하 웃음이 터져버렸다. 함께 검사를 받은 공대생은 아무런 감염 소견이 없다고 했다. 내가 주사실에서 들었던 소리를 농담이랍시고 해줬는데, 공대생이 헛소리를 지껄인 조무사 새끼들을 불러오라며, 길길이 날뛰었다. 나는 그 모습을 보고 나서야 이게 화를 내야 할 상황이었구나 뒤늦게 깨달았고, 화를 내야 할 상황에 누구보다 크게 웃는 게 나의 버릇이라는 것도 덩달아 알게 되었다. 그때 맞았던 근육주사는 꽤 아팠고, 함께 병원에 갔던 공대생이랑은 몇번 더 만나다가 재미가 없어져 일방적으로 연락을 끊어버렸다.

지난 사랑의 추억에 젖어 있는데 갑자기 진료실 문 너머로 재희가 소리를 지르는 게 들렸다. 진료실 안에 있던 간호사가 문을 열고 나오더니 난처한 표정으로 내게 말했다. "들어가보셔야 할 것 같아요." 들어가보니 둘은 나 따위는 신경 쓸 여력도 없어 보였다. 중년의 의사가 잔뜩 화난 얼굴로 작은 초음파 사진을 재희의 코앞에 흔들고 있었다.

— 이게 학생 삶의 결과야. 알겠어요?

— 아 씨발 진짜 못 들어주겠네.

의사가 뭔가를 더 말하려던 찰나 재희가 갑자기 가방을 들쳐 멨다. 그러고는 갑자기 의사의 책상 위에 놓인 낡은 자궁 모형을 집어 들었다. 뭐야, 하는 생각을 하기 무섭게 재희가 열린 진료실 문 밖으로 달려 나갔다. 의사는 자리에서 일어나 "야! 그거 내려놔" 하고 소리를 질렀다. 재희는 순식간에 사라져버렸고 나는 그녀를 따라가지 않았다. 재희는 중학생 때까지 단거리 육상 선수였다.

나 혼자 병원 접수대 앞에 서서 진료비를 결제했다. 48,900원이 나왔다. 괜히 미안한 마음이 들어 간호사에게 말했다.

— 자궁 모형은 제가 금방 찾아다 드릴게요. 걔가 끈기가 없어서 멀리는 못 가요.

간호사는 대답 대신 아주 길게 한숨을 쉬었다.

건물 밖으로 나와 몇발짝 걸으니 재희가 전봇대 옆에서 자궁 모형을 안은 채 서 있는 게 보였다. 그녀는 나를 보자마자 한쪽 팔을 휘휘 젓더니 라이터 있냐, 물었다. 나는 주머니에서 라이터를 꺼내 재희의 입에 물려 있는 말보로 레드에 불을 붙여줬다. 재희가 자궁 모형을 보며 말했다.

— 이거 더럽게도 낡았다.

— 대학 졸업식 날 샀나보지 뭐. 서울대 88학번이래.

— 그건 또 어떻게 알았대.

— 아까 심심해서 벽에 붙은 졸업장이랑 의사면허 봤어.

— 결심했어. 앞으로 내 인생에 서울대는 없다.

— 서울대고 나발이고 너 도대체 왜 그랬냐. 수술 안 해준다면 그냥 나오지 싸우긴 왜 싸워.

──가만히 있는데 내가 미쳤다고 소리 질렀겠니. 그 사람 완전 또라이라니까. 들어봐.

　그녀가 임신이라는 말을 꺼내기 무섭게 의사는 곧바로 재희를 검사대에 눕힌 뒤 초음파 검사를 실시했다. 검진 결과 재희의 태아(라 불리는 세포)는 8주가 됐다고 했다.

　──애 아빠도 들어와서 보라고 하세요, 이러길래 쟤는 애 아빠 아니고요, 아빠가 누군지는 저도 잘 모르겠네요, 해버렸지 뭐.

　──거짓말하면 죽니? 그냥 대충 둘러대지.

　──나 원래 없는 말 잘 못하잖아.

　사소한 거짓말은 밥 먹듯이 하면서 정작 중요한 순간에는 쓸데없이 정직한 재희였다. 재희의 말을 들은 의사는 피임과 정결한 삶의 중요성에 대해 20분도 넘게 일장 연설을 했다고 했다. 차트를 넘겨보며 주기적으로 방광염에 걸리는 것도 무분별한 성관계가 원인일 수 있다며 재희의 느슨한 순결 의식과 주색에 경도된 망나니 같은 삶 전반을 비판하기 시작했다. 재희는 벽에 걸린 십자가를 보며, 분노를 꾹꾹 눌러 삼키며, 말했다.

　──저 같은 애도 있어야 선생님이 먹고살죠.

—학생이 꼭 내 딸 같아서, 걱정이 돼서 그래. 어린 나
이에 그렇게 함부로 살면 어떡하나. 여자의 몸에 제일 해
로운 게 뭔지 알아요? 방종하고 안전하지 않은 성생활이
야. 알겠어요?

—임신이랑 출산이 제일 나쁘다던데요?

—그게 무슨 소립니까.

—인터넷에서 봤어요. 여자 몸에 태아는 이물질이나
다름없다고 하던데요. 임신이랑 출산만큼 몸에 해로운 건
없다던데. 그러니까 수술해주세요.

—누가 그럽디까? 누가 그래!

의사는 몹시 화가 난 목소리로 지식인 집단을 신뢰하
지 않는 대중의 무지함과 인터넷 문화의 저열함에 대해서
3분 정도 열변을 토하더니, 초음파 사진을 뽑아 들고는 이
걸 보라고 했다.

—학생 배 속에 이미 생명이 자라고 있다고. 학생 몸
이 이렇게 숭고한 성전이라는 걸 왜 몰라?

—선생님, 숭고는 됐고요. 수술해줄 건지 말 건지나
말해주세요.

그랬더니 또 생명의 소중함과 (이미 잃어버린 지 오래

된) 순결의 중요함을 설파하려 들어서 재희가 참지 못하고 소리를 빽 지른 것이라고 했다. 재희는 분이 풀리지 않는지 씩씩거리며 말했다.

─ 땅콩보다도 작은 게 뭔 생명이야.

─ 그래 알겠어, 재희야. 다 알겠는데 그래도 자궁 모형은 아니잖아. 이게 얼마나 중요한 건데.

─ 중요하지. 그러니까 훔쳤지.

맞네, 너도 참 너다, 깔깔대며 함께 담배를 피웠다. 멀리 산부인과 간호사가 우리 쪽으로 걸어오는 게 보였다. 접수대에 앉아 있을 때만큼이나 무기력한 표정의 간호사는 재희에게 손을 내밀었다.

─ 재희씨. 그거 이리 주세요.

─ 언니 정말 죄송한데요, 제가 오죽했으면 이랬겠어요.

─ 원장 꼰대 새끼고 짜증 나는 거 나도 아는데, 이러면 나만 힘들어져요.

재희는 피우던 담배를 바닥에 비벼 끄고 말했다.

─ 알겠어요. 내가 언니 얼굴 보고 참는 거예요.

네가 안 참으면 뭐 어쩔 건데. 간호사는 재희가 내미는 모형을 안아 들었다.

—여기 말고 성신여대 앞에 있는 병원에 가세요. 거기가 수술도 해주고 서비스도 훨씬 나아. 나도 거기 다녀요.

—언니 고마워요.

재희는 갑자기 간호사를 안더니 수술 끝나면 같이 술이라도 먹어요 제가 살게요, 하면서 번호를 따고 난리였다. 술 살 돈은 하늘에서 떨어지나, 생각했다. 아무한테나 들러붙는 친화력 하나는 알아줘야 했다.


그리고 우리는 마침내 성신여대 앞의 산부인과에 도착했다. 나는 건물 앞 핑크빛의 커다란 간판 앞에서 살짝 주눅이 들어버렸다. 쫄아 있는 나를 보고 재희가 농담을 건넸다.

—우리 무슨 임신중절 원정대라도 된 것 같지 않니?

나는 맥없이 허허허 웃으며 재희의 팔짱을 끼고 병원 안으로 들어갔다. E산부인과는 프랜차이즈 까페처럼 크고, 깨끗하고, 기계적이리만치 친절했다. 오후의 애매한 시간임에도 대기실에는 환자들이 꽤 많았다. (당연히) 나 말고는 모두 여자였지만, 나는 조금도 어색할 것이 없다는 듯 당당한 자세와 표정으로 소파 위에 놓인 『코스모폴

리탄』을 읽었다. 건강하고 아름다운 섹스, 이성을 오르가슴에 다다르게 하는 비법 같은 뜬구름 잡는 소리가 적혀 있었다. 긴장하면 엄지손톱을 물어뜯는 버릇은 언제쯤 고칠 수 있을까 생각하는데 재희가 밖으로 나왔다. 밝은 표정이었다. 재희는 조용히 속삭였다.

　―된대.

　나흘 뒤 재희는 수술을 받았다. 나는 수술비를 3개월 할부로 결제했다. 70만원이 조금 안 되는 돈이었다. 집에 올 때는 택시를 탔다. 방에 들어오자마자 그녀답지 않게 머리를 싸매고 누워 있길래 미역국을 끓여주기로 했다. 태어나서 처음으로 인스턴트가 아닌 미역국을 끓여보는 거였는데, 미역을 불릴 때 양 조절에 실패해 싱크대가 미역 바다가 됐다. 내가 미역 한 무더기를 머리채처럼 잡고 허공에 흔들며 이거 봐, 나 등신 같지, 말해도 재희는 내 쪽으로 고개조차 돌리지 않았다. 평소 같았으면 한참을 낄낄댔을 재희였다. 나는 재희의 등에 대고 물었다.

　―많이 아프냐?

　―알게 해줄까.

　―아니. 빨리 밥해줄게.

내 인생 첫번째 미역국은 대참사로 끝났다. 참기름에 고기를 볶을 때 불 조절에 실패해 쓴맛이 났고, 다시다를 들이부었음에도 국물은 밍밍했다. 재희는 세숟갈쯤 뜨다가 다시 침대에 드러누웠다. 그러더니 앓는 소리를 내며 말했다.

—담배.

—야, 안 돼. 하물며 쌍수를 해도 사흘은 쉬는데.

—담배!

하는 수 없이 냉동실에서 새 담배를 꺼내주었다. 재희는 말보로 레드의 노란 필터를 깨물고, 맛있게도 담배를 피웠다.

—이제 살겠네.

보름이 지난 후에 재희는 다시금 알코올 중독의 세계로 회귀했다.

*

그날 밤, 여느 때처럼 술에 절어 잠들어 있는 우리를 깨운 것은 누군가의 울부짖음이었다.

—나와 씨발새끼야.

　창밖에서 한참이나 고성방가를 하는 소리가 들렸다. 저 새끼는 술 처먹었으면 곱게 집에 들어갈 것이지 어디서 지랄이야, 생각하며 이불을 뒤집어썼다. 다시 잠을 청하려 하는데 그가 외치는 이름이 익숙하다는 생각이 들었다. 어째 내 이름 같기도 했다. 재희도 잠에서 깨어나 눈을 비비며 말했다.

　　—야, 너 찾는다. 얼른 나가봐.

　창문을 열어보니 함께 비뇨기과에 갔던 공대생이 서 있었다. 술도 못 먹는 게 있는 대로 취해서는 게이새끼 호모새끼 나와라, 난리발광이었다. 살다 살다 별일이 다 있다는 마음으로 슬리퍼를 끌며 내려갔는데 그는 나를 보자마자 다짜고짜 따귀를 때렸다. 내가 자신의 진심을 짓밟았으며 그에 대한 대가를 치러야 한다고 했다. 가족들에게 내가 동성애자이며, 빨아 쓸 수도 없는 걸레 같은 놈이라는 사실을 폭로할 것이라고 고래고래 소리를 질렀다. 가족이라니 뭔 소리지, 생각하다 몇번이고 집에 찾아오려 하는 그를 떼어내기 위해 가족과 함께 산다고 거짓말을 했던 게 떠올랐다. 재희가 잠옷 바람으로 밖으로 나와,

아직 안 끝났냐, 중얼댔다. 재희는 드잡이를 하는 우리를 내버려둔 채 담배를 피우기 시작했다. 공대생은 나를 밀치고 재희에게 가더니, 누님, 동생 분이 한 짓 좀 들어보십쇼, 하면서 내가 얼마나 많은 남자들과 섹스를 하고 다니는지를 토로하며 뜬금없이 내가 좋아하는 체위며, 옆구리 살이 많고 엉덩이가 빈약한 나의 체형 같은 것을 들먹였고, 재희가 별 반응이 없자 다시 내 멱살을 잡고는 "너 그렇게 추잡하게 살다 결국에는 성병에 걸려 죽을 것"이라는 꽤 개연성이 있는 말을 랩처럼 늘어놓았다. 나는 하품을 하며 말했다.

— 너 여기 올 게 아니라 '쇼 미 더 머니'에 나가야겠다.

남자는 고래고래 몇마디 더 소리를 지르다 퍼질러 앉아 울기 시작했다.

— 사랑이 죄가 되는 건 아니지 않습니까.

그래, 사랑은 죄가 아닌데 네가 이러는 건 죄고, 심지어 큰 죄라고. 그딴 걸 다 떠나서 우린 그냥 섹스나 몇번 하고 치운 사인데 네가 좀 오버를 하는 거 같다. 내가 어르고 달래는 사이 재희는 방귀처럼 피식피식 웃다가 바닥에 앉은 남자애를 일으켜 세웠다. "우리끼리 한잔 더 하자."

그리고 내가 말릴 틈도 없이 나를 빼놓고 둘이서 어깨동무를 한 채 걷기 시작했다. 따라가려 했더니 나보고 집에 들어가 있으라고 했다.

한시간도 채 지나지 않아 다시 집으로 돌아온 재희는 모든 게 다 해결됐다고 했다.

—너 진짜 귀신이다. 어떻게 집에 보냈어?

—어쩌기는. 얘기 들어주는 척하면서 술을 떡 되게 먹였지. 택시 태워 보냈어.

재희는 내게 이거 봐라, 하면서 자신의 핸드폰으로 공대생의 한양대 학생증과 운전면허증을 찍은 걸 보여줬다. 주소지는 개포 주공아파트.

—이 새끼 나이 속였네. 동갑이라더니 06학번이야.

—쟤 또 오면 우리도 개포 주공에 출동하는 거다.

나는 재희를 꽉 안았다. 나의 악마, 나의 구세주, 나의 재희.


그 시절 우리는 서로를 통해 삶의 여러 이면들을 배웠다. 이를테면 재희는 나를 통해서 게이로 사는 건 때론 참으로 좆같다는 것을 배웠고, 나는 재희를 통해 여자로 사

는 것도 만만찮게 거지 같다는 것을 알게 되었다. 그리고
우리 대화는 언제나 하나의 철학적 질문으로 끝났다.

　　—우리 왜 이렇게 태어났냐.

　　—모르지 나도.


*


　그 사달을 겪는 동안 학과에는 우리가 동거를 하고 있
으며, 임신과 낙태를 했다는 소문이 돌았다. 그중 틀린 말
은 하나도 없어서 재희와 나는 역시 집단지성의 힘은 위
대하다는 결론에 도달했다. 어차피 고학년이 되고 나서부
터는 다들 저마다 먹고살 길을 찾느라 바빴으므로 소문
같은 건 발화자에게도, 당사자에게도 티끌만 한 영향력도
발휘하지 못했다.

　재희는 특유의 방탕한 성정을 극복하고 학점 관리라는
것도 좀 하고, 일주일에 여덟번 마시던 술도 세번쯤으로
줄이면서 인간다운 생활을 하기 시작했다. 내 경우는 불
문과 수업에 들어가 늙은 교수들이 사랑 타령이나 하는
것을 들으며 졸았고, 밤이면 밤마다 섹스할 사람을 찾아

다녔으며, 그마저도 실패하면 방구석에서 망부석처럼 재희를 기다리다 그녀가 사다 놓은 미국산 냉동 블루베리를 밥공기에 부어 먹곤 했다. 맨손으로 차가운 블루베리를 집어 먹다보면 어느새 손가락이 보라색이 되어 있곤 했다. 그게 웃겼다.

4학년 1학기, 재희는 인문계열의 여성이라는 (취업시장에서의 공공연한) 핸디캡을 딛고, 한 대형 전자회사에 취직했다. 재희가 신입사원 연수를 받으러 집을 떠난 한 달여 동안 나는 정말 심심해 죽을 뻔했다. 재희가 없으니 같이 술 마셔줄 사람도, 쓸데없는 얘기를 하며 떠들고 놀 사람도 없었다. 밤이 너무 길어져버렸고 그래서 나답지 않게 이전에 만났던 남자들 목록을 훑게 되었다. 마침 그 무렵 공대생은 자동차 제조 회사에 막 들어가 K3를 뽑은 (이 부분이 중요했다) 상태였고 주말마다 차를 몰고 다닐 구실을 찾지 못해 안달이 나 있었으므로, 심심해 죽으려 하는 나와 궁합이 썩 잘 맞았다. 그 애랑 꼭 사귀려고 했던 건 아니었는데, K3를 타고 남산타워며 산정호수 같은 데를 돌아다니다보니 어느덧 연애 비슷한 게 되어버렸다. 섹스야 이미 숱하게 한 사이였고 걔 몸이 내 몸 같고 내

몸이 개 몸 같을 정도의 관계가 되어버려 뭐 하나 새로울
건 없었지만 둘 다 자존감이 낮고, 주기적으로 자살 충동
을 느끼며, 학창 시절에 따돌림을 당해본 경험이 있고 꼴
에 예술영화나 책 같은 것을 즐겨 보며 하루키와 홍상수,
불문학과 아우디 같은 구질구질한 것들을 혐오하는 공
통점이 있는 게이라 서로를 꽤 특별히 생각하게 되어버
렸다.

재희도 역시 그 시간에 놀고만 있을 애는 아니어서, 신
입사원 연수원에서 세살 많은 동기 하나를 꼬셔 나왔다.
이번에도 대충 놀다 치우려나 싶었는데 꽤 진지하게 생각
하는지 3개월쯤 만났을 때 정식으로 함께 식사를 하자고
했다.

─너 하나만 나오면 그림이 좀 어색하니까 네 애인도
데려와라.

─애인 아닌데.

─그래. 그 K3 데려와라.

─싫어. 이상하잖아. 네 남친한테 걔 뭐라고 소개하게.

─말대답하지 말고 그냥 좀 와. 비싼 거 사줄게.

─뭐 사줄 건데?

우리는 한남동의 한 경양식 식당에서 1차를 했다. 재희의 남자친구에게는 우리가 보드 동아리에서 만난 친구들이라고 뻥을 쳤다. 그는 지금까지 재희가 만났던 남자들과는 사뭇 달랐다. 예술을 한답시고 (1년만 지나도 부끄러워질) 타투를 덕지덕지 발라놓지도 않았고, 눈빛이 얍삽해 보이지 않았으며, 대단한 대물처럼 보이지도 않았다. 대신 나와 재희에게 없는 어떤 안정성이랄까, 인생에 대한 낙관 같은 게 느껴지는 사람이었다. 서울대 공대를 나와 반도체 연구 부서에서 일하고 있다는 얘기를 듣고, 나는 테이블 아래로 손을 내려 재희에게 문자를 보냈다.

*니 인생에 서울대는 없다며.*

*인생이 뜻대로 되면 우리가 이러고 살겠니?*

너무 맞는 말이라, 재희의 남자친구에게 아이고 형님, 대단하십니다, 멋지십니다, 꼴같잖은 칭찬 같은 것도 했다. 내가 데려온 K3와 재희의 남친은 공대 출신이라는 공통점이 있기 때문인지 꽤 잘 맞아 보였다. 둘은 서로가 다니는 회사의 사내 문화나 연구 분야에 대해서 계속 뭔가를 떠들어댔다. 두 남자의 대화를 듣다가 지루해진 나는 재희의 왈가닥 대학 생활을 사회적으로 용인 가능한 선으로 편집해 들려주기도 했다. 그때, 우리 넷의 식사 자리는 꽤 적절했던 것으로 기억한다.


### 3

재희의 남자친구가 재희와 지은이의 심상찮음을 눈치 챈 것은 지난여름이었다.

— 재희야, 네 룸메이트 지은이는 고양이야?

— 응? 무슨 소리야, 오빠.

— 이상하잖아. 왜 걔는 항상 집에만 있어? 왜 나한테 한번도 보여주지를 않고, 목소리도 들려주질 않아? 같이 찍은 사진도 없어? 고양이도 가끔 우는 소리를 내는데, 왜 걔는 목소리도 흔적도 없어?

그간 재희가 만났던 남자들이 워낙에 단타에 그쳐서 망정이지, 사실 정상적인 사고를 가진 사람이라면 충분히 할 법한 의심이었다. 몇번이고 지은씨와 함께 밥을 먹자고 해도 일이 있다거나 쑥스러움이 많다는 식으로 둘러대곤 하니 당연히 이상하게 생각하지. 재희가 거짓말만 좀 잘했더라면 인생이 훨씬 살기 편했을 텐데. 둘은 만난 지 1년 만에 처음으로 크게 싸웠다. 거짓말에 소질이 없는 재희는 이것저것 지어내다가 결국 궁지에 몰려 '룸메이트 지은이'가 동갑의 남성이라는 사실을 실토하고 말았다. 또한 그가 남자를 좋아하는 남자라는 사실도.

─그러니까 오빠, 걔는 그냥 여자나 다름없어. 정말 지은이랑 살고 있는 거나 똑같아.

─어떻게 같을 수가 있어. 걔는 남자라고. 남자랑 여자랑 같이 사는 거야.

둘이 그토록 격렬하게 싸운 것은 처음이라고 했다. 재희는 집에 들어와 내게 그 말을 전하며 고개를 숙였다.

─정말 미안하다. 그러려고 했던 게 아니었는데, 그렇게 됐다.

─그럼 어쩌려고 했던 건데.

말이 곱게 나가지 않았다. 재희는 내 반응을 예상하지 못했는지 살짝 입을 벌린 채 고개를 푹 숙이고 있었다. 내 목소리가 왜 이렇게 떨리는 걸까 생각하다, 내가 진심으로 화를 내고 있다는 것을 깨달았다. 서로에게 이보다 더한 잘못을 저질렀을 때도 있었다. 술 먹고 진상을 피우는 재희를 집으로 끌고 온 적도 부지기수였고, 화장실인 줄 알고 방바닥에 오줌을 싼 재희의 스타킹을 내다 버리고 락스로 바닥을 벅벅 닦은 적도 있었다. 눈곱이 낀 눈을 비비며 일어난 재희가 미안하다고 빌면 언제나 대답 대신 재희의 등짝을 때리고는 누구보다 크게 웃었던 나였다. 그런데 그때, 나는 진심으로 분노하고 있었다.

배신감.

그것은 타인에게 별 기대가 없는 내가 평소에 좀처럼 느끼지 못했던 감정이기도 했다.

따지고 보면 웃긴 일이었다. 재희는 그저 있는 사실을 그대로 말했을 뿐이었다. 이전까지 나는 내 정체성이 밝혀지는 데 별 거리낌이 없는 편이었다. 술만 들어가면 길바닥에서 남자와 키스를 하는 주제에 소문이 나지 않기를 바라는 게 웃긴다고 생각했다. 다만 나의 비밀이 재희와 그 남자의 관계를 위한 도구로 쓰였다는 것을 받아들이기가 힘들었다. 누구든 떠들어대도 괜찮지만, 그 누구가 재희라는 것이 도저히 받아들여지지가 않았다. 다른 모든 사람이 나에 대해 얘기해도 재희만은 입을 다물었어야 했다.

재희니까.

재희와 내가 공유하고 있던 것들이, 둘만의 이야기들이, 다른 사람에게 알려지는 게 싫었다. 우리 둘의 관계는 전적으로 우리 둘만의 것이라고 믿었기 때문에. 언제까지라도.

—연락 안 해도 돼.

나는 가방을 싸서 곧장 잠실의 본가로 들어갔다. 내가 왜 그토록 격렬한 반응을 보였는지 나 자신조차 알지 못하는 채로.

그 후로 재희에게서 몇번 전화가 걸려 왔지만 받지 않았다. K3에게도 우리의 관계를 다시 생각해봐야 할 것 같다고 문자를 보냈다. 그는 자꾸만 일방적으로 도망치는 나를 이해할 수가 없다며, 이제는 진짜 끝이라고 하더니 새벽마다 술을 처먹고 (어디선가 긁어 온 것이 분명한) 사랑에 관련된 경구 같은 것을 맞춤법이 틀린 채로 보내왔다. 재희 역시 때때로 내 마음을 다 이해한다는 문자를 보냈는데, 나는 재희가 도대체 무엇을 이해하고 있다는 것인지 알 수 없었다. 자꾸만 고약해지는 마음이 웃겨서 혼자 가만히 누워 있다 방귀를 뀌듯 피식피식 웃는 일이 잦았다.

*

　본가에 있는 동안 나는 소설을 썼고, 작가가 되었다.

　나와, 재희와, 우리가 만났던 남자들과, 그들과 겪었던 연애사를 대충 엮어서 아무 얘기나 써댔다. 사실 그건 남에게 보여주기 위한 것은 아니었다. 잠이 잘 오지 않아 뭐라도 할 일이 필요했고, 밤새 떠들고 놀던 사람이 없어져버려 누군가에게 자꾸만 쓸데없는 얘기를 털어놓고 싶어서였다. 끝도 없이 섹스를 하는 게이와 개를 잃어버리는 연인들이 나오는 소설을 썼을 때에도 대단한 만족감이나 성취감을 느끼지는 못했다. 다만, 내가 쓴 소설들이 재희와 내가 보냈던 밤들과 썩 닮아 있다는 생각을 했다. 별 기대도 없이 그 두 소설을 공모전에 냈다가 덜컥 당선되었다.

　수상 소식을 전하기 위해 재희에게 전화를 했다. 꼬박 세달 만이었다. 재희는 마치 세시간 전에 전화를 했던 것처럼, 안녕, 하고 전화를 받아놓고는, 내 수상 소식을 듣자

갑자기 울기 시작했다. 너도 참 너다,라는 마음으로 재희
가 우는 것을 3분 정도 기다리다 심사평을 읽어주었다. 한
원로 소설가는 심사평에서 내 작품을 두고 옐로저널리즘
적 취향이 우려된다고 평했다. 재희는 그 문장을 듣고는
떠나가라 웃었다. 상금 중 일부를 덜어 재희에게 샤넬 램
스킨 백을 사주었다.

K3의 부고 문자를 받은 건 그즈음이었다. 교통사고라
고 했다. 그토록 아끼던 K3가 결국 관이 되어버렸다. 그
가 죽었다는 소식을 듣고 났을 때 비로소 나는 그와 내다
볼 수 없을 만큼의 긴 미래를 상상해왔었다는 것을 깨닫
게 되었다. 그가 마지막으로 내게 보낸 문자의 내용은 이
러했다.

*집착이 사랑이 아니라면 난 한번도 사랑해본 적이 없다.*

*

장례가 끝난 후 다시 재희의 집에 들어간 나는 보통의
일상을 이어나갔다. 재희는 여느 때처럼 냉동실에 블루베
리를 가득 채워놓았다. 나도 예전처럼 말보로 레드를 사

다 났더니 그럴 필요가 없다고 했다. 담뱃값이 오른 뒤로 남친과 함께 담배를 끊었다고 했다. 그래, 그렇겠지. 내가 사놓은 담배가 냉동실에 언 채로 남게 되었다.

잠들기 전까지 하루 종일 있었던 일을 공유하던 우리의 습관은 여전했다. 나는 언제나처럼 '오늘의 남자'를 말했고, 재희는 자신과 남자친구의 관계에 대해서 주로 얘기했다. 재희 커플 사이에서 '룸메이트 지은이'는 지뢰처럼 피해야 할 대화 주제로 남았다. 그냥 피가 섞이지 않은 남매나, 아니면 신경이 아주 많이 쓰이는 룸메이트 정도로 정리를 한 것 같았다. 재희의 남자친구는 술에 취할 때마다 그녀에게 이렇게 말한다고 했다.

— 보통 사람 눈에는 너희 진짜 이상해 보이는 거 알지.

알 게 뭐람. 둘이 얼마나 가나 두고보자 싶었는데 남자는 생각보다 지구력이 있는 성격인 것 같았다. 재희 말로는 지금껏 만났던 어떤 남자보다 안정적인 성격을 가졌으며, 언제나 자신의 말을 잘 들어줘서 좋다고 했다.

— 내가 하자는 대로 다 해줘. 애완견처럼.

이상한 습관도 없으며, 다른 남자들처럼 재희의 술버릇을 지겨워하지도 않고 오히려 매일 새로운 여자를 만나는 것 같아 잔재미가 있다고 좋아한다고 했다. (설마.)

재희는 언제나 자정이 되기도 전에 곯아떨어졌다. 업무가 힘든지 매일 밤 열시가 넘어 집에 들어와 개똥같이 찌그러져 있다가도 행여 내가 누군가랑 좀 잘될라 치면, 그래서 외박을 하려들면 엄마가 당부하듯 문자를 보내곤 했다.

*이번에는 먼저 죽지 않을 애로 잘 고르렴.*

*애써볼게.*

*

그 무렵, 재희의 남자친구는 재희에게 프러포즈를 했고 재희는 승낙했다. 만난 지 꼬박 3년 만이었다. 나는 그 소식을 듣고는 그 형은 다 좋은데 여자 보는 눈 하나가 없네, 말했다. 재희는 그치? 하고 대답했다. 그리고 덧붙였다.

— 내가 평생 자기를 웃겨줄 것 같아서 좋대.

웃다가 뒤통수나 후드려 맞지 않으면 다행일 것 같았지만.

그 말을 듣고 난 후로 나도 재희를 내내 웃긴다고 생각해왔다는 것을 알게 되었다. 예쁘지도 착하지도 않은 재희지만, 확실히 웃기기는 하지.

근데 그 형은 나이가 많은 것도 아니면서 도대체 왜 이렇게 결혼을 보채는 걸까? 타고나기를 안정적인 사람이라? 듣자 하니 두살 터울의 친누나도 아직 결혼하지 않았다고 하던데…… 어쩌면 나의 존재가, 생물학적 남성이자 3년 된 룸메이트인 지은이의 존재가 그에게 결혼을 결심하게 만들었을지도 모른다는 생각도 들었지만, 그런 생각을 더 깊이 끌고 가지는 않기로 했다. 나는 나와 관련된 모든 생각을 멈추기로 했다. 자의식 과잉은 병이니까……


4


재희가 결혼 선언을 한 뒤로 모든 게 빠르게 흘러갔다.

나는 식을 앞두고 3개월 동안 한국사회에서 남녀가 한 가족으로 합치는 것이 얼마나 좆같은지를 직간접적으로 목도하게 되었고, 때문에 내심 결혼 같은 건 꿈도 꿀 수 없었던 내 처지를 더이상 비관하지 않게 되었다. 뭐, 여우와 신 포도 같은 마음이 아니라고 할 수는 없겠지만.

재희는 뭘 맡겨놓기라도 한 것처럼 내게 바라는 것이 썩 많았다. 대리로 진급한 후 살인적인 업무에 시달리는 (예비) 남편의 부재를 이유로, 자꾸만 나를 남편처럼 써먹으려 들었다. 나는 웨딩숍이며 한복집, 커튼집 같은 데에 끌려 다니며 재희와 함께 물건을 골랐다. 처음에는 재희 뒤에서 휘파람이나 불다가 나중에는 내가 더 신나서 원단을 만져가며 이 색깔로 해라 난리를 쳤다. 거기까지는 나도 그럭저럭 좋아하는 일이라 상관은 없었는데 대뜸 나보고 결혼식 사회를 봐달라고 했을 때는 어이가 없었다. 이성애 결혼식 따위 티끌만큼도 연루되기 싫다고 해도 막무가내였다.

— 내 결혼식에 네가 빠지는 게 말이 되니?

— 말이 왜 안 돼. 절대 안 해. 못해. 나 정장도 없어.

— 내가 사줄게. 아르마니 걸로.

— 나 안티 메리지 운동 하고 있어. 너 보니까 결혼제도는 망해야 마땅한 것 같애.

— 개소리 말고 좀 해줘. 너 나대는 거 좋아하잖아.

그건 철저한 오해였다. 만취했을 때의 자아와 평소의

나 사이에는 간극이 컸다. 몇번이나 거절을 했는데 막무가내로 밀고 들어왔고, 그럴 때의 재희는 말릴 방법이 없었다. 그래 좋다, 사회를 봐줄 테니 대신에 식순이며 스크립트는 네가 써라, 말하니 알겠다고 했다.

일주일도 지나지 않아 재희가 집에 교촌치킨 두마리를 사 왔다. 뭔가 켕기는 게 있는 거로구먼. 재희는 내게 닭다리를 내밀며 말했다.

──신랑 친구가 사회를 보는 게 관례라고 하네? 오빠 절친 중에 방송기자가 있는데, 그 사람이 사회 본대. 진짜 미안.

누가 시켜달랬나. 애초에 결혼식 사회 같은 건 하고 싶은 적도 없었건만 그놈의 관례인지 뭔지 때문에 못하게 됐다고 생각하니 괜히 기분이 더러웠다. 아무래도 신랑 측에서 뭔가 말이 오간 것 같았다. 재희는 대신 나를 위해 마련해놓은 자리가 있다고 했다.

──축가.

──돌았니.

──내 얘기 써서 등단한 값이라고 생각해.

──그럼 내가 사준 샤넬 백 내놔.

─안 해주면 내가 출판사에 소송 걸 거야. 내 치부 갖다 팔아먹었다고.

소송보다는 수치심을 뒤집어쓴 채 노래를 부르는 게 편할 것 같았고, 결국 아르마니 수트 한벌과 셔츠, 구찌 넥타이까지 받는 선에서 이야기가 정리됐다.

재희의 신혼집은 방이동의 아파트였다. 재희네 부모님이 투자 목적으로 사놓은 집에 들어가 사는 거라고 했다.

*

마지막 날, 우리는 우체국에서 사이즈가 가장 큰 박스를 열개 사 왔다. 옷장에서 재희의 원피스며 가죽재킷 같은 것들을 꺼내 차곡차곡 개켰다. 재희가 나에게 말했다.

─영아, 나 앞으로 바람피우지 않고 살 수 있을까?

─글쎄.

─나는 오빠 걱정은 별로 안 되는데 내가 걱정돼. 멀쩡한 남자 하나 바보 만들까봐.

─있잖아, 재희야…… 나도 그게 걱정이긴 해.

우리는 함께 웃으며 옷을 마저 넣었다. 생각보다 짐이

적어서 박스 다섯개만 썼다. 큰 짐들이나 겨울옷 같은 건 미리 신혼집으로 보내놨다고 했다. 남아 있는 5개월의 계약기간 동안은 나 혼자서 방에 살아도 된다고 했다. 그래도 전세금이 꽤 될 텐데 당장 돈이 급하지 않은 걸로 봐서는 아무래도 재희 쪽 집안 형편이 괜찮은 것 같았고, 은근히 기우는 결혼인 것 같기도 했다. 재희가 평범한 중산층 가정에서 누구보다 평범하지 않게 자라난 여자라고 생각했던 믿음이 흔들리기 시작했다. 그녀가 사회적 통념 같은 것을 코 푸는 휴지처럼 여기며 자라날 수 있었던 건 어쩌면……

짐을 다 싼 후 나란히 이불을 깔고 누워 함께 마스크팩을 붙이고 있으니 꼭 스무살로 되돌아간 것만 같았다. 그때의 그 망나니 같던 재희가 어느덧 다 커서(?) 결혼을 한다는 게 도통 실감이 나지 않았다.

―근데 너 정말 결혼해서 시부모 챙기고, 애 낳고 기저귀 갈고 할 자신 있어?

―오빠랑 계약서도 썼어. 애 안 낳기로. 시부모님이야 엄마 아빠 생일 챙길 거 한번 더 한다고 생각하지 뭐. 그냥 연애하는 것처럼 계속 살 거야 우리.

—그럼 계속 연애나 하지, 굳이 결혼을 왜 해.

—하자고 하니까 그냥 한번 해보는 거지 뭐. 살다가 아님 말고.

—그래. 하다가 안 되겠다 싶으면 다 때려치우고 와.

—내가 그걸 못하겠니?

못해서 여기까지 온 거 아니었어, 물어봤는데 아무 대답이 들리지 않았다. 대신 우렁차게 코 고는 소리가 들렸다. 재희가 입버릇처럼 말한 '아님 말고'가 계속 머릿속에 맴돌았고, 평소에는 짜증만 치밀어 오르던 그 말이 이상하게 위안이 됐다.

결혼할 사람은 재희인데 정작 잠들지 못한 건 나였다. 그렇게 우리의 마지막 밤이 흘러갔다.


5


사회자가 축가를 부를 사람으로 내 이름을 호명했다.

동창들이 일제히 고개를 돌려 나를 쳐다보았다. 더러는 웃음을 터뜨렸다. 나는 식기가 세팅된 원형 테이블에서 일어나 천천히 무대를 향해 걸어갔다. 긴장이 돼 어깨가 뻣뻣해졌다. 재희와 재희의 신랑이 나를 보며 빙긋이 미소 짓고 있었다. 수백명 하객이 일제히 나를 바라봤다. 그 위용에 압도된 채, 마이크를 꽉 붙잡았다. 보면대에 놓인 악보 속 글씨가 출렁거렸다. 마이크만 잡으면 왜 이리도 감정이 요동칠까. 작가가 된 후로 몇번 마이크를 잡는 행사를 한 적이 있는데 언제나 필요 이상으로 말을 많이 하거나, 아니면 말도 안 되는 순간에 눈물을 쏟아 모두를 당황시키기 일쑤였다. 내게 내재된 무대용 자아에 나조차도 놀란 적이 한두번이 아니었다. 간주가 나오기 시작했다. 멜론에서 천원짜리 간주 파일을 사려다 괜히 괘씸한 기분이 들어 700원짜리를 샀는데, 노래방 간주만도 못했다. 당장이라도 눈물이 쏟아질 것 같아 코에 힘을 줬다. 이래선 안 돼. 참자. 누르자. 나는 떨리는 아랫입술을 꽉 물었다. 재희의 하객 중 적어도 세명 정도는 재희랑 잤던 남자들이었고, 둘은 나랑 잔 적이 있는 사람들이었다. (나는 때때로 성소수자가 정말 '소수'에 불과할 것이라 생각하는 사람들의 순진함에 놀라곤 한다.) 재희와 그의 신랑이 과도하게 두꺼운 메이크업을 하고 작위적인 미소를 띤 채 나를 바라보고 있었다.

결국 나는 제대로 된 축가를 부르는 데 실패했다. 앞 소절은 어찌저찌 떨리는 목소리로 불렀는데, 두번째 싸비가 나오는 순간 모든 게 다 터져버렸다.

항상 나의 곁에 있어줘. 꼭 네게만 내 꿈을 맡기고 싶어,까지 부르자, 눈물이 터질 것 같아 더이상은 노래를 부를 수가 없었다. 재희야, 너 진짜 혼자 이렇게 가버리기냐. 간주가 나올 때부터 이미 웃기 시작했던 사람들은 내가 마이크를 놓고 고개를 돌리자 연기라도 하는 줄 알았는지 다들 빵 터져 신나게 웃어댔다. 재희가 드레스를 질질 끌며 달려와 마이크를 잡았다. 그러더니 나머지 소절을 부르기 시작했다.

— 언제까지 내 맘에 하나뿐인 소중한 그 사람……

다른 건 곧잘 하는 재희는 노래만큼은 더럽게도 못 불렀고, 심지어 반주가 남자용이기까지 해서 더 구리게 들렸다. 검은 카펫을 깔아놓은 호텔인 게 무색할 정도로 예식의 품격이 땅바닥으로 곤두박질쳤고 나는 울려다가 눈물이 쏙 들어가, 아 정말이지 재희는 어쩔 수 없이 재희구나, 하는 생각에 사로잡혀 콧물을 삼키며 나머지 노래를 재희와 함께 완창했다. 내가 다른 사람한테는 다 져도 얘한테는 질 수 없다, 오늘의 옥주현은 나다,라는 마음으로. 최선을 다해서.

자리에 돌아가자 동기들이 다들 왁자지껄 웃고 난리였다. 언제적 핑클이냐, 너 설마 아까 운 거 아니지, 다들 웃겨 죽으려고 했다. 호모라서 핑클 부르면서도 운다 됐냐, 하려다 말았다. 대신 식은 스테이크를 잘라 껌처럼 질겅질겅 씹어 먹었다. 동기들은 저마다 할 말이 대단히 많아 보였다. 다음엔 누가 결혼할 차례이며 누구는 애를 낳았으며 누구는 승진을 했고 이직을 했고 취업에 실패한 누구는 부모님의 펜션을 물려받았다…… 속 시끄럽고 지겨운 소리만 잘도 늘어놨다. 재희네 신혼집이 송파라더라, 그 아파트가 얼마 전에 3억이나 오른 거 알고 있냐, 재희는 부자 남편을 만나서 로또 맞은 거나 다름없다는 소리까지 나왔고, 아파트는 재희 부모님이 해준 거란다 등신들아, 아는 척을 하려다 그게 다 무슨 소용인가 싶어서 스테이크를 반쯤 남긴 채 일어섰다. 화장실에 가겠다는 말을 남기고 호텔 밖으로 나왔다.

집에 돌아오자마자 침대에 재킷을 벗어 던졌다. 속옷까지 벗어버리고 침대에 누웠다. 재희와 함께 살 때는 절대 할 수 없었던 일이었다. 혼자 사니까 시원하고 좋네. 해가 지지도 않았는데 이러고 있으니 꼭 술에 취해 새벽을 맞이하는 것 같은 기분이 들었다. 집도 비었는데 남자나 불러다 놀까 하다가 귀찮아서 관뒀다. 창 너머로 일렁이는 햇살을 보며 습관처럼 핸드폰의 문자들을 뒤졌다. 지긋지긋한 카드 결제 문자와 스팸 문자를 넘어 재희가 내게 싹싹 비는 문자를 읽다, K3가 내게 마지막으로 보냈던 문자를 열었다.

*집착이 사랑이 아니라면 난 한번도 사랑해본 적이 없다.*

핸드폰을 닫아버렸다. 샤워를 할까 하다 갑자기 시원한 게 먹고 싶어져버렸다. 냉동실을 열어보니 거의 다 먹은 블루베리 한봉지와 비닐을 벗기지도 않은 말보로 레드 한 갑이 있었다. 담뱃갑에 암에 걸린 남자의 폐 사진이 붙어 있어서 그것을 한참 동안 들여다보았다. 이 남자, 죽었을까. 선반에서 밥공기를 꺼내 블루베리 봉지를 뒤집었다. 보라색 얼음 조각 하나만이 툭 떨어질 따름이었다.

그때, 영원할 줄 알았던 재희와 나의 시절이 영영 끝나버렸다는 것을 깨달았다.

언제나 때에 맞춰 블루베리를 사다 놓던 재희. 내가 만났던 모든 남자들의 이름과 얼굴을 기억하는, 내 연애사의 외장하드 재희. 아무 데서나 담배를 피우며, 가당찮은 남자만 골라 만나는 재희.

모든 아름다움이라고 명명되는 시절이 찰나에 불과하다는 것을 가르쳐준 재희는, 이제 이곳에 없다.

우럭 한점
우주의 맛

1

밤새 글을 쓰다 늦잠을 자버렸다. 대충 세수만 하고 가방을 들었다. 엄마는 아마도 짜증을 꾹꾹 눌러가며 병실에서 성경을 읽고 있을 터였다. 점심을 먹고 난 후 엄마와 함께 올림픽공원을 산책하는 것이 일상이 된 지 오래였다.

계단을 내려오다 습관처럼 흘끗 우편함을 바라봤는데, 서류봉투가 꽂혀 있었다. 꺼내서 만져보니 두툼했다. 발신인의 이름은 적혀 있지 않았다. 뭐지, 하는 마음에 봉투를 뜯어보았다. 누렇게 바랜 종이 뭉치가 나왔다.

그것은 5년 전 그에게 던지듯 건넸던 나의 글, 일기였다.

나체로 전신 거울 앞에 선 것 같은 기분으로 첫 장을 읽기 시작했다. 검은색 펜으로 휘갈겨 쓴 일기 위에 빨간 펜으로 교정기호며 매끄럽지 못한 문장이 표시되어 있었다. 그러니까 그가 내가 쓴 일기의 교정지를 보내온 것이었다. 닷새도 아닌 5년 만에. 나는 종이 뭉치를 세게 쥐었다. 그에 대한 기억들이, 격렬한 감정들이 홍수처럼 쏟아져 들어왔다. 아직도 내 집주소를 기억하고 있었단 말이야? 종이 뭉치의 마지막 장은 내가 아니라 그가 휘갈겨 쓴 쪽지였다. 그의 필체로 적힌 빨간 글씨들이 눌어붙은 핏자국처럼 느껴졌다.

오랜만입니다. 형이에요. 작가가 됐다는 소식을 들었습니다. 축하합니다. 원래 이름에 '제' 자가 들어갔던 것 같은데, 맞죠? 예명을 쓰나봐요.

누굴 놀리나. 아무리 예전 일이라도 그렇지 1년도 넘게 만났던 사람의 이름조차 제대로 기억 못하다니.

살이 많이 쪄서 사진으로는 못 알아봤어요.

됐다. 두번 볼 것도 없다. 그냥 찢어버려야지. 그런데 다음 문장.

엄마 건강은 좀 괜찮으신지 모르겠네요. 그땐, 미안했어요. 여러모로. 다.

남자들은 도대체 왜 자꾸 내게 미안하다고 할까. 그냥 미안할 짓을 안 하면 될 일인데. 그는 여느 때처럼 일방적으로 자신의 용건을 늘어놓았다.

그간 몇번이고 연락을 할까 했지만 아무래도 사정이 있어 하지 못했습니다. 그러다 시간이 훌쩍 흘렀고 당연히 전화번호가 바뀌어버렸더군요. 이렇게 갑자기 연락해서 미안합니다. 제가 일정이 빠듯해서 그럽니다. 월요일에 급하게 출국하게 되었어요. 아주 오랫동안, 어쩌면 아예 안 돌아올지도 몰라요. 괜찮다면 이번주 일요일, 예전에 약속했던 시간에 약속했던 장소에서 만나요. 꼭 주고 싶은 게 있습니다.

쪽지의 마지막에 전화번호가 적혀 있었다. 일요일이면, 이틀 뒤였다. 이 남자는 도대체 무슨 염치로 나에게 또 만나자고 하는 것일까. 주고 싶은 것 같은 소리 하고 앉았네. 우리 사이에 더 주고받아야 할 건 욕밖에는 없었다. 서류봉투째로 쓰레기통에 처넣고 싶은 마음과, 누구의 손도 닿을 수 없는 곳에 소중히 보관해놓고 싶다는 마음이 교차했다. 결국 서류봉투를 가방에 집어넣었다.

길을 걷는데 심장이 빠르게 뛰는 게 느껴졌다. 그로 인해 이렇듯 격렬한 신체 반응이 일어난다는 사실이 소름 끼치게 자존심 상했다. 나는 핸드폰의 메모장 앱을 켰다. 그리고 한 문장을 적었다.

5년 전, 나는 그를 엄마에게 소개하려 했었다.

*

다행히 엄마는 아직 코를 골며 자고 있었다. 점심을 먹고 곧장 곯아떨어진 것 같았다. 나는 발소리를 죽여 보호자용 침대에 앉았다.

엄마의 입원이 장기화되자, 병실에 엄마의 물건이 늘어나기 시작했다. 냉장고에 담긴 반찬통과 과일, 서랍 속 과도, 박하사탕 한봉지, 침대 옆 협탁에 놓인 작은 액자 하나. 열한살의 나와 서른아홉의 엄마가 나란히 찍힌 사진이었다. 사진 속 엄마는 학사모를 쓴 채 정체 모를 동상 옆에 기대서 있고, 엄마 다리맡의 나는 데님으로 된 멜빵바지를 입은 채 잔뜩 인상을 쓰고 있다. 그 무렵 찍힌 내 사진을 보면 모두 미간에 깊은 주름이 져 있다. 더러운 성격은 아마도 기질상의 문제인 것 같았다. 사진 옆에는 올해 출간된 내 책 두권이 놓여 있었다. 책은 병문안 온 손님들을 위한 것이었고, 정작 엄마는 내 책을 읽지 않았다. 그녀는 내 책뿐만 아니라 내가 쓴 모든 글을 강박에 가까울 만큼 철저히 읽지 않았는데, 노안 때문에 글씨가 아지랑이처럼 너울거려서 못 보는 것이라고 말은 하지만 실은 다른 이유가 있다는 것을 잘 알고 있었다.

스무살 때 대학 신문에서 주최하는 문학상을 받은 적이 있다. 당선되면 백만원의 장학금을 주는 대회였는데, 마침 신문사에서 수습기자로 일하는 동기가 경쟁률이 낮다는 얘기를 해줬다. 언제나 술값이 모자랐던 그때의 나는 학력 콤플렉스가 심해 방송통신대에서 학사학위를 두개나 따고 난 후 자식의 교육에 모든 것을 바치는 50대 여성의 이야기를 썼는데, 그것이 당시의 내가 쓸 수 있는 가장 가까운 얘기이기 때문이었다. 던지듯 출품했던 내 첫 소설은 생동감 있는 인물 묘사가 돋보인다는 평을 들으며 당선됐다. 엄마는 어디선가(아마도 모든 소문의 원흉인 교회에서) 그 소식을 주워듣고는 내 당선작이 나온 대학 신문을 구해다 읽었다. 그리고 사흘 밤낮을 울었다. "네 마음이 그렇게 아팠다니, 내가 그렇게도 너를 착취해왔다니……" 안방 문을 넘어올 만큼 큰 소리로 통곡을 하는 그녀에게 "엄마, 소설은 그냥 소설이야. 다 지어낸 거라고" 소리를 질러보았지만 들릴 턱이 없었고 그 후로 엄마는 내가 쓴 그 어떤 글도, 심지어는 바닥에 떨어진 리포트나 메모조차도 읽지 않는 몸이 되었다.

— 명희가 네 책 재밌다더라. 지금까지 나온 건 죄다 사 봤대. 개가 우리 중에서 제일 똑똑하잖니. 숙대도 나오고. 네 글 보더니 애가 아주 착하게 큰 것 같대.

지난 3년 동안 쓴 소설이라고 해봤자 술 먹고 물건을 훔치고, 군대에서 계간(鷄姦)을 하고, 성매매를 하고, 바람 피우는 사람들 얘기가 전부였는데 도대체 뭘 보고 착하다는 건지. 두번만 착했다간 사람도 죽이겠네. 아무튼 교회 아줌마들의 립서비스는 알아줘야 했다.

엄마가 특유의 골골대는 소리를 내며 몸을 일으키더니 밤에 잠을 잘 자지 못했다고 했다. 항암 치료를 시작한 뒤로는 통증 때문에 잠을 자기도 힘들다며 연신 하품을 해댔다. 엄마가 하도 코를 골아서 엄마와 같은 방을 쓰던 환자가 두명이나 병실을 옮겼다. 결국 자의 반 타의 반으로 벌써 세달 가까이 2인실을 혼자 쓰는 중이었는데, 옆에 사람이 있을 때는 뭐가 마음에 안 든다 난리더니 막상 아무도 없으니 밤에 저승사자가 너무 쉽게 데려갈 것 같다는 등 40년차 기독교인답지 않은 샤머니즘적 발언으로 다채롭게도 사람을 미치게 했다.

— 엄마, 사과 깎아줘?

— 입이 쓰다. 그냥 사탕이나 까줘.

생전 단것을 먹지 않다가 암수술을 한 뒤로는 계속 박하사탕을 찾았다. 어떤 날은 밥도 먹지 않고 사탕만 물고 있어 억지로 뱉게 한 적도 있었다. 소화기관이 제 기능을 하지 못해서 그런 것이라고 했다. 나는 병실에서 풍기는 병자 특유의 콤콤한 냄새를 감추기 위해 이불과 침대에 천연 성분의 섬유탈취제를 뿌렸다.

5개월 전 엄마의 암이 재발했다는 소식을 들었을 때에도 나는 놀라지 않았다. 수년 동안 잠잠하기는 했으나, 언젠가 벌어질 일이라고 생각했었다. 비극도 희극도 너무 자주 반복되면 하나도 좋을 게 없어서 이 모든 패턴이 지긋지긋하기만 했다. 나는 장례 말고는 암환자의 가족이 겪을 수 있는 거의 모든 일을 겪었다. 어쩌면 이제 겪어보지 않은 마지막을 준비해야 될 때가 온 것일지도 몰랐다.

*

엄마의 몸에서 처음으로 암이 발견된 게 벌써 6년 전이었다.

당시에 나는 20대 중반의 인턴사원이었으며, 정규직 전환 심사를 앞두고 있었다. 열명이었던 인턴 중 최종까지 남은 사람은 셋. 그중 한명만이 정규직으로 전환된다는 소문이 돌았으며 그것이 유일한 남성인 내 차지가 될 확률이 높다는 소문도 함께 돌았다. 나는 50대 남녀의 정치적 성향과 건강의 상관관계에 대한 조사연구팀에 보조 연구원으로 투입되어, 백명도 넘는 사람들에게 전화를 돌리고 있었다. 공교롭게 50대, 중도우파 성향의 여성에게서 전화가 걸려 왔다. 나는 평소처럼 두번 그녀의 전화를 거절했으나, 그녀는 포기를 모르는 여자였다. 별수 없이 눈치를 보며 회사 번호로 그녀에게 다시 전화를 걸었다.

──안녕하십니까. 저는 코리아⋯⋯

엄마는 환희에 찬 목소리로 외쳤다.

──엄마 암이래! 자궁암! 할렐루야다.

하도 호들갑을 떨어 암이 아니라 복권에라도 당첨된 줄 알았다. 그녀는 보름 전 배 속에 진달래꽃이 만개하는 꿈을 꾼 후 '아무래도 예감이 좋지 않아' 건강검진을 받았고 자궁암 확진 판정이 내려졌다. 인맥 관리 차원에서 교회 사람들에게 들어놓은 여러개의 암보험에서 진단비만 2억이 넘게 나온다고 했다. 그 돈이면 지금 우리가 살고 있는 잠실 아파트의 남은 대출금을 얼추 다 갚을 수 있었다. 거기다가 실손보험에서 수술비가 나오고, 수원과 안양의 상가에서 나오는 임대료로 그럭저럭 우리 모자가 먹고살 수 있을 거라고 말하는 엄마는 진심으로 기뻐 보였다. 엄마는 외할머니도 엄마도 둘째 이모도 모두 암에 걸렸으니 너도 백 퍼센트 암환자가 될 것이라고 말하며 내 명의로 암보험 두개를 더 계약하자고 했다.

퇴사 의사를 밝히는 내게 차장이 말했다.

— 우리 회사보다 더 좋은 곳에 붙은 건가?

그게 아니라 홀어머니가 암에 걸려서요, 간병할 사람이 없어서 때려치웁니다, 하고 싶었는데 그러지는 못했다. 엄마는 남들에게 굳이 비밀로 하지 않아도 될 것까지 숨기곤 했는데, 그 이유는 대부분 '남세스럽다'는 것이었다.

대찬 성격에 어울리지 않게 언제나 묘한 포인트에서 수치심을 느끼곤 하는 엄마는, 자신의 병을 몹시 부끄러워했다. 그녀는 20년이 넘도록 관리해왔던 고객들에게 안식년을 맞아 성지순례를 간다고 휴직 선언을 했으며, 친구들뿐만 아니라 이모들에게조차도 병을 알리지 않았다. 나로서는 아픈 게 뭐 그렇게 대단한 흉이라고 저 난리일까 싶기는 했으나, 순순히 엄마의 비밀에 동참했다. 그 때문에 나는 애매하게 웃으며 차장에게 퇴사 후 글을 쓸 거라고 해버렸다. 평생 꿈꿔왔던 일이라는 말도 덧붙였다.

　―꿈 그거 좋지. 그러나 이거 하나는 기억하게. 기회는 기차와도 같아. 한번 가면 돌아오지 않지.

　기차는 매일 매시간 돌아오는데 도대체 무슨 개 같은 소리일까 생각하며, 그렇게 나의 첫번째 회사생활을 정리했다. 보름 후 엄마는 자궁암 명의가 있다고 소문난 강남의 한 종합병원 수술대에 누워, 예수의 고통에 동참하고 싶다며 수술할 때 마취를 하지 말아달라 의료진에게 요청해 산부인과뿐만 아니라 정신과 진료도 함께 받게 되었다 (드디어!).

　사진상으로 대단할 것이 없으리라 추측됐던 엄마의 암

세포는 막상 열어보니 꽤 심각한 상태였다. 림프샘 전이 의심 소견이 있으며, 간의 상태도 좋지 않아 시간을 들여 여러 단계의 치료를 받을 필요가 있다고 했다. 자궁 적출 수술 후 몇번의 방사선 치료가 이어졌음에도, 엄마의 암세포는 완벽히 사라지지 않았다. 완치를 향한 길은 멀고도 험했다.

그를 처음 만난 게 바로 그 무렵이었다. 한 인권단체에서 주최하는 아카데미의 인문학 교양강좌에서였다. 많고 많은 강의 중 '감정의 철학'을 수강한 것은, 당시 내가 정말 감정을 주체할 수 없는 상태였기 때문이다. 취업준비생의 덕목에 맞게 영어 점수를 만들고 각종 회사의 인적성 시험을 준비하는 것도 모자라, 엄마의 병수발을 들며 엄마의 간절하고도 강압적인 요구에 의해 하루에 한번씩 산책까지 시켜줘야 했다. 몸과 마음이 골고루 병든 병자를 종일 들여다보고 있자니 나까지도 점점 병들어가는 기분이었다. 엄마라는 불행의 진원으로부터 도망치기 위해, 하루에도 몇번씩 끓어오르는 내 감정의 본질을 알기 위해 나는 일주일에 한번씩 아카데미에 갔다. 수업은 스피노자의 『에티카』를 중심으로 롤랑 바르트의 『밝은 방』과 『사랑의 단상』을 부교재로 삼아 인간에게 존재하는 감정을 나노 단위로 쪼개 분석하는 방식으로 진행되었다. 첫 수업 때 '재야의 철학자'라고 자신을 소개한 강사는, 강의력이 부족한 많은 강사들이 그러하듯 수강생들에게 자기소개를 강요했다. 인권단체에서 주최하는 수업이라 그런지 열다섯 남짓의 수강생 중에 반수 정도가 사회단체 활동가였다. 그들은 (아무도 묻지 않았는데) 자신이 속한 단체나 믿고 있는 신념, 성적 지향 같은 것을 밝혔고, 내 차례가 다가왔을 때 나도 중도좌파에 남성 호모섹슈얼,이라고 고백해야 할 것 같은 압박감에 살짝 사로잡혔으나, 그냥 본명을 말하고 대학생이라고 소개했다. 조바람님, 제임스님, 샐리님, 맙소사님, 가을의 전설님…… 국적과 출처를 알 수 없는 활동명과 닉네임이 줄줄 이어졌다. 모두가 소개를 마칠 때쯤 한 남자가 문을 밀고 들어왔다. 키가 몹시 커 천장에 닿을 듯했고, 그래서 구부정하게 허리를 숙인 남자. 그가 내 옆자리에 앉아 가방을 내려놓고 후드 집업을 벗었다. 검은 후드 집업과 태극기가 오버로크된 이스트팩 백팩은 모두 기십년은 넘은 듯 낡아 있었다. 뛰어왔는지 그의 몸에서 피어오른 더운 기운이 내 얼굴로 확 끼쳐들었다. 그의 목과 팔목, 손가락까지 길게 문신이 이어져 있는 게 보였다. 파충류의 꼬리 같은 것. 저 무늬를 타고 올라가면 어떤 모양이 그려져 있을지, 문신의 끝이 어디일지 궁금해졌다. 그의 몸 구석구석을 훑다보니 나도 모르게 침을 크게 삼켜버렸다. 갑자기 남자가 내 옆에 바싹 다가왔다. 귀부터 발끝까지 털이 곤두서는 게 느껴졌다. 그가 내 귀에 대고 속삭였다.

   ──저, 죄송한데, 커피 한모금만 마실 수 있을까요?

   남자는 내 대답을 듣기도 전에 내 앞에 놓인 일회용 커피잔의 뚜껑을 열고 커피를 마시기 시작했다. 남자의 움직임이 슬로모션처럼 한 장면 한 장면 의미심장하게 다가왔다. 남자는 (아마도 몹시 뜨거웠을) 내 시선 따위는 아랑곳하지 않고 바닥에 가라앉아 있던 얼음까지 와그작 와그작 씹어 먹었다. 자기소개의 마지막 순서였던 남자는 자신을 '창작하는 사람'이라고 짤막하게 소개했다. 작곡을 하는 것도, 미술을 하는 것도, 글을 쓰는 것도 아니고 창작을 한다는 그 문장이 이가 시릴 정도로 쿨해서 나는 단번에 그에게 불길한 관종의 기운을 느끼고야 말았다

(예감은 언제나 틀리는 법이 없었다).

수업이 끝나고 난 후 남자가 내게 다가와 커피를 사주겠다고 했다. 아까 마신 커피에 대한 보답을 하고 싶다는 이유에서였다. 처음 보는 사람의 음료를 허락도 없이 마시질 않나, 남자의 말투며 눈빛 같은 게 아무래도 낌새가 좋지만은 않아, 나는 손사래를 쳤다. 남자는 꼭 은혜를 갚고 싶다고 거듭 말했다. 그와 아카데미 근처의 스타벅스로 향하게 된 것은 도의적인 차원에서 그의 간곡한 부탁을 거절할 수 없어서,는 아니었고 실은 그가 너무너무 내 스타일이기 때문이었다. 저음에 또렷한 목소리, 툭 튀어나온 눈썹 뼈에 속내를 종잡을 수 없는 작은 입술, 선크림 따위 생전 한번도 바르지 않은 듯 군데군데 기미가 낀 피부까지. 성격은 이상한 것 같지만 그냥 얼굴이나 실컷 보다 와야지 하는 마음이 불길한 예감을 뛰어넘어버렸다 (그러는 게 아니었다).

남자와 계산대에 나란히 서고 보니 나보다 머리통 하나 정도가 훌쩍 컸다. 누군가를 올려다보는 것은 평균보다 조금 더 큰 키인 내게는 좀체 없는 일이었다. 우리는 나란히 아이스 아메리카노를 받아 들고 자리에 앉았다.

자기가 커피를 마시자 해놓고 그는 별말도 없이 그냥 허공을 바라보고 있었다. 뭐야, 이 남자. 이럴 거면 왜 불러냈어. 결국 내가 대화의 포문을 열었다.

―목이 많이 마르셨나봐요.

―덕분에 살았습니다.

그리고 침묵. 당시의 나는 (정규직 전환을 꿈꿨던) 비정규직의 쇼맨십을 온몸에 품고 있었으므로 (아무도 그러라고 한 사람이 없는데도 불구하고) 먼저 나서서 저는 대학생이고, 불문학을 전공하고 있으며, 요즘 재밌게 본 드라마는 무엇입니다, 취미는 독서이고, 이 수업에 참여하게 된 계기는…… 계속 하나 마나 한 말을 떠들어댔다. 그는 실례일 정도로 나를 훑듯이 쳐다보았고 내가 불편한 마음이 들 때쯤 입을 열었다.

―말을, 예쁘게 하시네요.

뭐래는 거냐 이 남자, 지금 나 끼스럽다는 거지. 게이인 거 티 난다고 하는 거 맞지. 아닌가? 그냥 하는 소리인가? 내 피해의식인가? 나는 괜히 복잡한 마음이 들어 그냥 입을 다물었다. 또다시 침묵. 아메리카노 잔의 바닥이 드러날 때까지 어색한 시간이 흘렀을 때 그가 뜬금없이 이런 말을 했다.

　——우리 어머니가 알코올 중독이에요.

——네…… 네?

　——그래서 어머니를 치료소에 입원시켰는데 몇번이나 도망쳤다가 이번에 폐쇄병동으로 들어가셨어요.

　——아…… 네.

　——치료 방법을 바꿔봐도 도저히 차도가 없어요. 계속 숨겨놓고 술을 마셔요. 침대 밑에도 술병이 있고, 가방 안에도 있고. 미치겠습니다.

　이 남자, 처음 보는 나에게 왜 이런 얘기를 하는 걸까. 이런 상황에서는 도대체 어떤 표정을 지어야 하지?

　——심지어 요즘은 알코올성 치매 초기 증상까지 와서 대하기가 영 녹록지 않네요. 그래서, 엄마를 잡으러 다녀요. 사나흘에 한번꼴로.

　뭐야, 갑자기 왜 이래. 돌았나. 갑자기 내 쪽에서도 거창한 가족사를 말해야 할 것 같은 강박이 들었다. 우리 가족은 그냥 평범한 중산층이고, 아버지는 평범한 중산층의 가장답게 죽도록 바람을 피워 이혼을 했으며, 엄마는 대한민국 중노년층 사망 원인 1위인 암에 걸린 환자랍니다,

말해야 하나. 아니면 더 대단한 사연을 지어내기라도 해야 하나, 고민을 하다가 그냥 이렇게 말해버렸다.

— 저희 어머니도 아프세요. 자궁암. 수술 받고 병원에 입원해 계셔서 제가 돌보고 있어요.

— 아, 그런 일이 있으시군요. 우리 공통점이 많네요.

엉겁결에 엄마의 투병 사실을 공개해버리고 나서야 타인에게 엄마의 병에 대해 털어놓는 게 처음이라는 것을 깨달았다. 남자가 내게 말했다.

— 그런데 여기 수업 듣는 거 처음이시죠?

— 네. 어떻게 아셨어요?

— 제가 여기서 열리는 인문학, 철학 수업 거의 다 들었거든요. 아예 처음 보는 얼굴이길래. 이렇게 귀여운 얼굴을 기억 못할 리가 없지.

그 말을 했을 때의 그의 표정을 아직도 기억한다. 누구보다도 여유로운 것처럼 굴지만 자신감 없이 떨리는 눈빛, 머뭇거리는 입술의 움직임이 그가 긴장하고 있다는 것을 보여주었다. 내 경우도 당황한 건 마찬가지였다. 농담으로라도 나에게 귀엽다는 말을 해준 사람은 정규교육 과정을 시작한 이후로는 한번도 없었다. 누가 봐도 전혀 귀엽지 않은 게 그나마 내 귀여움의 포인트인데. 그런데 이 아저씨 뭐지. 이쪽 느낌은 아닌데. 노골적인 플러팅인가. 어쭙잖은 작업질인가. 아냐, 그럴 리 없지. 나도 집에 거울이 있는데 내가 일부러 커피를 사줘가면서까지 작업 걸 만한 수준이 아니라는 건 너무 잘 알고 있다고. 하도 당황스러워 무슨 말을 할지 떠오르지 않았다. 다만 내가 떨고 있다는 것, 그를 똑바로 바라볼 수 없을 정도로 긴장하고 있으며 그것을 숨기기 위해 안간힘을 다하고 있다는 것만은 절실히 느끼고 있었다. 그가 그런 나를 비웃기라도 하는 것처럼 가벼운 어조로 말했다.

　—뒤에 별일 없으시면 앞으로도 수업 끝나고 밥이나 같이해요.

　그렇게 우리는 수업이 끝나고 아카데미 근처를 돌아다니며 함께 밥을 먹는 사이가 되었다. 그 주변의 지리며 상권에 훤한 그가 나에게 맛집(이라 불리는 가정식 백반집과 기사식당 등 꼰대 취향의 음식점)을 소개해주는 식이었고 나는 그의 내밀한 일상 공간에 초대받은 것 같은, 과장된 자의식에 젖어 있었다(나중에는 그가 그냥 다른 사람에게 아는 척하기를 좋아하는 성격이라는 것을 알게 되었지만). 그와 함께 있을 때의 나는 평소보다 말수가 적고 밥을 적게 먹는 사람이 되었다. 대신 그를 관찰하는 데 온 신경이 쏠려 있었는데 손질되지 않은 짧은 머리와 웃을 때 이 사이로 새어 나오는 입김, 쑥스러울 때면 한쪽만 올라가는 눈썹과 시옷 발음이 새는 습관 같은 것들을 속속들이 내 속에 담았다. 밥을 먹고 난 후에는 언제나 앞만 보고 빠르게 걷는 그를 따라가기 위해 그보다 10센티미터는 짧은 다리로, 열심히 속도를 맞추며 걸었다. 그렇게 숨이 가쁜 채로 지하철역에 도착하면, 그가 한번도 내 쪽을 바라봐주지 않았다는 사실을 문득 깨닫고 연유 없는 절망감 같은 것에 사로잡혔다.

그를 보고 있으면 자꾸만 생각이 많아졌다. 그라는 사람이 궁금했고, 그보다 그가 나를 어떻게 생각하는지 궁금했고, 그보다 그가 도대체 어떤 방식으로 내 감정을 휘저어놓는지 알고 싶어졌다. 내 머릿속에서 생각들이, 감정들이 자꾸만 떠올라 초당 수천 미터는 뻗어가는 것 같았고 생전 느껴보지 못했던 그 에너지를 어떻게 처리해야 할지 곤혹스러웠다. 그래서 나는 수업을 위해 마련해놓은 대학노트를 일기장 삼아 그의 일상을, 나아가 그를 통해 변화하는 나 자신의 감정을 기록하고 탐구하기 시작했다.

기록의 양이 늘어날수록 나는 그에 대해 더 알 수 없어졌다.

그는 자신이 무슨 일을 하는지 극도로 말을 아꼈으나, 어쨌든 출퇴근을 하지는 않았고, 만나는 사람도 거의 없어 보였다. 그는 시시때때로 별다른 용건이 없는 문자를 보내왔으며(오늘은 산책하기 좋은 날씨입니다), 노인들처럼 암에 좋은 음식이나 면역력을 높여주는 식품에 대한 기사를 보내오기도 했다. 일단 대화가 시작되고 난 후엔 하나도 특별할 것이 없는 자신의 일상이며(오늘은 칸트를 읽고 길고양이에게 밥을 주었습니다) 모친의 알코올 의존증 치료 상황과(어머니가 병원을 탈출해 술을 마신 뒤 택시기사와 싸움을 벌였습니다), 하다못해 매일 별다를 게 없는 1인분의 식사까지 찍어 보냈다(고등어찜을 먹었습니다). 나는 그런 그의 메시지에 간신히 아, 네, 힘드시겠어요, 밥 맛있게 드세요,와 같은 하나 마나 한 대답밖에 할 수 없었다. 그런 쓸데없는 말이나마 끊어질라치면 그는 괜히 웃는 이모티콘이며 뚱뚱한 고양이 스티커 같은 것을 보내 어색한 대화를 이어나가려고 했다. 그렇게 한참 동안 의미 없는 메시지를 주고받다보면 갑자기 바람 빠진 풍선처럼 모든 게 다 부질없어지곤 했는데, 그가 나에게 (어떤 의미에서든) 관심이 있는 게 아니라 단지 벽에 대고서라도 무슨 얘기든 털어놓고 싶을 만큼 외로운 사람에 불과하다는 생각이 들어서였다. 나는 그런 외로운 마음의 온도를, 냄새를 너무 잘 알고 있었다.

그때의 내가 바로 그런 사람이었으니까.


2


토요일 오후, 요양병원에서 힐링 요가 수업을 마친 엄마가 산책을 가자고 나를 채근했다. 평소와 하나도 다를 게 없는 산책길이었으나 그 길을 걷는 내 마음의 온도는 평소와는 확연히 달랐다. 그가 보내온 종이 뭉치가 내 일상을 통째로 바꿔놓았다. 나는 마치 5년 만에 돌아온 기차를 잡아탄 것처럼 초 단위의 감정기복을 반복하고 있었다. 도저히, 아무 일도 손에 잡히지 않았다. 출판사에 원고

마감을 일주일 정도 늦춰달라는 메일을 보냈다.

나는 엄마와 함께 공원으로 향했다. 병원에서 길만 건너면 올림픽공원이었다. 엄마가 기대듯 내 팔을 잡았고 우리는 팔짱을 낀 채 천천히 횡단보도를 건넜다. 멀리서 보면 우리는 아주 사이좋은 모자처럼 보일 것이었다. 여느 때처럼 10분쯤 걷다 호수 앞의 벤치에 나란히 앉았다.

재발한 암일수록 생존율이 낮다고 했다. 모든 것이 두번째였기 때문에 포기도 상대적으로 수월했다. 암이 전이된 간의 일부와 담도를 적출한다고 했을 때도, 다섯번의 항암 치료를 더 하게 되었을 때도, 1년 이상 생존할 확률이 20퍼센트가 넘지 않는다는 결과를 들었을 때도 우리 모자는 크게 놀라지 않았다. 나는 또다시 다니던 회사를 그만뒀다. 팀장은 사정이 나아지면 언제든지 돌아오라고 말했지만, 서른한살은 그런 말을 곧이곧대로 믿을 정도로 순진한 나이는 아니었다.

새로 옮긴 요양병원은 집에서 도보로 15분 거리였다. 경기도 외곽의 요양병원에 반년 가까이 입원해 있다 엄마와 가깝게 지내던 동갑의 폐암 환자가 세상을 떠난 뒤 급하게 이곳으로 옮겼다. 여기는 요양병원이라기보다는 호스피스에 가까운 곳으로, 병실도 부대시설도 모두 호텔처럼 깨끗했다. 전문 간병사와 치료사들이 의학과 대체의학을 넘나드는 치료와 처치를 해주어, 이곳에 오고 나서부터 내가 할 일이 부쩍 줄었다. 내 월급을 훌쩍 뛰어넘는 병원비를 생각하면 형편에 맞는 선택은 아니었지만 할 수 있는 한 가장 편한 곳에 있게 해주는 것이 엄마와 나의 마지막 시간을 보내는 최선의 방법이라는 생각이 들었다. 엄마는 더이상의 항암 치료를 포기한 채 통증을 경감해주는 한방 대체요법이나 힐링 요가, 마음을 다스리는 긍정의 명상법 같은 요양병원의 프로그램을 성실히 수행했다. 그 와중에도 암세포는 엄마를 닮아 착실히 온몸으로 퍼져나갔다. 통증의 범위와 형태는 다채롭게 변해만 갔다.

엄마가 화장실에 가겠다고 했다. 나는 엄마를 부축해 공중화장실의 장애인 칸으로 들어갔다. 엄마를 좌변기에 앉혀주고 고개를 돌렸다. 최근에 방광 부근까지 암세포가 전이된 이후로는 용변을 볼 때마다 부쩍 통증을 호소했다. 자리에서 일어나거나 기침을 하는 등 복압이 높아지는 상황에서는 몸을 가누기가 힘든지 번번이 나를 찾았다. 나는 화장실 문을 바라보며 엄마가 힘없이 오줌 누는 소리를 들었다. 몇번을 겪어도 적응이 안 되는 순간 중 하나였다. 엄마는 다 죽어가는 마당에 부끄러울 게 뭐가 있느냐는 듯 당당한 손길로 내가 건네준 휴지를 턱 받아 들어 닦더니 속옷을 올리고 얼른 자신의 바지를 추켜올려라, 몸을 일으켜 세워라 난리였다. 내가 눈을 질끈 감고 마지못해 뒤처리하는 것을 보고서는 못마땅한 목소리로, "역시나 딸을 낳는 거였다"라고 30년은 늦은 후회를 했다. 그리고 어이없어하는 나를 내버려둔 채 누구보다 호방한 자세로 앞으로 걸어갔다. 방금 전 혼자 용변조차 제대로 못 보던 사람이라고는 믿을 수 없을 만큼 씩씩하게. 화장실을 나와서는 산책로가 떠나갈 정도로 큰 소리를 내며 건강박수를 쳤으며, 공기가 상쾌하다고 난리였다.

— 미세먼지 수치가 백이 훨씬 넘는데 상쾌하긴 뭐가 상쾌해. '매우 나쁨'이래.

확실히 암세포가 호흡기에는 전이되지 않은 것 같았다. 엄마가 내 시큼털털한 표정을 보고 또 푸념을 늘어놓기 시작했다.

— 나는 지 똥기저귀까지 빨아가며 키워놨는데, 그게 뭐 대수라고 난리법석을 떨어대는지. 하긴 너한테 내가

뭘 바라겠니. 너 외할머니가 암 걸렸을 때도 그랬어. 걷지
도 못하는 갓난쟁이가 쪼르르 기어가서는 누워 있는 제
할머니 뺨을 때리고 그랬다. 떼어놓으면 또 기어가서 뺨
을 때리고, 문을 닫아놓으면 밀고 들어가서 때리고. 그랬
던 애다, 네가. 그때부터 싹수가 노랬어.
　—아, 정말, 도대체 언제까지 그 얘기 할 거야?
　—죽을 때까지 하려고 그런다, 왜.
　사망 카드가 먹히는 것도 한두번이지 기백번 똑같은
말을 듣고 있자니 이러다 내가 먼저 죽겠다 싶은 마음까
지 들 지경이었다. 엄마는 "얼마 남지도 않은 에미한테 좀
잘하라고, 다 너 생각해서 하는 소리다!"라고 죽을 날을
받아놓은 사람답지 않게 우렁찬 목소리로 첨언했다. 한번
시작한 타령을 끝낼 생각이 없는지 또다시 결혼 얘기를
끌고 들어왔다. 얼마 전에 결혼한 재희의 안부를 묻는 척
하더니, 누구네 아들은 벌써 애가 둘이라느니, 총각 때는
순 망나니였던 애가 결혼하고 나서 판교에 아파트를 샀다
느니 매일 부르던 돌림노래를 또 부르기 시작했다. 지긋
지긋한 결혼 타령이지만 뭐 이해 못할 것은 없었다. 그녀
가 평생 동안 나를 먹여살려왔던 일이 그런 것이었으니.

내가 열한살 때, 엄마는 상습적으로 바람을 피우는 것도 모자라 사업을 말아먹기까지 한 나의 부친과 과감히 이혼을 단행했다. 순식간에 가장이 된 엄마는 당시 막 한국에 진출해 인력난에 시달리던 북유럽계 결혼정보회사에 취직해 커플 매니저가 되었다. 90년대 말 개인사업자(AKA 마담뚜)가 성행했던 결혼업계에 북유럽계 회사의 선진 시스템은 소소한 파란을 일으켰다. 엄마가 가방 가득 넣어 다니는 차트의 앞면에는 회원의 학력과 직업, 재산, 키와 몸무게, 외모의 수준(?)을 점수화해 책정한 등급이 적혀 있었으며, 뒷면에는 에니어그램과 MBTI 등의 심리검사 결과가 있었다. 사회적 조건이나 개인의 기질상으로 가장 적합한 짝을 찾아주는 나름대로 체계화된 시스템이었다. 금융위기 이후 강남·송파 바닥에 영원한 재고로 남을 뻔한 남녀들이 본격적으로 결혼이라는 제도에 눈을 돌리기 시작하자 시장에 활황이 찾아왔다. 엄마는 특유의 서글서글한 성격과 마당발적 기질, 영리하고 재바른 눈치 덕분에 업계에 소문난 커플 매니저가 되었고, 3년이 채 되지 않아 개인사업자로 독립할 수 있었다. 이후 그녀는 업계 최고의 전문가로 거듭나겠다며 방송통신대 심리학과에 진학했으며, 이전에 다니던 회사에서 사용하던 차트를 무단으로 도용해 새로운 심리 진단 항목을 추가한 후 디자인과 배열만 살짝 바꿔 새로운 차트를 개발했고, (주)코리아하트필드,라는 독일계 심리학자의 이름을 딴 미등록 회사를 설립해 상담심리 전문가,라는 공인되지 않은 직함을 단 명함을 팠다. 어릴 적 나는 일하는 엄마의 뒤에서 빈 차트에 줄을 치며 놀다 등짝을 맞곤 했다. 강남 바닥의 미혼 남녀들이 호텔에서 스테이크와 파스타, 커피와 홍차를 먹고 마시는 동안 나는 뼈와 살을 착실히 늘려가며 자라왔다. 그 시절 엄마와 나는 우리 가족이 최선을 다해 노력하다보면 등급표의 최상위권에 안착해 누구보다도 북유럽적으로 아름다운 삶을 이룩할 것이라는 믿음에 푹 빠져 있었다.

먼저 그 꿈을 발로 차버린 것은 나였다. 이차성징이 시작된 이후 내가 기독교적 가족 형태에 편입될 수 없는 사람이라는 것을 깨달았기 때문이다. 그리고 사건이 하나 있었다. 고등학교 1학년 때 두살 연상의 이과생과 키스를 하다 엄마에게 들킨 것이다. 장소는 (진부하게도) 놀이터였다. 가로등 불빛이 스포트라이트처럼 내리쬐는 그네에서 반삭의 남고생 둘이 입을 맞추고 있었고, 그 장면을 바라보는 중년의 여성 한명이 있었다. 바로 25년차 기독교인인 우리 엄마. 현장을 너무 정통으로 들켜버려 뭐라 변명할 처지가 못 됐다. 엄마는 드라마 속 인물처럼 놀라 가방을 떨어뜨리거나 비명을 지르거나 울지는 않았다. 그 대신에 아무렇지도 않게, 정말 아무 일도 일어나지 않은 것처럼 고개를 돌려 아파트의 현관으로 들어갔다.

다음 날 그녀는 나를 문책하거나 혼내는 대신 자신의 빨간 마티즈에 태웠다. 그리고 경기도 양주의 한 정신병원에 나를 입원시켰다. 싫다고 돌아서는 내 손목을 강하게 붙잡으며 누구보다도 따뜻한 눈빛으로 말했다.

— 엄마가 아무리 봐도, 네 가슴속에 분노가 많은 것 같다. 걱정 마라. 엄마가, 그렇게 두지는 않을 거다.

그렇게 나는 폐쇄병동에 입원했다. 나는 매일 오전 혈액검사를 포함한 각종 검사를 받았으며, 매 끼니마다 여덟알이 넘는 약을 복용했다. 오후 시간에는 대부분 집중적인 상담 치료를 받았다. 오래된 병원의 냉방시설이 시원치 않아 사타구니며 겨드랑이에 자주 땀이 찼으나 데오

도란트나 샤워젤이 없어 내 몸에서 풍기는 냄새를 그대로 맡고 있는 날들이 많았다. 나와 같은 병실에 입원해 있던 48세 김현동 씨의 경우 분노조절장애와 경미한 조현병 진단을 받았는데, 깨어 있을 때는 유달리 혼잣말이 잦았으며 잘 때는 코를 심하게 골았다. 게다가 약의 부작용이 아닐까 싶을 정도로 수시로 방귀를 뀌어 다른 사람보다 청결에 조금 더 민감한 편인 나를 질리게 만들었다. 오래돼 구멍이 성긴 방충망으로 자주 모기가 들어와 밤잠을 설쳤다. 힘겹게 선잠이 들어도 꿈을 꾸느라 바빴다.

꿈에는 언제나 한 여자가 나왔다. 머리를 정수리까지 올려 묶은, 빨간 마티즈를 모는 여자. 여자는 눈을 감은 채 차를 몰고 있었다. 여자가 모는 차의 속도가 갈수록 더 빨라졌다. 갈 길이 멀어 보여, 당신. 너무 바쁘구나.

자고 일어나면 마치 내가 밤새 운전을 한 것처럼 피곤했다. 보름 동안 여러 검사와 지속적인 상담을 거친 끝에 의사가 내린 결론은 하나였다. 내가 전쟁 피해자와 같은 강도의 트라우마를 가지고 있다는 것이었다. 임상심리치료사의 소견도 그와 유사했다. 나는 16년(그러니까 평생) 동안 엄마 인생의 대리물로서, 나 자신의 심리적인 욕구를 억압하며 살아왔다고 했다. 우리 모자 사이에 일어났던 몇가지 일화를 들은 전문의는 내가 아니라 엄마의 치료가 시급한 상황인 것 같다고 결론지었다. 보호자를 호출하는 선에서, 나는 간신히, 정말이지 간신히 그곳에서 벗어날 수 있었다. 다시 서울로 돌아가는 날, 엄마는 마티즈 안에서 내게 쪽지 한장을 건네주었다.

레위기 20장. 반드시 죽여야 하는 죄: 13절, 누구든지 여인과 교합하듯 남자와 교합하면 둘 다 가증한 일을 행함인즉 반드시 죽일지니 그 피가 자기에게로 돌아가리라.

— 마음은 좀 많이 나아졌니.

— 내가 아니라 엄마가 아픈 거래. 의사가 그랬어.

집에 돌아왔을 때에는 나와 이과생의 모든 관계가 깨끗이 정리되어 있었다. 내가 썼던 핸드폰은 폐기되었으며 새로 산 핸드폰의 주소록에는 엄마의 번호만이 저장되어 있었다. 알아서 다 처리해놨다,라고 말하는 엄마에게는 업무를 처리하는 듯한 사회인의 사무적인 태도가 서려 있었다.

집 근처의 종합병원에서 2회차까지 치료를 받은 뒤 엄마는 상담과 약물 치료를 모두 거부했다. 상담자를 바꿔준다는 병원의 제안도 거절했다. 그럴 필요가 없다고 했다. 자신은 이미 죄 사함을 통해 구원받은 상태이며, 따라서 더이상의 문제는 없다고 했다. 의사에게 그 말을 전해 듣고 나는 엄마에게 물었다.

──후회하지 않을 자신 있어?

엄마는 아무런 가치판단 없이 허공을 바라보듯 나를 흘긋 보고 말 따름이었다. 그러고는 덧붙였다.

──아무한테도 말하지 마라. 남부끄러운 일이니.

도대체 뭐가 부끄러운 일이라는 건지. 두살 많은 형과 키스를 한 것? 그 때문에 여름방학 동안 정신병원에 갇혀 있다 나온 것? 미친 여자의 아들로 태어나 16년 동안 그녀를 버티며 살아온 것? 그중에 어떤 것을 비밀로 하라는 건지 분간이 잘 되지 않았고, 그래서 그냥 그 모든 것을 비밀의 영역에 두기로 결정했다.

그렇게 침묵의 방식으로 포기와 체념을 배운 나는 여름방학이 끝난 후 아무렇지도 않게 일상에 복귀해 보통의 입시생이 되어 살아갔다. 남들 눈에는 썩 평범한 삶처럼 보였을지도 모르겠으나, 속으로는 누구보다 시꺼먼 독기를 품고 있었다. 나와 같은 지붕 아래 잠든 저 여자가 늙고 병들면 경기도의 외진 숲에 내다버리고 말리라, 산 채로 미친 들짐승의 먹이로 만들 것이다, 다짐에 다짐을 거듭하며 그 시절을 버텼다.

그 결심을 무너뜨리는 게 아니었다.

간밤에 꿈자리가 사나웠나. 오늘따라 결혼 타령이 길고도 길었다. 건수를 잡으면 물고 늘어지는 엄마의 습관은 옆 사람을 미치게 만들기 참 좋았다.

—어쩜 너는 서른몇살이 되도록 집에 여자 하나 데리고 오는 법이 없니?

—만나는 사람이 없으니까.

—누구 만나는 사람 있다며, 저번에.

—그게 벌써 5년 전이야, 엄마. 지금은 없어.

엄마가 말하는 '사람'이 바로 그였다. 한때는 내 곁에 있었지만 지금은 아예 없는 사람이 되어버린 그. 5년 만에 연락이 온 건 또 어떻게 알고 느닷없이 그 얘기를 끌어오고 난리였다.

엄마, 뚜쟁이 말고 무당을 하지 그랬어. 그럼 상가가 아니라 건물을 샀을 텐데.

*

 '감정의 철학' 네번째 강의의 주제는 '무언가에 한없이
열중하는 마음'이었다.

 그날 그가 나를 데리고 간 곳은 아카데미 근처의 횟집
이었다. 회를 사줄 테니 술이나 한잔하자고 했다. 술과 생
선을 거절하는 법이 없는 나로서는 너무 감사한 제안이
었다. 나는 그의 저의를 알기 전까지는 절대로 내 설레는
마음 같은 것을 들키지 않으리라 다짐한 채 그와 마주 앉
았다. 그의 단골집인지 주문을 하기도 전에 광어와 우럭
에 매운탕이 포함된 중짜 세트가 나왔다. 나는 소주 두병
을 추가했다. 그의 뒤로 수족관이 여러개 놓여 있는 게 보
였다. 고기가 다 팔려 나갔는지 텅 빈 수족관에 기포만 포
르르 올라오는 광경이 꽤 을씨년스러웠다. 그는 물수건으
로 손을 닦으며 허공을 바라보고 있었다. 마디가 굵은 손
가락에 역시나 뱀의 꼬리 같은 문신이 새겨져 있었고 털
이 별로 없는 손목과 이두, 삼두가 적당히 발달한 팔뚝, 작
은 귓불과 뾰족한 귓바퀴와 각진 턱선을 샅샅이 훑다 그
와 눈이 마주쳐버렸다. 나는 황급히 눈을 돌리고 별로 궁

금하지도 않은 것을 물었다.

　— 그런데 철학 수업을 왜 그렇게 많이 들으셨어요?

　— 세상 돌아가는 원리에 관심이 많아서요.

　— 창작을 하시는 분다운, 거시적인 관심이군요.

　그리고 침묵. 긴장한 탓에 아무 말이나 했는데, 너무 무례한 말투였나 싶어 후회가 됐다. 하지만 그는 내 말투 같은 건 신경도 쓰지 않는 듯했고 그저 한참을 고민하는 표정을 짓다 대단한 비밀을 공개하듯 조심스럽게 말했다.

　— 사실은 저 철학서 만들어요.

　— 네?

　— 철학서 만드는 출판사 편집자예요. 원래는 이 회사 다니다 지금은 외주로 일하고 있어요.

　— 아…… 그러셨구나.

　남자가 생각보다 너무 정상적인 직업을 가지고 있어서, 실례일 정도로 놀라버렸다. 돌이켜보니 태극기가 오버로크된 백팩 안에 언제나 종이 뭉치와 빨간색, 검은색 플러스펜과 잘 깎은 연필이 든 오래된 필통을 넣어 다니는 것이 누가 봐도 출판 편집자의 가방이잖아. 하긴 깨달음이라는 것은 언제나 뒤늦기 마련이니까.

—예전부터 우주의 원리에 관심이 많기는 했어요. 궁금하잖아요. 세상이 왜 이렇게 생겨 있는지, 나는 왜 이런 꼴인지, 이 크고 넓은 세상에 별은 또 얼마나 많으며 나란 존재는 얼마나 하찮은지, 뭐 그런 생각.

—그렇죠. 인간은 하찮죠. 하찮기 그지없죠.

개중 가장 하찮은 게 그의 개똥철학 같기는 했지만. 그는 깊게 한숨을 쉰 후 사뭇 진지한 음성으로 한마디 더 덧붙였다.

—그런 생각을 하면 한없이 외로워져요.

한없이 외롭다고 말하는 그의 눈이 정말 너무 외롭고 공허한 감정에 잔뜩 취해 있는 것 같아 나는 도대체 무슨 대답을 해야 할지 알 수가 없었다. 그의 앞에서는 스물다섯해 동안 내가 습득해온 사회적 기술이 다 무력해지는 느낌이어서, 정신없이 젓가락을 놀려대며 전투적으로 광어와 우럭 살점을 집어 먹을 수밖엔 없었다. 남자는 젓가락을 입술에 댄 채 그런 나를 빤히 바라보며 미소 지었다. 이에 뭐가 꼈나, 왜 남 먹는 걸 보고 웃고 지랄이야, 싶은 생각이 들 때쯤 남자가 말했다.

—당신이 지금 먹고 있는 게 뭐라고 생각하세요?

—광어죠. 아니, 우럭인가? 제가 사실 생선을 잘 구별 못해요. 그냥 비싼 건 다 맛있더라고요.

　　—맞고 틀려요. 당신이 맛보고 있는 건 우럭, 그러나 그것은 비단 우럭의 맛이 아닙니다. 혀끝에 감도는 건 우주의 맛이기도 해요.

　　—네? 그게 무슨 (개떡 같은) 말씀이신지……

　　—우리가 먹는 우럭도, 우리 자신도 모두 우주의 일부 잖아요. 그러니까 우주가 우주를 맛보는 과정인 거죠.

　　—아……

　　—우리 모두가 우주이고 우주의 일부로서 생동하며 관계하고 있다는 게 신기하지 않나요?

　　그러고 보니 남자의 눈빛이 약간 맛이 간 것 같기도 했다. 정체불명의 종교단체에 속한 사람인가? 언젠가 사설 단체의 수업이나 아카데미에는 온갖 어중이떠중이 쓰레기들이 다 흘러든다는 말을 들었던 게 떠올랐다. 여차하면 도망치려고 가방 끈을 꽉 잡고 있었는데 다행히 이상한 곳에 끌고 갈 조짐은 보이지 않았다. 대화의 주제가 우주나 존재까지 넘어가고 나니 더 할 말이 없었다. 나도 모르게 다시 남자의 손가락 문신을 빤히 바라보았는데 남자가 황급히 소매를 내려 그것을 가리려 했다. 당연히 가려지지 않았다.

　　—문신이 예쁘네요. 처음 봤을 때부터 궁금했어요. 무슨 그림인지.

　　—사실 고등학교 때 오토바이 타다 사고가 나서, 흉터를 가리려고 한 문신입니다.

　　—네, 그러시구나.

　　—또 막 놀고 그랬던 건 아니에요.

　　—많이 노시지는 않았구나.

　　그리고 또다시 침묵. 우주보다 무거운 어색함을 견디기 힘들었던 나는, 별수 없이 시켜놓은 소주를 혼자서 다 마셔버렸다. 남자는 내 술이 모자란다고 생각했는지 계속 잔을 채워주다 자기도 홀짝였고 우리는 결국 회 한점에 술 한잔을 주거니 받거니 곁들이며 금방 얼굴이 벌게져버렸다. 남자가 조용히 중얼댔다.

　　—더 투명한 쪽이 광어입니다.

　　—네?

　　—둘 중에 살점이 더 투명한 쪽이 광어다, 생각하면 구별하기 쉬울 거예요. 더 쫄깃한 쪽이 우럭.

─ 그럼 오늘부터 저를 우럭이라고 부르세요. 쫄깃하게.

술 취한 나는 인간도 아니다, 방금 무슨 말을 내뱉은 거야, 정말 돌았군, 하는 생각을 하는 와중에 남자가 또 진지한 얼굴로 대답했다.

─ 아니요, 광어라고 부르겠습니다. 속이 다 보이거든요.

술 취한 남자는 가뜩이나 느릿느릿한 말투가 더 느려져 조금 더 귀여워져 있었다. 나는 남자의 귀엽고 어눌한 목소리를 듣다가 광어인지 우럭인지 모를 투명한 회를 한 점 먹는 것을 반복했다. 금세 알싸하게 취해버린 나는 왜인지 엄마를 떠올렸다. 암 확진을 받은 뒤로는 날것을 먹는 게 금지돼, 벌써 6개월 가까이 그 좋아하는 회를 먹지 못하고 있는 그녀. 수술이 끝나고 완치가 되면 같이 와야겠다는, 나답지 않게 효자 같은 생각까지 했다. 그리고 이미 다 헤집어진 꽁치 살을 뒤적이며 혼잣말을 했다.

─ 엄마가 생선 가시는 진짜 잘 발라줬는데……

그가 갑자기 생선 가시를 바르기 시작하더니 두툼한 꽁치 살을 내 밥공기에 슥 얹어놓았다.

─ 아이고, 그런 의미는 아니었는데. 아이고, 죄송해라.

─ 좋아하는 거 같습니다.

─저도 좋아해요. 꽁치 맛있죠.

─꽁치 말고. 당신이라는 우주를요.

용암을 뒤집어쓴 폼페이의 연인들이 이런 기분이었을까. 아주 뜨거운 것이 나를 덮쳤고 순식간에 세상이 멈춰버렸다. 스피노자가 구별했던 감정의 종류는 마흔여덟가지. 그중 지금 내가 느끼는 것은 무엇일까. 욕망일까, 기쁨일까, 경탄일까, 당황일까. 그가 나에게 느끼는 감정은? 호기심에 기초한 경멸일까, 아니면 나와 같은 종류의 것일까. 나는 '감정의 철학' 수업에서 배웠던 몇개의 키워드를 떠올리며 정신없이 뛰는 심장을 진정시키려 노력했지만 실패했다. 수족관의 푸른 조명 탓인지 그의 얼굴이 더 창백하게 보였다. 그늘진 그 얼굴이 누구보다도 쓸쓸해 보인다는 생각을 했을 때는 이미 모든 게 늦어버린 뒤였다. 그의 얼굴이 점점 더 크게 다가왔고, 나는 그만 그의 입술에 키스를 해버렸다.

그의 입술에서 이전까지 한번도 느껴보지 못한 맛이 났다. 비릿하고 쫄깃한 우럭의 맛. 어쩌면, 우주의 맛.

그날 밤 우리는 함께 그의 집으로 향했다.

 

 불 꺼진 방에서 그를 안고 누웠다.

 하루 종일 모자를 쓰고 있어 잔뜩 눌린 머리카락과 빳빳하게 굳은 목과 다른 곳보다 온도가 낮은 등의 문신 자국을 만졌다. 그도 나의 어깨를 감싸안았다. 우리는 작은 빈틈도 없이 서로를 꽉 안은 채로 잠시 가만히 있었다. 그러자 비로소 나의 몸이며 가슴의 형태, 팔의 길이 같은 것이 그와 맞아떨어지기 위해 존재하는 것 같았고, 내 가슴에 닿아 있는 그의 따뜻한 머리통이, 이마가 마치 우주를 안고 있는 것처럼 거대하고 소중하게 느껴졌다. 피부로 느껴지는 그의 체온과 귓가에 울리는 호흡에 집중하다보니 어느새 나는 나 자신을 잊어버렸다.

 나는 내가 아닌 존재로, 아무것도 아닌 채로 순식간에 그라는 세상의 일부가 되어버렸다.

 

*

 

 섹스를 마치고 난 후 그가 했던 말을 아직도 기억한다.

―스피노자는 폐병에 걸려서 죽었어요.

―수업에서 그런 말도 나왔어요? 결핵 같은 거에 걸린 건가?

―가난해서, 렌즈 깎는 일을 하다 폐에 유리 가루가 들어가서 죽었다고 하더라고요. 그 사람이 학자들 사이에서는 왕따였대요. 그래서 교단에도 못 서고, 일용직만 전전하다 결국 그렇게 됐다고.

―안타까운 얘기네요.

―사실은 저도 그래서 안정적인 일 하는 거예요. 예술이, 신념이 인간을 망치는 걸 너무 많이 봐왔으니까.

예술이 도대체 뭐 얼마나 대단하게 인간을 망쳐놨길래. 그리고 스피노자는 예술이 아니라 철학을 한 거 아닌가, 하는 의문이 들었지만 입 밖에 내지는 않았다. 그가 몹시 심각한 표정으로 하나도 안 궁금하고 안 중요해 보이는 얘기를 줄줄 이어나갔고 나는 그것을 귀 기울여 듣는 척했다. 그 와중에도 침대맡에서 공기청정기는 쉴 새 없이 돌아가고 있었다. 나는 그것을 보며 말했다.

―여기 공기는 깨끗해서 다행이네요.

그의 투룸 빌라는 반지하에 암막 커튼이 쳐 있어 동

굴처럼 어두웠다. 공간은 넓었으나 너무도 많은 물건들이 빼곡히 차 있어서, 답답해 보이기도 했다. 커다란 책장에는 이름 모를 철학자들의 전집이 가득했고, 두개뿐인 방에는 공기청정기와 제습기, 에어컨이 각각 놓여 있었으며 인체공학 의자와 북유럽식 소파, 테이블 세트, 새것처럼 보이는 러그가 깔려 있었다.

— 뭔가 집이 너무나 엄청나네요. 좋은 물건도 많고……

— 사실은 저희 어머니가 자스민 블랙이었어요.

— 그게 뭔데요?

— 백화점에서 돈을 아주 많이 쓰면 붙여주는 칭호 같은 것? VIP죠.

— 아…… 네(이토록 투명한 자랑은 실로 오랜만이네). 많이 유복하신가봐요.

— 한때는 그랬는데 지금은 아니에요. 저번에 말씀드렸죠? 어머니가 알코올 중독이라고. 어머니 주사가 쇼핑이거든요. 여기 에어컨이랑 제습기도 두대씩 있어요. 책장이랑 소파도 다 어머니가 술 먹고 산 거예요.

— 대단한, 술버릇이네요. 제가 술 취해 소리 지르고, 남자한테 키스하는 건 약과였군요.

내 딴엔 농담이라고 한 거였는데 또다시 암흑보다 무거운 침묵이 찾아왔다.

─그래서 집이 망했어요. 태어나서 대학 다닐 때까지 쭉 압구정동 아파트에 살았는데 이제는 여기서 이러고 사네.

뭐라고 대답해야 하지. 그래도 이 정도면 먹고살 만하신 거 아닌가요, 암에 걸려 죽을 위기인 것은 아니시잖아요, 한때 압구정에 사셨다니 다행입니다, 할 수도 없고. 인간이 성장배경이라는 것을 무시할 수가 없어서 난 또 습관처럼 이 정도 집 크기에, 압구정동 출신에, 프리랜서 편집자라면 몇점쯤일지 차트의 기준에 맞춰 계산을 하게 됐다. 결과는? 입회가 불가능하세요, 고객님. 하긴 그러는 나도 그저 그런 4년제 대학 불문과를 졸업한 백수에 불과하니 우리는 정말 환상의 탈락조 커플인 것 같았고, 그조차 괜히 운명처럼 느껴지는 게 역시나 내가 맛이 갔구나 싶었다.

그렇게 그를 안은 채 숨소리를 듣다가 설핏 잠이 들었다. 내가 잠이 깰 때쯤에 그 역시 눈을 뜨고 몸을 뒤척였다. 우리는 누가 먼저랄 것도 없이 자세를 고쳐 누워 서로의 눈을 바라보았다.

— 형, 내가 이쪽인 줄 알고 있었어요?

— 네, 처음 본 순간부터 알고 있었는데요.

— 우리가 이렇게 될 것도 알고 있었어요?

— 네, 그것도 처음부터.

도대체 어디서 나온 자신감인지 알 수 없었다. 자신은 세상천지에 가장 남자답고 매력적인 사람이며, 나는 그냥 게이스러운 게 (뭔지는 모르겠지만 그런 게 있다면 그것이) 몹시 티 나는 사람으로 만들어버리는 꼰대 디나이얼 게이 같은 점이 소름 끼치게 싫었지만 그런 그에게 정신없이 빠져드는 내 마음을 멈출 수는 없었다. 그를 알기 위해, 나아가 그에게 빠져드는 나 자신의 마음을 알기 위해, 그 모순을 해석하기 위해 그의 말에 귀를 기울이고 그가 하는 모든 것들을 속속들이 관찰했고 기록했다. 천년만년 학위논문을 쓰는 대학원생처럼. 절박하고 가련하게.

*

그 여름, 나는 완전히 미쳐 있었다. 돌았고, 사로잡혔다. 새벽이면 어김없이 그의 전화가 걸려 왔고, 나는 병실에 잠든 엄마를 내버려둔 채 정신없이 택시를 잡아탔다. 올림픽대로의 가로등 불빛이 도장을 찍듯 내 얼굴을 비추었고, 나는 라식수술 부작용 때문에 생긴 흐릿한 빛 번짐을 꿈결처럼 느끼며 가로등을 500개쯤 지나쳤다. 만오천원이 넘는 돈을 내고 택시에서 내리면 그의 집이 보였고, 철문을 두드리면 녹슨 경첩에서 우는 것 같은 소리가 났으며, 그리고 비로소, 나보다도 10센티미터는 큰 그가 문을 열고 나왔다.

— 왔어요?

쑥스러운 듯한 목소리. 어두운 데서 보니 눈이 푹 파이고 입술이 톡 튀어나온 얼굴이 참을 수 없이 귀여워 나는 현관에 발을 들이기도 전에 그의 얼굴을 만지고 쓰다듬었다(그는 질색했다).

그날 밤 우리는 매운 닭발에 소주를 시켜 먹었다. 둘이서 소주 세병을 다 비우지도 못했는데, 그는 얼굴이 벌게진 채로 내 다리를 베고 누웠다(내 경우는 술이 좀 모자랐다). 그는 느릿느릿 자신의 가족에 대해 이야기했다. 압구정동의 부유한 집안 태생이었으나, 알코올 중독인 어머니를 견디지 못해 아버지가 일찍이 가정을 떠났고, 누나는 이른 나이에 재미교포와 결혼해 버지니아에 살고 있다고 했다. 대학 때부터 쭉 어머니와 둘이 살다 그녀를 병원에 입원시키고 난 뒤 독립을 했다. 나는 점점 더 뜨거워지는 그의 목덜미며 뒤통수를 느끼면서 그의 이야기를 들었다. 나 역시 엄마의 병수발을 들고 있는 처지라 할 말이 많았다. 특히 나이가 들수록 포악해지는 성질머리며 초 단위의 감정기복을 감당하기가 힘들다는 게 우리의 공통된 의견이었다. 한참을 신나게 떠들던 그가 일순간 조용해졌다 싶어 내려다보니 잠들어 있었다. 뭐야, 콩순이 인형이야? 이렇게나 난데없이 잠든단 말이야? 그는 갑자기 몇번 경련을 하더니 엄마,라고 중얼거렸다. 눈에서 눈물 한줄기가 떨어져 내렸다. 잠꼬대조차도 참 신속하고 요란하게 한다 싶었고 다 크다 못해 노화가 시작된 나이대의 남자가 엄마를 부르며 운다는 사실이 웃겼다. 나는 잠자는 그의 머리를 쓰다듬었다.

그가 자꾸 자신의 가족에 대해, 자신의 성장배경에 대해 얘기하는 게 불편하면서도, 좋았다. 가족 얘기를 할 때면 자기감정에 취해 마치 연극배우라도 된 것처럼 구는게 좀 웃겼고, 등가교환의 법칙처럼 내 이야기를 해야 하는 것이 불편했지만 그의 삶을 알게 되는 것은 좋았다. 숱한 밤 동안 그의 얘기를 하염없이 듣고 싶었다. 그래서 내 머릿속에서 구멍이 숭숭 뚫린 채 자리한 그라는 존재의 퍼즐을 완벽히 맞추고 싶었다. 내가 모르는 그의 인생, 내가 모르는 그의 습관, 내가 모르는 그의 호흡까지도 오롯이 재구성해 내 것으로 만들고 싶었다.

그토록 치열한 나의 내적 고민 따위는 알지 못한 채 그는 내 다리에 쥐가 날 때까지 늘어지게 자다가, 누군가 자기 이름이라도 부른 것처럼 화들짝 눈을 떴다. 한참을 숨을 고르던 그에게 말했다.

—침 흘린 거 알아요?

그는 누구보다도 귀여운 얼굴로 입을 슥 닦았다. 느릿느릿하게 일어나 (아마도 그의 어머니가 사들였을) 조형적으로 완벽한 나이트 스탠드를 켰다. 은은한 조명이 그의 몸을 비추었고 나는 그의 몸을 덮고 있는 문신의 정체를 알게 되었다. 손가락 끝에 그려진 뾰족한 날은 꼬리가 아니라 뿌리였다. 그의 팔다리를 타고 가슴과 등까지 커다란 나무가 그려져 있는 거였다. 『어린 왕자』의 한 페이지에서 본 듯한, 작은 행성을 뒤덮는 규모의 나무였다.

—바오바브나무인가요.『어린 왕자』에 나오는 그건가.

—아뇨. 생명의 나무예요.

—그게 뭔데요?

—별 뜻이 있는 건 아니고요, 제가 공부했던 우주의 구성 원리를 담은 겁니다.

남자는 우주가 하나의 커다란 나무와 같다는, 동서양의 성수(聖樹) 신화를 조합해 만든 개똥 같은 철학을 읊으며 눈에 보이지 않는 계절이나 죽음, 재생 같은 단어를 떠들어댔으나, 내가 볼 때는 그냥 소싯적에 좀 놀았던 흔적을 딴은 그럴듯해 보이는 그림으로 덮은 것 같았다(그리고 별로 그럴듯하지도 않았다). 그도 그럴 것이 커다란 나무 사이사이에 흐릿하게 귀신의 형상과 빨간 장미, 연꽃과 용이 그려져 있었는데, 아무래도 그쪽이 조금 더 오래된 미완의 이레즈미 흔적으로 보였다.

—그냥 이레즈미 문신 위에 나무를 덧칠한 거 아니에요?

—우와, 귀신이네. 어떻게 알았어요?

—눈이 있으니까요……

그는 고등학교 때 일본에서 건너온 '아는 형님'(그는

사회 각계각층에 아는 형님이 있었다)에게 이레즈미 문신을 받게 됐다. 그러나 문신을 끝내지 못한 채 그 형님이 징역을 살게 됐고, 결국 미완의 형태로 남게 된 것을 최근에야 보완했다고 설명했다.

　—근데 요즘 애들도 이레즈미를 알아요? 우리 때 유행이었는데.

　아는 형님에, 요즘 애들이라니. 단어 선택이 퍽이나 꼰대 같다는 생각이 들었는데 대화를 좀 나누다보니 나랑 띠동갑의 나이라고 했다. K대학교 95학번. 76, 용띠.

　세대차가 느껴지는 게 너무 자연스러운 열두살의 무지막지한 차이에도 불구하고 그를 좋아하는 마음은 조금도 손상되지 않았다. 그가 수염 난 내 턱을 쓰다듬으며 말했다.

　—이렇게 불을 끄고 방에 있으니까요.

　—네, 형.

　—우주에 우리 둘만 남겨져 있는 기분이에요.

　—아, 형, 제발요.

　그의 집에서 그와 함께 대화를 나눌 때면 마치 그리스 비극이나 부조리극, 아니면 80년대 영화의 대사를 낭독하는 것 같은 기분을 느끼곤 했는데 그가 존재나 우주철학 같은 주제를 얘기하는 것을 좋아해서도 그렇거니와 서로 존댓말로 대화를 나누어서 더더욱 그랬다. 그게 싫지는 않았고 실은 그런 우리의 모습이 꽤 귀엽다고 생각했다. 한심하게도.

해가 뜰 때쯤 그와 나는 우는 듯한 소리를 내는 그의 집 현관문을 열고 나왔다. 그의 집 옆 건물 상가에는 세탁소가 있었다. 이른 아침 세탁소가 열려 있을 때면 그는 내 두 발자국 뒤에서 걸었고, 닫혀 있을 때면 내 새끼손가락을 잡고 걸었다. 손을 잡고 길을 걷는 게 좋아 일부러 집에서 일찍 나설 때도 있었다. 그렇게 큰길까지 나간 우리는 버스 정류장에서 첫차가 올 때까지 어깨를 맞대고 앉아 있었다. 내가 버스에 오를 때면 그가 내 등에 대고 손을 흔들었다. 나는 맨 뒷자리에 앉아 고개를 돌려 창문 너머로 그가 계속 손을 흔드는 것을 보았다. 꾸벅꾸벅 조는 사람들 틈에서 고개를 돌릴 때마다 손을 흔드는 그의 모습이 점점 작아졌다. 버스가 코너를 돌아 완벽히 사라져 버릴 때까지, 내 뒷모습이 그의 시야에서 완벽히 없어져 버릴 때까지 계속해서 내게 손을 흔드는 그. 나의 뒷모습을 그렇게까지 오래 바라봐준 사람은 그가 처음이었다.

나는 한동안 언제 어디에 있든, 무엇을 하든 그가 나의 뒤에서 손을 흔들고 있을 것만 같다는 망상에 사로잡혀 있었다. 그렇게 달뜬 채로 일상에 도착한 나는 막 청소를 마쳐 티끌 하나 없는 병원 복도를 지나 발소리를 죽인 채 오줌통을 비웠고, 밤새 잠을 설쳤다며 짜증을 부리는 엄마의 목소리로 하루를 시작했다.

*

12주 동안의 아카데미 수업이 끝난 후에도 나와 그의 관계는 계속되었다.

그를 만나는 시간은 새벽의 몇시간에 불과했으나 나의 하루는 그 짧은 시간으로 말미암아 완벽히 재편되었다. 그를 만나지 않는 나머지 시간 동안에도 나는 그가 어디에서 무엇을 하고 있을지 생각했다. 엄마의 짜증을 받아내며 병간호할 때에도, 자소서를 쓰기 위해 되지도 않는 이야기를 지어내는 동안에도 나는 그의 영향권 안에 있었다. 만번은 더 걸었던 거리를 걸을 때에도 나는 그의 영향권 안에 있었다. 그의 눈으로 내 일상의 공간을 바라보고 싶어 발끝을 들고 걸었으며 그의 시선으로 거리를 내려다보았다. 그가 관심 가질 만한 것이 무엇인지 생각하며, 또 그와 함께할 수 있는 것이 무엇인지 고민하며 한껏 예민한 상태로 세상의 모든 자극을 받아들였다. 평소에는 아무렇지도 않게 지나쳤을 갭 매장에 들어간 것도 그런 탓이었을 것이다. 원 플러스 원으로 판매하는 티셔츠가 눈에 밟혔다. 같은 디자인의 투엑스 라지와 엑스 라지 사이즈의 티셔츠를 사서 가방에 넣었다. 그의 매끄럽고 차가운 등에 내가 사준 티셔츠가 닿는 장면을 상상하며 얼마간은 미소를 지었던 것 같기도 하다.

그리고 그날 밤 그의 집에서 티셔츠를 꺼냈다. 같은 디자인에 색깔만 다른 티셔츠를 받아 든 그의 얼굴이 순식간에 싸늘하게 변했다.

―이런 건 입을 수 없을 것 같아요.

―아, 아무래도 똑같은 티를 입는 건 좀 그렇죠. 그럼 집에서라도……

―그것도 그렇지만, 성조기가 그려져 있어서요.

―네?

―영씨, 저는 이런 무늬가 있는 옷을 입지 않아요. 평소에 보면 영씨는 아무런 문제의식 없이 그런 상징들을 입고 다니시는 것 같아요. 전범국의 국기 같은 것들. 미국을 많이 좋아하세요?

―아, 그게, 딱히 그런 것은 아닌데요.

―음악 들으시는 거 봐도 그렇고.

―저는 그냥 디바를 좋아하는 거예요. 게이들 다 그렇잖아요. 브리트니랑 비욘세 싫어하는 게이가 어딨어.

―그게 누구죠?

―우와……

그는 미국의, 미제의 모든 것들이 불편하다고 했다.

―미제요?

―네, 미 제국주의요.

제국주의. 고등학교를 졸업한 이후로 처음 듣는 단어 앞에서 나는 어찌할 바를 몰랐다. 그저 당황한 채로 그의 단호한 얼굴을 바라보고 있을 따름이었다. 뭔가 큰 실수를 저지른 것 같았고 내 티셔츠나 모자에 박힌 성조기가 처음으로 수치스럽게 느껴졌다. 나의 정치적인 무지가 부끄러웠다기보다는(그딴 걸 부끄러워해본 적은 없으므로)

그가 멍청하고 생각 없는 내 본연의 모습에 질색할까봐, 그래서 다시는 나를 봐주지 않을까봐 두려웠다. 당시의 나는 어떻게 하면 그가 나를 좋아하게 할 수 있을까를 생각하는 데에 온 신경이 쏠려 있었고, 필요하다면 나의 가치관도 바꿀 준비가 되어 있었다. 그날 우리는 처음으로 섹스를 하지 않는 밤을 보냈다. 아무것도 나눠 먹지 않았고 대화는 겉돌았으며 서로의 사이에 흐르던 거리감은 좁혀질 생각을 하지 않았다.

평소와 같은 점이라면 그가 해가 뜰 때까지 나에게 미국이 세계에 끼친 해악에 대해 시시콜콜 알려주었다는 점을 꼽을 수 있을 것이다. 경제와 문화 전반에 걸쳐서 미국이 세계를 장악하고 있다며, 할리우드 영화가 담고 있는 패권주의나 신자유주의, 문화사대주의 같은 사회 교과서에 나오는 단어들을 늘어놓았다. 나로서는 그런 것들 따위 별 상관도 없었고, 다만 그냥 그를 안고 싶을 뿐이었다. 그에게 안겨 서로 아무 말도 필요 없는 상태가 되고 싶었다. 그래서 내 온몸으로 그의 온도며 심박 같은 것에 집중하고 싶었다. 그는 그런 내 마음은 알지 못한 채 마침표를 찍듯 이렇게 말했다.

──영씨는, 내가 어떤 세상을 살아왔는지 상상도 못할 거예요.

　　그러는 당신도 내 세상을 알지 못하잖아요. 알고 싶어 하지도 않고.

　　목구멍까지 올라온 그 말을 하지는 못했다. 그런 종류의 말이 당시의 우리에게는 꽤 치명적일 수도 있다는 생각이 들어서. 그것은 그와 나의 육체적 거리를 더욱 멀어지게 만들 뿐이기에.

*

　　내가 그에게 빠져 있던 시간 동안 엄마는 '암의 완치'라는 목표에 사로잡혀 특유의 성실성을 발휘하고 있었다. 두번의 크고 작은 수술을 거치는 동안 엄마는 (자신의 머릿속에서만큼은) 세상 누구보다도 뛰어난 암 석학이 되어 있었다. 시중에 있는 암 관련 서적을 닥치는 대로 독파했으며 인터넷 커뮤니티에 가입해 암과 관련된 최신 정보들을 업데이트했고 유방암은 삼성의 누구, 자궁암은 아산의 누구, 간암은 누구 하는 명의의 명단을 줄줄 꿰게 되었다. 나는 소싯적 나의 입시 커리큘럼을 짜주던 엄마의 활기찼던 모습을 잠깐 떠올렸다. 동시에 내 수능 성적표를 받아 든 후 절망적으로 바뀌던 표정도 떠올랐다. 시원찮은 성적을 본 후 칼같이 나에 대한 기대를 버렸던 것처럼, 엄마는 림프샘까지 암이 전이돼 추가 수술을 받아야 한다는 결과를 순순히 받아들였다. 모든 것을 신의 뜻에 맡길 것이라고 했다.

신의 뜻은 기묘한 구석이 있어서 이전의 수술들과는 달리 3차 수술은 예후가 좋지 않았다. 담도가 막히고 적출부에 염증이 생겨 열이 40도까지 올랐고, 보름 동안 먹은 것을 토하고 또 토하느라 몸무게가 45킬로그램까지 줄어들었다. 엄마의 수발을 들던 나 역시 덩달아 살이 빠졌고, 10분 단위의 토사곽란을 겪으며 삶이란 이 병실에서 저 병실로 옮겨가는 일에 불과한 것 아닌가 하는 깨달음에 도달하게 됐다. 반 강제로 엄마의 곁에 하루 종일 붙어 있다보니 도통 그와 만날 틈이 나지 않았다. 가끔 통화를 할 수 있을 따름이었고, 그마저도 그가 늘어놓는 형이상학적인 헛소리를 듣느라 바빴다. 그의 답 없는 고민을 들으며, 현실적인 문제는 다 밀어놓은 채 저 너머만 바라보는 삶의 태도가 어쩌면 매일 술을 마시고 물건을 사들이는 모친의 기벽으로 인한 무기력증의 일종이 아닌가 하는 정신 분석까지 하게 됐다. 역시 고난은 인간을 성숙하게 하는 것 같다는 생각을 하며 내 거지 같은 현실을 달랬다.

엄마의 경우는 신체적인 고난을 조금 다른 방식으로 받아들이는 것 같았다. 그녀는 추가 수술 이후 분리불안증 수준으로 나에게 집착했다. 눈을 뜰 때마다 나를 찾았고, 내가 먹여주지 않으면 음식을 먹으려 들지 않았다. 나는 엄마에게 밥을 먹이고, 엄마를 부축해 용변을 보게 하고, 엄마가 쏟아놓은 토사물을 닦고, 보호자 침대에 앉아 하루에 오천자에서 만자씩 '자소설'을 썼다.

엄마가 일반 병실로 옮기고 나서는 간병인을 고용했다. 더이상 엄마를 견뎠다가는 엄마보다 내가 먼저 신의 품에 안길 것 같기도 했거니와 무엇보다도,

그를 만지고 싶었다.

꼬박 보름 만에 그를 만났을 때 나는 뛸 듯이 행복했다. 그렇게, 만난 지 6개월 만에 우리는 처음으로 사람이 많은 대낮의 거리에서 서로의 얼굴을 마주했다. 대낮의 그는 밤에 볼 때와는 조금 다른 느낌이었다. 보습이 잘 안 된

그의 피부는 태양빛 아래에서 푸석해 보였으며, 길쭉한 눈의 일부인 줄만 알았던 눈꼬리가 실은 깊숙이 파인 눈가의 주름이었다는 것은 작은 문제에 불과했다. 많은 사람들 속의 그는 어딘가 모르게 구부정했고 몇대 얻어맞은 것처럼 고개를 숙이고 있었다. 티 내지 않으려 노력했으나, 그가 나와 함께 걷는 것을 몹시 불편해하고 있다는 것을 알 수 있었다. 그런 그의 태도에 섭섭한 마음이 없었다고 하면 거짓말이겠으나, 그렇다고 해서 그에 대한 나의 열정이 달라지거나 줄어든 것은 아니었다. 오히려 형태를 달리해 애달픔이나 애잔한 동정의 마음으로 번져갔다. 스물여섯의 나와 서른여덟의 그는 강남대로를 나란히 걸으며 이따금 우연인 척 새끼손가락을 스치며, 그러나 절대 서로에게 고개를 돌리지는 않고, 다만 곁눈질로 서로를 바라보며 별것도 아닌 이야기를 나누며 웃었다. 그렇게 나름의 로맨스에 젖어 있는 찰나, 누군가 나를 불렀다. 전회사의 (나 대신 정규직이 된) 동료였다. 나는 (속으로 쌍욕을 하며) 반갑게 인사를 나누었다. 잘 지내? 나는 똑같지 뭐…… 그는 나와 동료의 두발짝 뒤에 서서 운동화로 땅바닥을 긁고 있었다. 곁눈질로 그를 가리키며 누구냐고

묻는 동료에게 선배,라고 대답했다. 동료와 나와 그 모두
가 다소 불편한 자세로 고개를 꾸벅 숙인 뒤 어색하게 헤
어졌다. 동료가 떠나간 후 우리 사이에 깊은 침묵이 감돌
았다. 스물여섯의 나와 서른여덟의 그가 도대체 어떤 선
후배인가, 그런 생각을 하면 마음이 꽤 복잡해졌지만, 복
잡해지려고 하면 얼마든지 복잡해질 수 있는 게 인생이므
로 생각을 멈추자, 마음먹었다.

　또 이런 날도 있었다. 병실에 간병인이 오자마자 택시
를 잡아탄 나는 곧장 올림픽공원으로 향했다. 그는 평소
처럼 검은 모자에 백팩을 메고 있었지만, 팔뚝까지 접어
올린 흰 셔츠와 백탁이 심한 선크림 때문에 목과 색깔이
다른 그의 얼굴이 데이트에 대한 기대감을 보여주고 있었
고, 나는 그게 너무 귀여워 견딜 수가 없었다. 평일 오전,
올림픽공원에는 사람이 별로 없었고 나는 아무도 보지 않
는 틈을 타 그의 손등에 입을 맞추었다. 그는 손을 얼른
빼내며 왜 이래요, 말했지만 싫지는 않은 눈치였다. 다만
불안한 기색만은 숨길 수가 없어서 우리는 15센티미터쯤
거리를 둔 채 나란히 걸었다. 이제 막 피기 시작한 벚꽃
아래를 함께 지나쳤고, 바람이 불 때마다 눈처럼 꽃잎이

떨어졌다. 인공호수는 잔잔했고 미세먼지 같은 건 없었고 사위는 고요했으며 이따금 젊은 부부가 유모차를 밀며 지나가거나 노부부가 손을 잡고 산책로를 거닐었다. 그는 화단에 가까이 서더니 개나리꽃 줄기를 따다가 자기 셔츠 앞주머니에 꽂았다. 어버이날의 학부형이나 할 것 같은 행동에 나는 적잖이 놀랐다.

— 자기, 지금 뭐하는 짓이에요.

— 사람들 앞에서 그렇게 부르지 말라니까요.

— 형이 한 짓이 더 부끄럽다고요.

— 이렇게 달라붙지도 말고요. (게이라고) 떠들고 다닐 일 있어요?

— 이미 온 우주가 알고 있는 사실인데요?

별것도 아닌 걸로 토라진 나는 그와 세발짝쯤 떨어져 걸었다. 그는 다가와 자기 앞주머니의 개나리를 내 귀에 슬쩍 꽂아놓고는 아이폰으로 내 사진을 찍었다. 나는 사진을 보는 척하며 장난으로 그를 안았고, 그는 진심으로 질색하는 표정을 지으며 펄쩍 뛰었다. 나는 그런 그의 모습을 보며 상심하다가 귀여워하다가 짜증이 나다가 초 단위의 감정기복을 반복했다. 그래도 봄의 올림픽공원만큼은 눈물이 날 만큼 아름다워서 나는 이 말도 안 되는 감정 기복이 날씨 때문인가, 하루 종일 환자만 들여다보고 있다보니 나까지 어디가 고장 났나, 뭐 그런 생각을 하며 풀잎 같은 걸 괜히 귀에 꽂아보는 등 남들이 하는 천진난잡한 짓거리를 다 하고 있었다.

갑자기 그가 우뚝 멈춰 섰다. 먼발치에서 누군가 손을 흔들고 있었다. 중년의 남녀였다. 마치 서로 포박을 한 것처럼 깊게 팔짱을 껴서 거의 한 몸으로 들러붙은 듯 보이는 그들이 우리 쪽으로 다가와 그에게 반갑게 인사했다. 그가 몹시 당황한 얼굴로 모자를 벗어 꾸벅 인사를 했고, 나는 반사적으로 뒤로 물러섰다. 얼핏 듣기로 그의 학과 선배들인 것 같았다. 나는 그들의 두발짝 뒤에서 운동화로 바닥을 긁으며, 호수의 끄트머리를 바라보며, 그들의 지루한 대화를 견뎠다. 학생회의 누구는 진보정당의 공천을 받아 시의원 선거에 출마할 예정이며, 누구는 정치 대중서를 써 종편의 패널이 되었다, 요즘 우리 부부는 조깅하는 취미를 가지게 되었으며 하루키를 읽고 있다, 너는 아직도 니체를 좋아하니, 박근혜가 대통령이 됐을 때 무슨 생각이 들었니. 여보, 나는 울었잖아. 우리 운동할 땐

2010년대에 이런 세상 오리라고는 정말, 정말 상상도……

그나저나 요즘 너희 기수는 안 모이냐, 빠져가지고는. 회

장인 네가 구심점이 돼야지. 여보, 왜 그래. 다들 사는 거

바쁘잖아. 요즘 애들이 그렇지 뭐. 너 아직도 출판사 다니

냐, 사상서 만드는? 아, 예, 뭐 그렇죠, 형. 나는 도대체 대

화인지 문책인지 알 수 없는 일련의 고문과도 같은 말을

들으며 그의 표정이 점점 굳어가는 것을 보았다. 갑자기

부부 중 남자인 쪽이 나에게 물었다.

　　─거기 서 계신 분은 누구?

　　─아, 저는 후배입니다.

　　─학교 후배? 그럼 우리 후배이기도 한데, 너 몇학번

이니?

　　─(언제 봤다고 반말이야.) 학교는 아니고, 그냥 동네

후배인데……

　　─아아, 그렇구나. 강남 사는 후배?

　　─네, 뭐…… (어디 사는지 알아서 뭐 하게.)

　　─근데 학생은 이명박근혜에 대해 어떻게 생각하나?

　　─또 이런다, 진짜. 못 들은 걸로 하세요.

　　─아니, 왜. 못 물어볼 거 물어본 건 아니잖아. 요즘 애

들은 박근혜 좋아해?

　—그냥 뭐…… 오래된 사람이죠.

　—오래됐다라…… 신선한데 이거?

　도대체 뭐가 신선하다는 건지. 박근혜가 옛날 사람인 건 전세계 사람들이 다 아는 사실인데. 왜 나이 든 꼰대들은 자기보다 어린 사람만 만나면 자기가 아는 사람의 이름을 백명쯤 불러대고, 자신이 중요하다 생각하는 어젠다를 천개쯤 대며, 그것에 대해 어떻게 생각하는지 물어보는 걸까. 알아서 뭐 하게. 알면 뭐가 달라져. 비슷한 것을 알고 있고, 비슷한 생각을 하면 나이 차이가 줄어들기라도 해? 다른 생각을 하면 어쩌게. 역시 애 같은 생각을 하는군, 내가 살아온 세월이 헛되지 않았군, 여기며 엉망진창이 된 얼굴이며 몸 같은 것들을 자위질해대려고? 남자가 내 불편한 기색을 눈치챘는지 어깨를 가볍게 툭 치며 말했다. "강남 살아 박근혜 좋아하나보다. 돈 많으면 그럴 수도 있지." 나는 아랫입술을 깨물었다. "화내지 마요. 농담이야. 우리도 요 앞에 아파트 살거든." 부부는 뭐가 웃긴지 서로를 보며 깔깔깔 웃어댔고, 나는 그의 선배라는 족속들을 호수에 떠밀어버리고 싶은 충동을 느꼈다. 그의 얼굴이 밀가루 반죽처럼 하얗게 말라갔다.

　―그런데 지금 시간에 여기 어쩐 일이야. 너 회사에 있을 시간 아니냐?

　―아, 오늘 좀 볼일이 있어서요.

　그는 누가 봐도 거짓말하는 사람 같은 얼굴로 눈알을 좌우로 굴려대고 있었다. 부부 중 여자 쪽이 눈이 동그래져서 말했다.

　―에, 남자 둘이 여기서 볼일이? 이 꽃 피는 좋은 날에?

　―아, 예. 어쩌다보니 그렇게 됐네요.

　―둘이 사귀는가보지.

　남자가 여자에게 툭 던지듯 말했다. 여자가 웃음을 참지 못하며 말했다.

　―요즘은 그런 말 함부로 하면 안 된대, 여보.

　―어째서? 나 동성애 그…… 퀴어? 찬성한다고. 그럴 수 있다고 봐.

　―무슨 소리야. 그거 미제의 악습 아니야?

　부부는 서로를 잡고 밀치며 깔깔대고 웃었고, 나는 도대체 무슨 알아들을 수도 없는 좆같은 소리일까, 늙으면 참 별게 다 웃기는구나 생각하며 얼른 자리를 피하기로 마음먹었다.

　—그럼 저희는 먼저 가보겠습니다.

　—식사 전이면 오랜만에 점심이라도 같이하는 게 어때? 거기 후배 몫까지 내가 살게.

머뭇대는 그를 대신해 내가 대답했다.

　—아닙니다. 저희 밥 먹었어요.

　—열한신데 벌써?

　—브런치 했어요.

세상이 두쪽이라도 난 것 같은 표정을 짓는 둘을 내버려둔 채 나는 그의 팔을 부여잡고 앞으로 걸어갔다. 그도 얼떨결에 다음에 뵙겠습니다, 인사를 하고는 나에게 질질 끌려갔다. 나는 몇걸음 걷지 않아 그의 팔을 잡고 택시를 잡아탔다.

어디론가 도망치고 싶은 기분이 들었고, 그게 왜인지 그의 집이어야 할 것 같다는 생각이 들었다. 그에게 가장 편한 곳으로 가야만 했다. 나도 나였지만 세상 누구보다도 그가 힘들어 보였기 때문이었다. 집에 도착하자마자 그는 모자를 벗었다. 그리고 한숨을 내쉬며 말했다.

　—왜 그랬어요.

—네?

—도대체 왜 그랬냐고요. 선배들 앞에서 브런치라니. 그러면 내가 뭐가 돼요.

—뭐가 되긴요. 후배가 되지.

그는 분이 풀리지 않는지 씩씩거리고 있었다. 그가 제대로 화내는 것을, 아니 그렇게 심한 감정적인 동요를 일으키는 것을 한번도 본 적이 없는 나는 다소 황당한 기분에 사로잡혔다. 나 역시 말이 곱게 나가지 않았다.

—그 사람들 도대체 누구예요?

—선배들이죠. 운동하던 선배들.

—그럼 별것도 아닌 사인데 왜 그렇게 절절매요. 그냥 대충 눙치고 나오지.

—선배니까.

부부 중 남자 쪽의 경우 대학 시절 총학생회장이었고, 몇번 구속된 적이 있으며 현재는 무슨 역사단체의 연구교수이고, 여자 쪽의 경우 운동했던 얘기를 소설로 써서 참여계 문학가들에게 주는 상을 수상했으며, 유명한 저자(느)님이 되셨다고 했다. 건너 건너 알고 지내는 사람들이며, 계속 볼 사람들이라는 말도 덧붙였다.

—아니, 그 사람들 눈치를 그렇게까지 봐야 해요? 총학생회장이면, 작가면 뭐? 순 거지 같은 소리만 늘어놓고 입만 떼면 은근히 형을 깔아뭉개던데요. 옆에 있는 제가 다 짜증났는데요. 왜 그런 사람들을 견디고 있어요? 그 사람들이 누굴 어떻게 보든 그게 뭐가 중요해요. 오히려 나한테 감사해야 하는 거 아니에요? 같이 밥이라도 먹으면 어쩔 뻔했어요. 사회운동한다는 사람들이 인권의식은 왜 그 모양이래. 아무튼 그런 것들이 입으로만 진보니 뭐니……

—그런 식으로……

—네?

—그딴 식으로 말하지 마.

그가 나에게 반말을 한 것은 그때가 처음이었다. 나는 나대로 기분이 상해 입을 완전히 닫아버렸다. 그리고 조용히 가방을 싸서 집을 나와버렸다. 그가 잡아주기를 바랐지만, 그는 그러지 않았다. 슬프다기보다는 화가 났고 화가 난다기보다는 절망적이었다. 아마도 그날이 그가 나를 배웅하지 않은, 내 등을 바라보지 않은 첫번째 날이었을 것이다.

이틀 뒤 새벽, 그에게서 전화가 왔다. 그는 취기가 가득한 목소리로 내게 지금 만나자고 했다.

— 술 마신 사람이랑은 별로 할 말 없는데.

— 말이 짧다?

— 형도 짧은데.

— 오라면 좀, 와.

— 싫어. 내가 가라면 가고 오라면 오는 개야?

— 제발 와줘.

나는 개가 맞았다. 그의 방으로 쪼르르 달려갔을 때 그는 상에 신문지를 깔아놓고 낙지며 우럭이며 소주를 펴놓고 술을 마시고 있었다. 그는 내 얼굴을 보더니 다짜고짜 키스를 했다. 입에서 술 냄새가 풍겨 그를 확 밀어버렸다.

— 아, 진짜 뭐 하는 거예요.

그는 아무 말도 하지 않고 묵묵히 내 옷을 벗기며, 계속 나를 애무하기 시작했다. 나는 그의 복숭아 같은 머리통을 보며, 식은 만두처럼 생긴 귀여운 얼굴을 보며 별수 없이 그를 안아주었다.

섹스를 한 후 그는 내게 자신의 과거를 고백했다.

— 지 사실은 허리가 좀 안 좋아요. 옛날에, 수감됐던

적이 있거든요.

　　─마약사범이셨어요?

　　─아뇨, 운동하다가 몇번 잡혀갔어요.

　　그는 아주 날을 잡고 학생운동에 투신했던 20대의 삶에 대해 말하기 시작했다. 나는 그의 입에서 풍기는 비린내 섞인 술 냄새를 맡으며, 몸을 잔뜩 웅크린 채 그의 얘기를 들었다.

　　대학 시절 그는 문과대 학생회장이었다고 했다. 학생회장,이라는 단어를 듣는 순간 그의 많은 것들이 설명되었다. 누군가가 바라보고 있는 것처럼 언제나 앞만 보고 걷는 습관이며 지나치게 타인의 시선을 의식하는 듯한 태도, 조용히 침묵을 지키다 제일 마지막에 한마디를 얹어 모든 일의 결정권자처럼 느껴지게 하는 말버릇도. 그는 자신이 '한총련 사태'를 겪은 마지막 운동권 세대이며, 대학 졸업 후 잠시 노동운동에도 몸담은 적이 있다고 했다. 효순이 미선이 사건과 국가보안법 폐지 시위, 안티 조선 운동 등에도 적극적으로 참여해 구치소에도 몇번 들어갔다 나왔다고 했다. 수감되었을 때 허리와 목이 안 좋아져 아직까지도 후유증을 앓고 있다는 얘기도 덧붙였다. 자세히 들어보니 네번 도합 72시간 정도 구치소에 머물렀는데, 고문을 당한 것도 아니었고, 그저 장판이 깔린 옥사에서 누워 있다 나온 거였다. 그것만으로 만성질환을 얻었다고 하기엔 다소 무리가 있지 않은가, 그저 좋지 않은 자세로 오래 앉아 있어 생긴 병이 아닐까 싶기는 했지만 그 생각을 입 밖에 내지는 않았다.

그는 계속해서 학생운동을 하던 시절의 무용담을 늘어놓았다. 감옥에서 나올 때마다 몸에 새로운 문신을 새겼다거나, 새로운 깨달음을 얻을 때면 그 문신을 다시 새로운 문신으로 덮었다는 얘기를 들을 땐 우주를 표류하는 것처럼 아연한 기분이 들었다. 나는 그의 얘기를 듣는 둥 마는 둥 하며 핸드폰으로 그가 졸업한 학교의 학생회를 검색해보았다. 강성 NL 계열의 학생회로 유명하다는 평이 있었다. 반지하방에서 섹스를 한 뒤 전직 운동권 학생회장의 후일담을 듣는 내 모습이 지독히도 80년대 후일담 소설 같아 나는 자꾸만 웃음이 나왔다.

　—그래서 저 지금도 아이폰만 쓰잖아요. CIA도 아이폰의 보안을 못 뚫는대요.

그가 자신의 손에 비해 너무 작은 아이폰4를 꼭 쥐고

말했다. 한창 운동을 하던 시절 자신이 경찰의 블랙리스트에 올라 있어서 통화 내용을 감청당하고, 미행까지 당해봐서 잘 알고 있다고 했다. 이야기가 거기까지 흘러가자 나는 정말 이게 뭔 소리인가, 하는 기분에 사로잡혔고, 그러고 보니 그가 카카오톡이나 다른 국내 메신저가 아니라 오직 아이메시지로만 대화한다는 것을 깨닫게 되었다. 그는 해외에 서버가 있는 메신저들이 안전하다고 했다. 그러고는 덧붙였다.

　—요즘도 누군가 자꾸만 저를 감시하는 거 같아서 불안해요.

　—요즘도 그런 사람들이 있어요?

　그는 세상 누구보다 진지한 표정으로 덧붙였다.

　—지금 이 순간에도 도청을 당하는 사람이 있어요. 사회운동을 하다 죽는 사람이 있고요.

　—네, 알죠. 지금 이 순간에도 사람들이 죽고, 투쟁하고 그러죠. 그건 알죠.

　그런데 그게 형인지는 잘 모르겠어요. 못 믿겠다는 것은 아니고, 안 믿겠다는 것도 아닌데, 다만 형이 그렇게 중요한 사람인지는 잘 모르겠어요. 형이 과거에 학생회장이었는지, 뭐 얼마나 대단한 운동을 했는지는 잘 모르지만 지금은 그냥 하루 종일 방구석에 처박혀서 저자 욕이나 하며 맞춤법을 고치는 별 볼 일 없는 남자잖아요. 나만큼이나 보통의 사람이잖아요. 형은 그냥 나한테나 중요한 사람인 거 같은데, 그래서 나한테 이런 헛소리를 할 수 있는 거겠죠. 압구정동 출신으로 학생운동에 투신해 도청을 당하는 20대를 살았으며 지금은 죽은 철학자의 글을 읽고 고치는 당신의 뇌는 도대체 어떻게 생겨먹은 걸까. 엉망진창 낙서장이 되어버린 당신의 등과도 꼭 닮아 있지 않을까. 그런 당신을 좋아하는 나는 어떻고. 뭐 이런 말들을 정신없이 쏟아놓고 싶었지만 하지 않았고, 다만 그의 입술에 키스를 해버렸다.

더이상 아무 말도 할 수 없게.

*

그해 가을의 올림픽공원은 전에 없이 아름다웠다.

엄마의 항암 치료가 마지막 스테이지로 접어들고 있었다. 엄마는 동난 체력을 보충하기 위해 없는 식욕을 끌어

올려가며 밥을 먹고, 억지로 산책을 했다. 꾸역꾸역 음식을 밀어 넣어도 얼굴은 자꾸만 해골처럼 말라갔다. 엄마는 낙엽 하나를 주워다 만지며 내게 말했다.

— 요즘 들어 너 고등학교 다닐 때가 자꾸 생각난다.

— 뭔 소리야.

— 그때 아팠던 너를 잘 보살펴주지 못한 게 왜 이렇게 생각나는지 모르겠다.

— 아픈 건 내가 아니라 엄마였지. 그때 엄마가 보살펴주지 못했던 건 엄마 자신이고.

엄마는 내 말을 들은 체 만 체 하며 화단 쪽으로 걸어갔다. 어머, 이런 게 있네. 엄마가 허리를 숙이고 주의 깊게 보는 건 꽃배추였다. 생긴 건 배추 모양인데 보라색이며 붉은빛을 띠는 게 조금 생경하게 느껴졌다.

— 아, 뭐야, 징그럽게 생겼어. 만지지 마.

— 내가 한동안 이 꽃을 엄청 싫어했잖니.

— 왜? 엄마는 풀이라면 다 좋아하잖아.

— 나 대학 떨어지고 나서 처음 본 게 이 꽃배추였어. 합격자 명단에 이름이 없는 걸 확인하고 교문을 나서는데 길가에 온통 꽃배추더라. 보라색 꽃을 보는데 메슥거리면

서 체기가 올라오더라고. 얼마나 속이 상하던지. 그땐 인생이 다 끝난 것 같은 기분이었는데, 여직 살아서 이러고 있네.

—그 시절에도 꽃배추가 있었구나.

—있지. 요즘 있는 건 그때도 다 있었지.

나는 언제나 있는 것들을 생각하며 엄마를 부축해 병원으로 돌아갔다.

＊

그 가을의 끝자락, 출판사에 외주 원고를 넘기고 왔다는 그와 만났다. 홍대의 실비집에서 술을 마시다 조금 싸웠는데, 그는 술을 절제하지 못하는 내 모습이 누군가(아마도 자신의 엄마)를 떠오르게 한다고 했다. 무슨 얘기를 하든 자신의 학생운동 시절이나 모친에 대한 얘기로 귀결되는 게 어이가 없어서, 형은 대화의 중심이 자기 자신이 되지 않으면 견디지 못하는 게 분명하며 마더 콤플렉스까지 있는 것 같다고 톡 쏘아버렸더니, 그건 너도 마찬가지라고 응수해 왔다. 틀린 말은 아니었고, 틀린 말이 아닌 소리들이 그러하듯 서로에게 꽤 치명적인 상처를 주었으며 결국 큰 싸움으로 번졌다. 당초에 예상했던 화기애애한 술자리는 온데간데없고 밤늦도록 서로에게 못할 소리를 해버리고야 말았다. 그렇게 감정이 상한 채로 술집에서 일어난 우리는 택시를 잡기 위해 거리로 나왔다. 사람들이 얼굴에 피칠갑을 한 채 돌아다니고 있었다. 슈퍼히어로 분장을 한 사람들도, 죽은 군인의 옷을 입은 사람들도 있었다. 핼러윈,이라고 했다. 젠장, 기분도 좆같은데 택시 잡기까지 힘들겠군, 생각하고 있는데 그는 상한 것을 먹은 듯한 표정으로 미제의 명절인 핼러윈을 반대한다고 말했다. 기원도 모른 채 서양의 명절을 무비판적으로 수용하는 세태에 대해 논평했고 나는 다 지겨워져서 그냥 입을 다물었다. 우리는 누구보다도 신나 보이는 사람들 사이를 요리조리 피해 다녔다. 그러다 누군가 내 팔을 잡았다. 고개를 돌려 보니 좀비 복장을 한 남자가 자신과 친구들의 사진을 찍어달라고 했다. 나는 웃으며 그의 폴라로이드 카메라를 받아 들고 좀비며 드라큘라, 원더우먼 무리의 사진을 찍어주었다. 그는 우리의 사진도 찍어주겠다며 둘이 나란히 서라고 했다. 어색하게 서 있는 그의 겨드랑이에 내가 슬쩍 팔을 끼웠다. 사진 속 그와 나는 엉거주춤하게 어깨동무를 하고 있었다. 사진을 찍자마자 그가 얼른 한발짝 멀어져 팔을 뺐다. 그에게 사진을 갖겠느냐고 물었지만 그는 완강히 고개를 저었다. 나는 결국 작은 폴라로이드 사진을 내 지갑 속에 깊숙이 집어넣었다.

그것이 우리가 처음이자 마지막으로 함께 찍은 사진이었다.

*

그해 겨울, 그의 등 뒤에 그려진 생명의 나무는 시들시들해졌고, 그 너머에 그려진 이레즈미풍의 귀신은 더욱 희미해져버렸다. 살이 찐 탓인 것 같았다. 그는 일주일에 세번은 나가던 운동도 그만두고 외주 철학서 작업을 두어개 더 맡아 하기 시작했다. 미간의 주름이 깊어졌고 잔 신경질이 늘었다. 그에게서 인생의 힘든 지점을 지나는 사람 특유의 뒤틀린 모습이 드러나기 시작했다. 나라고 해서 뭐 다를 건 없었다. 만성 비염을 얻었으며, 총 마흔여덟개의 기업으로부터 죄송합니다만,으로 시작되는 거절의 메시지를 받았다. 병원의 보호자 침대에서 서너시간씩 쪽잠을 자고, 노트북을 무릎에 올려놓고 콧물을 훌쩍이며 또다시 내가 아닌 나를 지어내며 인생을 견디고 있었지만, 도무지 나아질 기미는 보이지 않았다. 나는 20대의 젊음이 무색하게 매일 지쳐만 갔다. 처음에는 마치 첩보 작전을 방불케 하던 대낮의 데이트도 금세 시들해졌고, 어느새 우리는 서로를 일상의 권태로 여기기 시작했다.

권태의 끝자락, 마지막으로 그의 방으로 향했던 날을 기억한다.


우리는 그의 방에서 탕수육에 소주를 시켜 먹으며 영화를 보았다. 외주 작업비를 받아 샀다는 텔레비전에서는 동구권의 스파이가 나와 고군분투하고 있었다. 나는 진행이 느린 영화가 몹시 지루하게 느껴졌는데 그는 집중해서 영화를 봤다. 우리는 계속해서 술을 마셨다. 내가 먼저 깜빡 잠이 들었다. 눈을 떴을 때는 영화가 끝나 있었다. 그도 소파에 누워 자고 있었다. 무방비 상태로 너부러져 있는 그를 보는 것은 오랜만이었다.

할 일이 없어져버린 나는 그의 책상 앞에 앉았다. 컴퓨터를 켜고 인터넷으로 의미 없는 것들을 검색하다가, 그와 내 이름을 쳐보다가, 즐겨찾기 목록을 열었다. 온갖 기사와 인문학 전문 블로그를 갈무리해놓은 것들이 마구잡이로 저장되어 있었다. 그중 제목에 '동성애'가 들어간 기사가 있어서 무심코 클릭해보았다.

이남 사회에는 갈수록 복잡한 문제들이 발생되고 있습니다. 외국인노동자 문제, 국제결혼, 영어 만능적 사고의 팽배, 동성애와 트랜스젠더, 유학과 이민자의 급증, 극단적 이기주의의 만연, 종교의 포화상태, 외래 자본의 예속성 심화, 서구 문화의 침투 등 불과 몇년 전만 해도 상상할 수 없는 문제들이 나타나고 있습니다.(『민족의진로』 2007년 3월호)

이게 뭐지, 하는 생각에 흘끗 그를 돌아보았다. 이불을 걷어찬 채 나신으로 잠들어 있는 그의 뒷모습이 보였다. 누군가 낙서를 해놓고 도망친 것 같은 문신은 여전했고, 이따금 규칙적으로 코 고는 소리가 울려 퍼졌다. 나는 다시 고개를 돌려 모니터 속 갈무리된 기사를 읽었다. 이남 사회며 외래 자본 같은 단어들이 한번에 들어오지 않아 여러번 봤다. 아무리 반복해 읽어도 이해가 되지 않는 건 마찬가지였다. 언젠가 그가 나에게 비슷한 단어를 써서 말한 적이 있던 것 같기도 했다. 뭔가 끈적끈적한 것을 뒤집어쓴 것 같은 느낌이 들었다. 내가 알고 있는 그의 모습은 무엇이었을까.

나는 즐겨찾기 속 몇개의 페이지를 더 읽어보다 창을 닫아버렸다. 그 기사들은 모두 동성애라는 '질병' 혹은 '징후'에 대해 갖가지 원인을 들고 있었다. 열어본 페이지 목록을 모두 삭제한 후 모니터를 껐다. 이대로 아무것도 모르는 채로 지내는 편이 나을 것이다. 항상 아무것도 모르는 편을 택하는 데 익숙한 나니까. 나는 그의 옆에 누웠다. 망친 낙서로 가득한 것 같은 그의 등이 내 눈앞에 펼쳐져 있었다. 나는 손으로 그 자국을 일일이 쓰다듬어보았다. 차갑게만 느껴졌다. 바닥에 처박힌 이불을 들어 우리의 몸에 덮어봐도 으슬으슬한 기분은 가시지 않았다. 그를 등진 채 몸을 웅크리고 있는데 갑자기 사과를 받고 싶다는 생각이 들었다. 누구로부터?

아무 데나 동성애를 갖다 붙이는 등신 같은 자들에게? 이딴 말도 안 되는 쓰레기 같은 구절을 모으며 자신을 제대로 받아들이지 못하는 못난 그에게? 별로인 남자라는 것을 알면서도 그를 좋아해버리고, 단지 그를 좋아한다는 이유로 그의 컴퓨터를 마구 뒤지며 그의 모든 것을 알고 싶어하는 나에게? 어쩌면, 그 모두에게. 아니, 다른 누구도 아닌,

엄마에게.

진심으로 사과를 받고 싶어졌다. 딱 한번이라도, 미안하다는 말을 해줬으면 좋겠는데 그럴 일은 없겠지. 그럴 일은 아마 영영 없을 것이라는 생각이 들자 잠시라도 사과 받고 싶은 마음을 품은 나 자신이 우스워지면서 얼른 가방을 싸야지, 하는 생각이 들었고, 코를 골며 잠들어 있는 그를 내버려둔 채 자리에서 일어났다. 그날 나는 처음으로 동이 트기 전에 홀로 그의 집을 나섰다. 미제의 문물, 자본주의의 산물이 된 채로.

*

그 무렵 인턴으로 일했던 전 회사의 차장에게서 연락이 왔다. 아무런 발전도 없이 인생의 되돌이표만 찍고 있

는 나와는 달리 그는 어느덧 팀장으로 승진을 한 상태였다. 그가 맡고 있는 팀이 북미 지역에 백억짜리 건을 수주하게 되어 급하게 인력이 필요하다고 했다. 바로 정규직으로 채용해줄 수는 없으나, 파견직의 형태로 고용한 뒤추후에 경력직 사원으로 채용해주겠다고 제안을 해 왔다. 경력직 채용이 팀장의 감언이설에 불과하며 썩은 동아줄이 분명하다는 것을 알았지만, 내게는 썩어빠진 줄이나마 절실했다. (눈에 보일 리도 없는데) 전화기에 대고 고개를 꾸벅 숙이며 말했다. 잘 부탁드립니다.

첫 월급을 받은 날, 나는 그와 거리를 걷다가 조선호텔에 가자고 했다.

— 호텔이요? 둘이서요? 지금요?

— 자는 거 말고요. 근사한 식당에 가요. 스테이크도 썰고, 파스타도 먹고 그래요.

— 저는 그런 거 부담스러운데.

— 걱정 마세요. 제가 살게요. 취업 턱으로.

그는 고개를 저으며 고기를 별로 안 좋아한다고 했다. 그럴 리가. 둘이서 고기를 구워 먹은 게 기백번인데. 구워 먹는 것만 좋아하고 스테이크는 별로 안 좋아한다고 했다. 그럼 파스타 같은 것을 먹자니 그런 것 말고 그냥 해물찜을 먹자고 했다. 조개구이나 아니면 간장게장이나.

— 아, 진짜 형. 해물에 미쳤어요? 전생에 상어였어요?

— 그치만 이상하잖아요.

— 뭐가요?

— 남자 둘이 파스타 먹는 거.

그날 그렇게 시작된 싸움이 생각보다 크게 번졌다. 이상할 것도 더럽게 많다, 남자 둘이 같이 걸어 다니면 지구가 둘로 쪼개지냐, 같이 숨은 어떻게 쉬냐, 말이 나와서 말인데 너는 길에서 너무 스킨십이 잦은 것 같다, 길바닥의 누구도 형을 신경 쓰지 않는다, 아직도 학생회장인 줄 아는 거냐, 착각 좀 그만해라, 너는 게이인 게 티가 많이 나는 편이다…… 대혈투가 벌어졌다.

— 지금 제가 부끄럽다는 거죠?

— 네, 맞아요. 부끄러워요. 아무 데서나 눈치 없이 팔짱을 끼고, 자기라고 부르고. 도대체, 도대체 다른 사람의 눈이라는 것을 생각이나 하는 건지.

— 저도 형이 부끄러운 건 마찬가지인데요. 천날만날 벙벙한 면바지에, 다 늘어난 티셔츠에, 낡아빠진 백팩에

는 온갖 잡동사니가 다 들어 있고. 요즘은 무장공비도 그러고 다니지는 않아요.

그는 거리에 멈춰 섰다. 그리고 한동안 그 자리에 우두커니 서 있었다. 나는 그런 그를 바라보고 있었다. 그는 내게서 고개를 돌리고는 아무 말도 하지 않은 채, 순식간에 완벽한 뒷모습이 되어버린 채로 앞으로 걸어갔다. 그의 정체는 도대체 무엇인가, 하는 생각이 들었고 붙잡아야 한다는 생각을 하기 무섭게 그는 완전히 시야에서 사라져버렸다.

내가 큰 실수를 한 것인가.

그날이 내가 그의 뒷모습을 본 첫날이었다.

그리고 침묵.

그와 완벽히 연락이 끊겼다. 전화를 해도 받지 않았고 문자도 읽기만 하고 답이 없었다. 그와 만나는 동안 이토록 철저한 외면의 상태를 겪은 것은 처음이었다. 입술이 마르고 심장이 타들어갔다. 나는 권태를 딛고 또다시 그에게 내 일상의 지분을 모두 내어주게 되었다. 눈을 뜨면 핸드폰을 든 채 그에게서 연락이 올까, 최선을 다해 기다렸으며 핸드폰을 베개맡에 둔 채 눈을 감아도 그의 꿈을 꿨다. 오직 단 하나의 질문이 내 머릿속을 맴돌았다.

그는 누구이며, 우리는 무슨 관계일까.

그와 만나는 시간이 길어질수록, 그의 삶을 알아갈수록 그가 나와 맞지 않는다는 것을 알게 되었다. 당연했다. 애초에 그는 나와 뭔가를 맞출 생각이 없었고, 다만 아무도 없는 칠흑 같은 밤마다 순진한 척, 아무것도 모르는 척하는 어린애인 나에게 뭔가를 가르쳐주고 나와 몸을 섞는 일을 즐거워했을 뿐이라는 것을 잘 알고 있었다. 그는 언제나 나를 바꾸고 가르쳐야 할 대상으로 여겼으나, 불행히도 나는 누군가에 의해 쉽게 바뀌는 성격이 아니었다. 그런 생각에 젖어 잠을 이루지 못하는 밤이 많았다. 꼬박 일주일 만에 그에게서 문자가 왔다.

*잘 지내지요?*

어이가 없을 정도로 쉽고 일방적인 연락이었다. 화가 나기보다는 왈칵 반가워하는 내 마음이 싫었지만 그 마음을 멈출 수는 없었다. 눈물이 고였다. 그가 내가 알지 못하는 미지의 세계라는 것을 알게 될수록 나는 더 그가 알고 싶어졌고, 그를 가지고 싶어졌다. 숨 쉴 수도 없을 만큼 그를 옥죄고 싶어졌다. 내가 아니어도 상관없는 그에게 꼭 나여야만 하는 이유를 만들어주고 싶었다. 그를, 그의 삶을 내 마음대로 쥐고 흔들고 싶었다. 그래서 나는 대단한 결심을 하게 되었다. 그를,

엄마에게 소개하겠다.

그에게는 아주 어렵게, 그러나 매우 심상하고 아무렇지 않은 일인 것처럼 가볍게 말을 꺼냈다. 소주에 아귀찜을 먹고 있을 때였다. 그가 정신없이 살을 발라 먹는 중에 기습적으로 물었다.

─우리 엄마 볼래요?

그는 살다 별소리를 다 듣는다는 듯한 표정으로 물었다.

─왜요?

─그냥…… 날이 좋잖아요. 같이 올림픽공원 걷고 그러면 좋을 거 같아서…… 그냥요.

그는 한참 동안이나 콩나물 더미에서 아귀 살을 찾다가 실패한 후 말했다.

─그래요, 그럼.

─네, 형. 일요일에 같이 산책이나 해요. 커피나 마시고, 그래요.

─그래요, 뭐…… 그럽시다. 제가 올림픽공원으로 갈게요.

뭐야, 맥빠지게 쉽잖아.

\*

추가 수술일이 다가오자, 엄마는 매일 꿈자리가 사납다며 난리를 쳐댔다. 또 시작이구먼. 일도 자식 교육도 뭣도 매사에 호들갑인 사람이었다. 암세포는 이미 다 제거된 후였고, 덧난 염증부를 제거해 혈행을 개선하는 간단한 시술에 불과했다. 뭔가 잘못되려야 잘못되기가 힘든 수술이었다. 지금이 기회라는 생각이 들었다. 엄마가 수술을 마쳤을 때, 질병으로부터 완벽히 벗어나 두번째 삶을 막 시작했을 때, 인간에 대한 애정과 신에 대한 감사, 우주에 대한 애정이 가득 차 있을 딱 그때,

폭탄을 터뜨리자.

엄마와 그와의 미래를 위해, 남은 '우리'의 삶을 위해 용기를 내보자. 그래, 눈 꼭 감고 한번 뛰어들어보자. 문을 열고 나가보자.

아산병원으로 향하는 요양병원 승합차에 엄마를 인도한 후, 나는 병실로 돌아왔다. 협탁 위에 사진 한장이 놓여 있었다. 그와 내가 함께 찍힌 폴라로이드 사진.

나는 사진을 집어 들었다. 내 칠칠치 못한 성격(과 낡고 늘어난 가죽 지갑) 탓에 사진을 어딘가에 흘려버리고 만 것 같았다. 그것을 협탁 위에 올려놓은 것이 누구인지, 엄마인지 간병인인지 다른 누군가인지 분간이 가지 않았다. 아니, 분명히 엄마인 것만 같았다. 언제 어디서 사진을 흘린 건지는 알 수 없지만 굳이 수술 날짜에 누구라도, 그러니까 내가 단번에 발견할 수 있을 만한 이런 위치에 남자 둘이 어깨동무하고 있는 사진을 올려놓고 홀연히 사라지는 것은 지독히 엄마다운 행동이었다.

내 기억 속 엄마는 그런 사람이었다. 언제나 모든 걸 다 알고 모든 걸 들여다보는 사람.

IMF 때, 집을 말아먹은 당사자인 아빠가 갑자기 사라져 버렸을 때에도 엄마는 모든 것을 알고 있었다. 아들아, 짐 싸라. 아빠 잡으러 가자. 엄마와 나는 빨간 마티즈를 타고 인천의 한 임대주택단지에 도착했다. 계단이며 복도에 거

미줄이 너무 많아 온몸으로 거미줄을 헤치며 302호의 문을 두드렸다. 한참을 부서질 듯 두드려봐도 아무런 응답이 없었다. 복도로 난 창문을 통해 집 안을 한참 동안 들여다보던 우리 모자는 결국 아빠(와 그의 내연녀)의 색출에 실패하고 다시 마티즈에 올라탔다. 차를 돌려 집으로 향하려는 순간, 아파트 뒤편의 공터에서 아빠를 발견했다.

— 엄마, 저기 봐.

아빠는 자그마한 중년의 여자와 함께 배드민턴을 치고 있었다. 아빠와 아빠의 내연녀는 내가 상상했던 것과는 전혀 다른 모습이었다. 서로 얼굴이 닮아 있었고, 짝이 맞는 퍼즐처럼 조화로워 보였다. 심지어 아빠는 엄마와 함께 살 때는 한번도 보인 적이 없던 고요한 표정을 짓고 있었다. 모르는 사람이 보면 엄마와 내가 선량한 두 남녀 주인공을 처단하러 온 악인이나 빚쟁이처럼 느껴질 지경이었다. 그때 그들을 바라보던 엄마의 표정을 나는 영원히 잊지 못할 것이다. 세상천지가 다 멎어버린 듯한 그 얼굴은 마흔여덟가지의 감정으로도 설명할 수 없는 어떤 것임이 분명했다. 절망이나 고통 따위로는 단순화할 수 없는 감정의 결을, 아빠와 아빠의 내연녀와는 조금 다른 형태의 고요를, 뭔가를 꾹꾹 눌러 담는 형태의 감정을 나는 그때 처음으로 배웠다.

수술을 마친 후 엄마는 복부에 피 주머니와 관을 줄줄이 꽂고서도 새벽 다섯시에 득달같이 일어나 침대에 앉았다. 협탁에 촛불을 켜놓고 30분이 넘도록 손을 모아 기도를 했다. 배며 다리가 접히는 게 환부의 회복에 좋을 리없는데도 구태여 그런 습관을 반복했다. 기도를 마친 후에는 침대의 식탁을 펴놓고 하루에 몇장씩 성경 구절을 써내려갔다. 나는 그녀의 집요한 필사가 구도자의 고행과 닮아 있다는 생각을 했다. 본의 아니게 일어난 불행에 대해 울고불고 난리를 치고 머리를 쥐어뜯고 소리를 지르는 대신 모나미 볼펜으로 공책에 꾹꾹 성경을 눌러쓰는 방식을 택한 것이겠지. 마취조차 거부했던 엄마에게는 그것이 유일한 삶의 방편이었기에 그녀의 필사는 일종의 호흡처럼 느껴졌다.

들숨에 한 글자, 날숨에 한 글자.

어쩌면 그것이야말로 내가 지난 시간 동안 앓았던 열망과도 닮아 있을지 모른다는 생각이 들었다. 대상에 대한 열망? 대상에 사로잡혀 있는 자기 자신의 모습에 대한 열망?

그래, 한없이 나 자신에 대한 열망.

예수를 사랑하고 누구보다 열렬히 삶에 투신하는 자신에 대한 열망. 어쩌면 한때 내가 그를 향해 가졌던 마음, 그 사로잡힘, 단 한 순간도 벗어날 수 없었던 그 에너지도 종교에 가까운 것일지 모르겠다. 새까만 영역에 온몸을 던져버리는 종류의 사랑. 그것을 수십년간 반복할 수도 있는 것인가. 그것은 어떤 형태의 삶인가.

사랑은 정말 아름다운 것인가.

한번은 오줌줄이 빠진 걸 모른 채로 그러고 앉아 있길래, 부아가 치밀어 소리를 쳤다. 도대체 왜 그러냐고, 그런다고 뭐가 달라질 것 같냐고. 그게 엄마 인생에 무슨 도움이 될 것 같냐고.

엄마는 기적이라는 단어를 썼다. 꼬박 천일 동안 성경을 옮겨 쓴 자매님에게 치유의 은사가 내려졌다고. 자신역시 그런 기적을 겪게 될 것이라고 했다. 엄마가 직접 아는 사람은 아니고 권집사의 질부에게 일어난 일이라고 했다. 권집사의 질부에게 일어난 기적이라니. 팔레스타인과

이스라엘의 분쟁이 끝나는 것만큼이나 멀고 아득하게 느껴졌다. 자신의 경우 굳이 기적을 바라는 것은 아니지만 적어도 주님 보시기에 아름다운 삶을 살고 싶다고도 덧붙였다. 완강한 그녀 앞에서 나는 간호사를 호출해 오줌줄을 다시 달고 시트를 갈아달라고 할 수밖에 없었다.

그 시절, 오로지 통증과 병만이 남은 그녀의 삶에서 기도하고 성경을 옮겨 쓰는 활동 말고는 다른 어떤 일도 의미가 없어 보였다. 실제로 그랬을 것이다. 그녀는 거울을 보지도, 누군가와 연락을 하지도 않고 그저 자기 자신만 남은 채로 묵묵히 문자를 써내려갔다. 나는 그것을 (동성애라는) 악습을 끊지 못한 나에 대한 시위, 혹은 그토록 열심히 살아온 자신에게 내린 병마에 대한 저항, 삶에 대한 열정, 혹은 그 모두가 섞인 절대적인 존재에 대한 항의의 메시지로 읽었다. 나는 결국 엄마에게 그에 대해, 사진에 대해 말하지 못했다. 아무 말도 할 수 없었다.

*

일요일, 그와 연락이 되지 않았다.

전화는 꺼져 있었고 내가 보낸 문자에도 답이 없었다.

나는 엄마와 둘이서 호숫가를 걸었다.

몇번이고 뒤를 돌아봤지만 당연히 그는 없었다.

그날의 산책은 짧았다.

＊

사흘 뒤, 그에게서 문자가 왔다. 친한 형에게 안 좋은 일이 생겨서 연락을 받지 못했다고 했다. 미안하다는 말도 고명처럼 곁들여져 있었다.

정체를 알 수 없는 친한 형. 급한 일.

그래, 그랬겠지. 급한 일이 있었겠지. 바빴겠지.

그에게 화를 내지 않았다. 우리는 예전처럼, 아무 일도 없었던 것처럼 대화를 나누었다.

＊

엄마는 1년 반 만에 암 완치 판정을 받았다. 엄마를 담당했던 의료진은 엄마의 완치를 선진 시스템에 기반한 지속적이고 적절한 치료의 효과로 여겼고, 나는 지극한 간호의 힘으로, 엄마는 신의 뜻이자 기적으로 여겼다.

엄마의 퇴원을 사흘 앞두고, 그가 처음이자 마지막으로 우리 집에 찾아왔다. 야외에 함께 있는 것을 불편해하는 그를 위해 집에서 같이 밥을 먹기로 했다. 대낮이었고, 그의 방문에 나는 잔뜩 들떠 있었다. 내가 자라난 공간에서 내가 만든 음식을 먹는 그의 모습이라니. 생각만 해도 설렜다. 약속시간에 딱 맞춰 도착한 그는 현관에 얌전하게 백팩을 벗어놓은 뒤 누가 봐도 손님 같은 자세로 실례하겠습니다,라고 말하며 집 안으로 들어왔다. 거실을 대충 훑어보더니, 집이 참 좋네요,라고 했다. 그러고는 곧장 내 방으로 가서 마치 국립도서관 사서 같은 자세로 꼼꼼히 책장을 둘러보았다. 그가 내 침대에 앉았다. 그라는 존재가 내 침대에 앉아 있는 게 새삼스럽고, 새삼스럽게도 기뻐서 나는 뛸 것 같은 기분이 되었다. 양말을 벗고 내 침대에, 내 체취가 묻은 이불 위에 앉아 있는 그에게 입을 맞추려 가까이 다가갔다. 그가 슬쩍 고개를 돌리더니, 이불 커버를 가리키며 한소리를 했다. 미치코런던 이불 커버였다.

—여기 이불에도 또 유니언잭이 그려져 있군요.

　—아, 그렇네요.

　—영씨는 역시 서양 국가를 좋아하는 것 같아요.

　—딱히. 거기 붙어 있는지도 몰랐어요. 오히려 형이 국기에 진짜 집착하는 거 아시죠?

　—또, 또 그렇게 공격적으로 말하죠.

　—그냥 말한 건데요.

　순식간에 싸해져버린 분위기에 나는 얼른 침대에서 몸을 일으켰다. 그에게 밥을 해주겠다고 했다. 메뉴는 그와 한번도 함께 먹지 못했던, 파스타. 나는 주방으로 가 면을 삶고, 마늘을 썰고, 팬에 올리브유를 둘러 페페론치노와 바지락을 볶았다. 이마에 흐르는 땀을 연신 닦아내며 나는 그를 위해 최선을 다하고 있는 나 자신의 모습에 취했다. 내 손으로 만든 음식이 그의 일부가 된다는 사실이 기뻤다. 일단은 그 만족감이면 됐다는 생각으로, 커다란 접시에 파스타를 담아 식탁 위에 올려두었다. 정작 그는 한 입도 제대로 먹지 않은 채 젓가락으로 면을 뒤적이기만 했다. 그러다 이내 젓가락을 내려놓고 식탁 유리 밑에 깔려 있는 내 아기 때 사진을 내려다보았다.

—이 사진을 보니까 말이에요. 어머니께서 영씨를 정말 사랑하는 게 느껴지네요.

—그런가요.

—네, 사랑받는 사람의 얼굴은 뭔가 다르잖아요. 사랑하는 사람이 찍는 사진도 뭔가 다르고요. 그러니까 말인데요, 영씨.

—네, 형.

—영씨도 이제 좋은 남자 만나야죠.

—……지금 뭐라고 했어요?

—아니면 좋은 여자를 만나라고 해야 하나?

파스타 말고 회나 먹으러 가요, 말하는 것처럼 가벼운 어조였다. 나는 아무 대꾸도 하지 않고 그를 바라보았다. 아무렇지 않게 그런 말을 하는 그를 그저 바라볼 수밖에는 없었다. 내가 좋아한, 나 자신의 모든 것을 투신해버릴 정도로 좋아했던 그는 도대체 어떤 사람이었나. 나는 정말이지 모든 것이 알 수 없어져버렸고, 그래서 아무 말도 하지 않은 채 그저 그를 바라보았다. 그때의 내 모습은 엄마가 내연녀와 배드민턴을 치는 아빠를 바라봤을 때의 모습과도 같았을까. 갑자기 왜. 아니, 갑자기가 아닌가. 혹시 내가 그의 컴퓨터를 보고 그의 일상을 뒤지고 비밀을 캐고 그의 모든 것을, 그의 삶을 뒤집고 헤집으려 했음을 눈치챈 것일까. 돌이킬 방법은 없는 것일까. 그가 한숨을 쉬며 내게 물었다.

　──우리가 무슨 관계인 것 같아요?

　──그게 무슨 말이에요?

　대답 없이 일어나려는 그를 잡았다. 이대로 그를 보낼 수는 없었다. 나는 엄마가 아니니까. 연신 나를 뿌리치려고 하는 그를 꽉 붙들었다. 그는 언제나처럼 측은한 눈빛으로 나를 바라보며 말했다.

　──사랑,이라고 생각했던 건 아니죠?

　나도 모르게 그의 뺨을 후려쳤다. 정신을 차려보니 나는 그를 식탁에 눕힌 채로 목을 조르고 있었다. 나보다 10센티미터는 큰 그가 얼굴이 벌게진 채로 내 손을 꽉 붙들고 있었다. 그의 충혈된 눈에 눈물이 고여 있었다. 내 눈에서 떨어진 눈물이 그의 뺨을 타고 흘렀다. 나는 손에 힘을 풀었다. 내가 무슨 짓을 한 것인지 깨달았을 땐 이미 모든 게 늦어버린 뒤였고, 그는 몇번 헛기침을 한 뒤 마치 아무 일도 없었던 것처럼 식탁에서 몸을 일으켜 특유의 느릿느릿한 동작으로 겉옷을 입었다. 그리고 나를 내버려둔 채 오래된 백팩을 메고 현관문 밖으로 나갔다. 나는 그를 잡지 못했다. 대신 그가 문을 나섰을 때 곧장 베란다로 달려갔다. 그리고 창문을 열어 그의 뒷모습을 보고, 또 보았다. 그 모습이 정말로 마지막이 될 것만 같아서. 그가 완벽히 사라질 때까지, 하나의 점이 되어버릴 때까지 계속해서 그의 모습을 내 눈에 담았다.

며칠 뒤 그의 집에 찾아가보았지만 아무리 인터폰을 눌러도 대답이 없었다. 우는 것 같은 소리를 내던 그의 집 현관문은 내내 굳게 닫힌 채로 열리지 않았다.

나는 그의 집 우편함에 편지를 꽂아놓았다. 말이 좋아 편지지, 그를 만나는 내내 써왔던 일기를 찢어놓은 것에 불과했다. 서른장도 넘는 일기에는 그를 만날 때마다 끓어넘치던 나의 과잉된 감정이 담겨 있었다. 나는 내가 무엇을 썼는지 알지 못했다. 그와 내가 어떤 관계였는지 우리가 무엇을 했는지 알지 못하는 것처럼. 일기의 마지막장에는 우리의 관계를 다시 생각해달라고, 연락을 기다리겠다고 썼다. 나는 마치 쓰레기통에 쓰레기를 던지듯 그에게 내 날것의 마음을 던졌다.

보름 만에 그에게서 문자가 왔다.

*작가가 돼보는 게 어때요.*

다시 생각해달라는 내 물음에 대한 답은 없었다.

그 사람은 끝까지, 정말이지 끝까지 자기가 하고 싶은 말만 했고, 내게 뭔가를 가르치려 들었다. 무슨 말을 어떻게 해야 할까 고민하다 핸드폰을 내려놓았다. 처음이자 마지막으로 나를 위한 선택을 하기로 마음먹었다. 눈을 감고 그의 번호를 지웠다. 눈꺼풀에 인두로 지져놓은 것처럼 그의 번호가 선명히 떠올랐지만 언젠가는 이것조차 기억에서 지워지리라 생각했다.

결국에 우리는 함께 따뜻한 파스타 한 접시조차 제대로 먹지 못했다.

대신에 나는 농약을 마셨다. 차가운 아메리카노에 농약을 부으며, 이 커피조차도 그에게는 미제의 산물이자(이름이 아메리카노이기까지 하니) 제3세계 노동착취의 결과물로 보일 것이라는 생각을 했다. 그게 웃겨서 한참을 웃다가 눈을 감았다. 눈물이 나지는 않았다.

다시 눈을 떴을 땐 중환자실이었다. 공교롭게도 엄마가 입원해 있던 아산병원이었다. 위세척을 마친 뒤 혈액투석을 하고 있는데 발치에 엄마가 서 있는 게 보였다. 내가 바랐던 얼굴은 아니었다. 내가 아는 우리 엄마는 이런 상황에서 소리를 지르며 나를 때리거나 냅다 울어버리거나, 주님,으로 시작하는 기도의 형식을 띤 한탄을 시작하거나 일단은 뭐가 됐든 아침 드라마처럼 감정을 터뜨리고 보는 사람이었는데, 그날의 엄마는 그저 나를 가만히 바라보고 있었다. 그리고 말했다.

——너무 애쓰지 마. 어차피 인간은 다 죽어.

그게 엄마가 할 말이냐고, 묻고 싶었다. 왜 이렇게 됐는지 묻는 게 순서가 아니냐고, 사실은 내내 내게 묻고 싶은 말이 있지 않았냐고, 물어봐야만 할 게 있지 않냐고, 묻고 싶었다. 당장이라도 묻고 따지고 싶었지만 목구멍으로 인공호흡기가 삽관돼 있어 아무 말도 할 수가 없었다.

*

한동안은 사람들이 사랑이라는 말을 하는 게 싫었다.

특히 동성애에 대해서 얘기하는 사람들은 그게 누구건 무슨 내용이건 이유 없이 패고 싶은 충동에 시달렸다. 다 똑같은 사랑이다, 아름다운 사랑이다, 인간이 인간을 사랑하는 것뿐이다……

사랑은 정말 아름다운가.

내게 있어서 사랑은 한껏 달아올라 제어할 수 없이 사로잡혔다가 비로소 대상에서 벗어났을 때 가장 추악하게 변질되어버리고야 마는 찰나의 상태에 불과했다. 그 불편한 진실을 나는 중환자실과 병실을 오가며 깨달았다.

3

그와 헤어진 이후로 꼬박 5년의 시간이 지났다. 서른한 살의 나는 딱 30대처럼 보일 만큼 나이가 들었고, 작가가 되었으며, 더이상 그의 전화번호를 기억하지 않았다. 아니 실은 일상의 많은 것들을 기억하지 못할 정도로 많은 일에 치여 살고 있었다.

또다시 일요일이 되었고, 나는 그의 쪽지를 떠올리며

무농약 사과를 깎고 있었다. 내 앞에는 몸무게 45킬로그램의 한 중년 여성이 고린도전서 3장 2절을 필사하고 있었다. 엄마에게 사과 한쪽을 넘겨주자, 먹기 싫다고 고개를 돌려버렸다.

　— 내가 사과 싫다고 하지 않았니. 위가 쓰리다.

　— 위는 원래 시고 쓰리라고 있는 거야. 얼른 먹어야 간이 생겨.

　— 늙으면 간도 잘 안 생기기 마련이다.

　— 그래. 엄마가 의사도 하고 목사도 하고 다 해라.

엄마에게 시간이 얼마 남아 있지 않다는 것을 엄마도 나도 의사도, 우리 모두가 알고 있었다. 엄마가 사과를 먹는 대신 호수를 보고 싶다고 했다. 휠체어를 챙길까 했지만 엄마가 화를 내서 그만두었다.

막상 산책을 시작한 지 채 10분도 지나지 않아 엄마는 몹시 지쳐 했다. 방금 전까지 호기롭던 기세는 온데간데없고 어디라도 좀 앉자고 아우성이었다. 우리는 여느 때처럼 호수 앞의 벤치에 앉았다. 엄마가 심호흡을 하며 내 허벅지에 손을 턱 얹었다. 우리 아들 다 컸네. 주사를 많이 맞아 혈관이 툭 불거진 엄마의 손이 보였다. 피부가 마른 골판지 같았다. 엄마의 모든 것들이 낙엽처럼 바스라지고 있다는 생각이 들었다. 엄마는 주머니에서 쪽지 하나를 꺼냈다.

네가 너를 바라듯 주도 너를 바라고 있다.

잠시도 불쌍해할 틈을 주지 않는 재주가 있는 여자였다, 엄마는.

호수를 도는 동안 계속 주변을 살폈다. 엄마가 자리에 멈춰 서 숨을 고를 때마다 나도 모르게 뒤를 돌아보았다. 지나가는 사람들의 얼굴을 하나하나 자세히 훑었다. 산책하는 내내 그러고 있는 나 자신이 한심해 웃기다가, 막상 그가 나타나면 도대체 뭘 어떻게 해야 하나 하는 생각도 들었다. 아무렇지 않은 척 엄마에게 소개를 해야 하나. 반갑다고 해야 하나. 아니면 모른 척 지나가버려야 하나. 다 쓸데없는 고민이었다. 산책로에 190센티미터쯤 되는 남자가 서 있었다면, 놓쳤을 리가 없지.

작가가 되고 난 후 핸드폰 번호를 바꾸었다. 뭐 대단한 결심이 있어서는 아니고 그냥 이전까지의 내 삶과 조금은 달라졌으면 하는 마음에서였다. 클릭 몇번을 통해 낯선 번호를 얻었다. 그의 생각이 나지 않았다고 하면 거짓말이었다. 010 81로 시작하는 그의 번호 뒷자리는 이제 기억에서 희미해져버린 지 오래였으나, 나는 내내 진 것 같은 기분에 사로잡혀 있었다. 망각조차도 내게는 일종의 부자연스러운 상황으로 진입하는 것에 불과했다. 그동안 나는 도대체 무엇을 바라고, 무엇을 기다리고, 무엇을 꿈꾸었던 것일까.

기이하게 생긴 조각들이 모여 있는 잔디밭의 벤치에 앉았다. 5년 전, 그와 만나기로 했던 그 장소, 조각공원이었다. 그러지 않으려 하면 할수록 계속 뒤에 뭔가가 밟혔다. 고개를 돌리면 언제고 그가 서 있을 것만 같은 그런 느낌. 바보같이 왜 이러는지 나 자신조차 나를 이해할 수 없었다. 그러자 문득 어깨에 멘 가방 속에 두꺼운 봉투가 있다는 것이 떠올랐고, 그것이 종이 뭉치가 아니라 벽돌이나 아령처럼 무겁게만 느껴졌다.

그와 헤어지고 나서도 숱하게 많은 남자들을 만났었다. 가랑비에 아스팔트가 젖는 사랑, 뜨거운 사랑, 하룻밤 만에 사그라든 급한 사랑…… 숱한 종류의 감정과 맞닥뜨리면서도 그만큼 깊게 빠져든 대상은 맹세코 없었다. 그보다 더 나은 사람들, 객관적인 기준으로 그보다 훨씬 더 훌

륭한 사람들을 만나도 언제나 변죽만 울리는 관계들을 이어갔다. 그가 나의 가장 뜨거운 조각들을 가져가버렸다는 사실을, 그로 말미암아 내 어떤 부분이 통째로 바뀌어버렸다는 것을 후에야, 아주 많은 시간이 지난 후에야 알게 되었다.

엄마가 갑자기 벤치에서 일어나 언덕으로 천천히 걸어올라갔다. 나도 엄마를 뒤따라 걸었다. 낮은 언덕의 꼭대기까지 간 엄마는 잔디밭에 털썩 주저앉았다. 가을 저녁의 올림픽공원. 마른 낙엽의 향긋한 냄새가 내 코까지 전해지는 것 같았다. 나도 가방을 벗어던지고 엄마의 앙상한 허벅지를 베고 누웠다. 마치 열살짜리 꼬마로 다시 돌아간 것 같은 기분이 들었다.

—엄마, 왜 맨바닥에 그냥 앉아. 잔디밭에 앉으면 유행성출혈열 걸린다고 엄마가 그랬잖아.

—내가 언제?

—나 열한살 때. 엄마 두번째 방통대 졸업식 날. 여기서 학사모 쓰고 엄마가 그랬어. 잔디밭에 맨살이 닿으면 온몸의 구멍이란 구멍에서 피가 줄줄 나오는 병에 걸린다고. 쥐똥에 병균이 많아서 그렇다고.

―얘 좀 봐. 또 이런다. 내가 언제 그렇게 심한 말을 했다 그래.

―진짜야. 엄마는 잘 기억 못하잖아. 난 다 기억해. 그때 엄마가 그렇게 말해서 클 때까지 잔디밭을 엄청 무서워했다고. 풀에 닿지 않으려고 언제나 보도블록 쪽으로만 걸어 다녔어.

―정말? 나도 참. 애한테 별소리를 다 했구나.

노을이 지기 시작했다. 우리 모자는 아무 말도 하지 않은 채 잔디밭에 앉아 한동안 그것을 바라보았다. 엄마가 지는 태양에서 시선을 거두지 않은 채 말했다.

―아름답구나. 저무는 것들은.

―그런가?

―아들아, 나는 내가 되게 대범한 편이라고 생각했다?

―갑자기 뭔 소리야.

―예전부터 내가 좀 남자 같고 그랬잖니. 간도 크고 후회 같은 건 모른다고 생각했는데, 너를 낳고 보니까 그게 아닌 걸 알겠더라. 아기 때, 너를 안고 있으면 막 지갑이 뚱뚱한 것처럼 배가 부르고 행복하고 그랬어. 그래서 자꾸만 겁이 나더라. 다치거나 부서지거나 없어질까봐.

—뭐래.

　—너 유치원 다닐 때였나. 한번은 너를 잃어버렸다고 생각했던 적이 있었어. 애가 유치원이 끝난 지 한참이나 지났는데 집에 오지 않더라. 전화해보니 유치원 버스에도 타지 않았다고 하고. 친구 집에 간다고 했대. 난리가 났지. 신발만 대충 꿰어 신고 나와서 유치원에서부터 허겁지겁 너를 찾는데 멀리 네 뒷모습이 보였어. 나는 가만히 네 뒤를 따라갔다. 네가 두발쯤 걷다 자꾸만 멈춰 서기에 뭐 하나 봤더니, 거리에 있는 모든 가게 앞에 서서 일일이 들여다보고 관찰하고, 때로는 만져도 보고 그러고 있더라. 호기심이 가득한 얼굴로. 그 모습을 뒤에서 보는데 화가 나는 게 아니라, 덜컥 무섭더구나. 네가 더이상 내가 아는 아이가 아니라는 생각에. 네가 보고 싶은 것을 보고, 네가 걷고 싶은 길을 너의 속도로 걷는 게, 너만의 세계를 가진 아이라는 게 그렇게 섭섭하고 무서웠다.

　—그때부터 산만했나봐, 나.

　—그래서 너를 많이 괴롭혔던 것 같네. 간이 작아서. 너를 간장 종지처럼 좁은 내 품안에 가둬놓고 싶었나보다.

　엄마는 반쯤 잘려나가고 없는 간 부분을 만지며 씨익

웃었다. 실로 오랜만에 보는 미소였다.

암이 재발하고 난 뒤, 엄마가 죽는 꿈을 자주 꿨다.

꿈에서 엄마의 차는 더이상 빨간 마티즈가 아닌 스웨덴산 볼보였다. 세상에서 가장 안전하다는 차. 현실과 다른 것은 차뿐만이 아니었다. 엄마는 다 죽어가는 지금의 모습 대신 40대의 팔팔하고 열정적이었던 모습을 하고 있었다. 스웨덴산 볼보를 탄 채 벼랑 끝으로 달려가는 엄마. 결국엔 낭떠러지로 추락해 산산조각이 나는 자동차. 부서진 창밖으로 삐져나온 엄마의 손목. 엔진에서 불길이 일기 시작하고, 불타는 차를 맹수들이 둘러싼다. 마치 고기라도 구워 먹는 것처럼. 차 안에서 검은 연기가 피어오르고, 그녀의 몸 위로 순식간에 무엇인가 자라나기 시작한다. 푸른곰팡이를 닮은 꽃배추. 그것들이 순식간에 번져 엄마의 몸을 뒤덮고 결국엔 모든 게 가려진다. 낭떠러지 위에서 이 모든 것들을 바라보며 나는 무슨 생각을 했나. 울었나. 웃었나. 아니면 아무것도 느끼지 못했나.

식은땀을 흘리며 잠에서 깨어나면 어김없이 새벽 다섯시. 나는 내 덩치에 비해 턱없이 좁은 엄마의 책상에 앉아 허리를 구부린 채 글을 쓰기 시작했다. 손가락 끝에 실이 달린 것처럼, 뇌가 없는 것처럼 마구잡이로 달리는 나의 문장. 그러다 어디선가 타는 냄새가 훅 끼쳐들면 빨간 마티즈처럼 끝을 모르고 뻗어나가던 나의 문장들이 잠시 멈춰 섰다.

그녀에게 나의 글쓰기가 어떤 의미가 될 것인가 생각하면 언제나 낭떠러지 아래를 바라보는 것처럼 막막한 기분에 사로잡힌다. 나는 벌써 서른한살이고, 성인이 된 지도 10년이 넘었고, 그녀가 내 삶을 지연시키는 존재가 아니라 그저 누구보다도 성실히 자신의 삶을 살아내고 있는 한명의 인간일 뿐이라는 사실을 잘 알 정도로 성장했다. 그녀는 그저 그녀 자신으로서 존재하고 있을 뿐 나를 옥죌 의도가 없고, 나 역시 그저 나로 존재하기 위해 안간힘을 쓰고 있다는 점에서 우리는 똑같은 인간에 불과하다. 다만 운이 나빴을 뿐이다. 그러니까 우리가 이렇게 된 것은 우리의 잘못이 아니며 암이나 곰팡이처럼, 지구의 자전이나 태양의 흑점처럼 너무나 자연스러운 우주의 현상이다. 이런 것들을 다 알고 있으면서도 나는 자꾸만 그녀가 내 모든 문제들의 원인인 것만 같았다. 살가죽만 남은 채 다 죽어가는 사람을 앞에 두고 그런 생각을 하게 되는 나 자신이 혐오스럽지만 그 생각을 멈출 수는 없었다.

온몸의 피를 쏟으며 죽어갈 것을 걱정하는 열한살의 나와, 엄마의 얘기를 써서 돈을 벌었던 스무살의 나, 그리고 내게 친절했던 사람들의 이야기를 모르는 사람들에게 들려주고자 이렇게 원한에 사로잡혀 글을 쓰고 있는 서른한살의 내가 오늘 이 순간 엄마의 뒤에 앉아 있었다.

석양을 바라보는 엄마의 뒷모습만큼은 단단하고 아름다웠던 예전의 모습과 별반 다를 바 없어 보였다. 그 모습을 보니 불현듯 엄마가 그간 내가 발표한 소설을, 글을 모두 읽었을지도 모른다는 생각이 스쳤다. 그렇다고 해서 달라질 건 없었다. 엄마가 감상에 젖은 목소리로 말했다.

— 너를 안고 있으면 세상을 다 가진 것 같았는데.

병이라는 것은 인간을 통째로 바꿔놓는다. 누구보다도 강건하고 언제나 앞만 보고 걷던 그녀가, 간지러운 소리라고는 할 줄을 모르던 그녀가 노을을 보며 저런 소리까지 하게 만든다. 그래서 자꾸만 나도 뭔가를 털어놓고 싶게 만들어버린다.

— 엄마 있잖아, 그런데……

나도 모르게 입을 뗐는데, 다음 말을 차마 내뱉을 수가 없었다. 할 말이 너무 많았고 무슨 말이든 하고 싶었는데, 어떤 말을 해야 할지, 어디서부터 어떻게 시작해야 할지 감이 오지 않았다. 그러니까 말이야, 엄마 있잖아,

단 한번이라도 내게 사과를 해줬으면 좋겠어. 그때 내 마음을 짓밟은 것에 대해서. 나를 이런 형태로 낳아놓고, 이런 방식으로 길러놓고, 그런 나를 밀어내고 다시는 돌아오지 못할 곳에, 무지의 세계에 놔두기로 결정한 것에 대해서, 제발 사과를 해줬으면 좋겠어. 그게 엄마의 본심이 아니었다는 것도, 누군가의 잘못이 아니라는 것도 알고 있지만, 알지만, 나는 엄마를, 당신을,

—도저히 이해할 수 없을 것 같아.

—뭘?

—정말 미안한데, 아마도 영영 용서할 수 없을 것 같아.

—애가 갑자기 뚱딴지같이 뭔 소리래.

갑자기 눈물이 날 것 같아서 얼른 고개를 돌렸다.

—나 화장실.

자리에서 일어나 가방을 멨다. 그리고 얼른 화장실 쪽으로 뛰어갔다. 정신을 차려보니 습관처럼 장애인 칸에 들어와 있었다. 나는 좌변기 앞에 무릎을 꿇고 앉아 가방

을 벗었다. 그 속에서 서류 뭉치를 꺼내 손에 쥐었다. 종이 위에 삐뚤삐뚤한 내 글씨와, 그의 빨간 글씨가 겹쳐 보였다. 손에 들린 종이 뭉치를 두번에 나눠 찢었다. 종잇장 하나하나를 낱낱이 찢어 좌변기에 집어넣었다. 글씨가 물에 닿아 빨갛게 번졌다. 물을 내렸다. 종이들이 파문을 그리며 검은 구멍으로 빨려들어갔다.

그를 안고 있는 동안은 세상 모든 것을 다 가진 것 같았는데.

마치 우주를 안고 있는 것처럼.

눈물이 날 것 같았지만 울지 않았다. 그동안 울 시간은 충분했다. 종이가 모두 없어질 때까지 물 내리기를 반복한 나는 숨을 고른 뒤 빈 가방을 다시 둘러멨다. 화장실 밖으로 나왔다.


엄마는 아예 잔디밭에 드러누워 하늘을 바라보고 있었다. 하늘을 보는 그녀의 표정은 누구보다도 고요하고 평화로워 보였다. 어쩌면 내 앞에서 노을을 바라보는 저 사람도, 45킬로그램에 쉰아홉살의 그녀도 나와 비슷한 마음을 느끼고 있을지도 모르겠다. 나라는 존재로 말미암아 인생이 예상처럼, 차트의 숫자처럼 차곡차곡 정리되지는 않으며, 오히려 가장 그러지 말았으면 하는 방향으로 흘러가버릴 수도 있다는 것을. 핏줄이 연결된 것처럼 누구보다도 잘 알고 있다고 믿었던 존재가, 실은 커다란 미지의 존재일 수도 있다는 것을. 그래서 인생의 어떤 시점에는 포기해야 하는 때가 온다는 것을. 그러니 지금 내가 할 수 있는 것은 모든 생각을 멈추고, 고작 지고 뜨는 태양 따위에 의미를 부여하며 미소 짓는 그녀를 그저 바라보는 일. 그녀의 죽음을 기다리는 일. 그녀가 아무것도 모른 채 죽어버리기를 바라는 일뿐이다.

대도시의
사랑법

규호와 함께 일본 여행을 가기로 했다. 사귄 지 200일이 된 기념이었다. 각자의 일터에서 업무를 보는 척하며 엑셀로 3박4일 여행 계획을 짰다. 실은 내가 뭔가를 제안하면 규호가 기계적으로 동의하는 것에 가까웠지만.

— 아사쿠사에 가고, 오다이바에서 도라에몽이랑 사진도 찍고, 하코네 온천도 가자.

— 그래, 그래.

여행 당일, 우리는 느긋하게 짐을 싸서 아슬아슬하게 공항에 도착했다. 사람이 많아 이대로 가면 비행기를 놓치겠다 싶었는데, 다행히 줄이 빨리 빠졌다. 카운터에 서서 여권 두개를 내밀었는데 하나가 되돌아왔다. 나의 여권이었다.

─고객님, 이거 만료된 여권인데요.

군대 가기 전에 만들어놨던 여권을 실수로 들고 온 거였다. 규호는 내 옆에서 어떡해 어떡해 계속 부산스럽게 난리를 쳐댔다. 보딩 시간까지 불과 50분이 남아 있었고, 나는 지체 없이 주머니에서 환전봉투를 꺼냈다.

─이건 형이 주는 용돈이야.

─어?

─어차피 숙소 예약도 다 해놨고 이제 와서 환불도 못받아. 너라도 가서 놀아야 해.

─혼자? 나 혼자강 뭐행 노냐?

규호는 당황할 때마다 나오는 사투리로 거듭 물었고, 나는 규호의 주머니에 환전봉투를 집어넣고서 핸드폰으로 계획표를 보내주었다.

─딱 이대로 관광 다니고 밤에는 남자랑 놀아. 일본 남자가 더 크대. 바람 많이 피우고 와. 알겠지.

─아, 진짜 뭐래.

피식 웃는 규호를 억지로 탑승장으로 밀어 넣었다. 자꾸만 뒤를 돌아보는 규호에게 얼른 가라고 손을 흔들었다.

나 홀로 공항철도를 탔다. 창밖으로 회색빛 갯벌이 계

속 이어졌다. 끊임없이 반복되는 영화를 보는 것 같았다. 귀가 심심해 오랜만에 카일리 미노그의 'Aphrodite' 앨범을 틀었다. 이런 날이면 꼭 생각나는 그녀의 목소리. 입술이 자꾸만 마르는 것 같아 주머니를 뒤졌는데 립밤은 없었다. 이럴 때면 규호가 말없이 립밤을 건네주곤 했는데. 그것뿐인가. 나보다 먼저 퇴근해 바닥도 닦아놓고, 국도 짜게 잘 끓이고, 쓸데없는 소릴 해서 날 어이없게 만들기도 하고…… 나흘 동안 규호 없이 심심해서 어떡하지. 규호와 내가 섹스를 하지 않은 지 꽤 오래됐다는 생각이 들었다. 이토록 섹스와 동떨어진 연애도 처음이군. 일본 남자랑 실컷 바람피우고 오라고 해놓고 이런 기분은 또 뭐람. 웃긴 걸로 치면 나를 따라올 사람이 없었다.

*

규호와 내가 처음 만난 곳은 지금은 망하고 없는 이태원의 한 클럽.

추석을 맞아 그곳에서 무제한으로 (물 탄) 데낄라를 주는 이벤트를 한다고 했다. (당시에도 지금도) 부모님과 곧잘 인연을 끊곤 하는 공인된 패륜남인 나에게는 추석에 마땅히 갈 곳이 없었고, (당시에도 지금도) 가난에 찌들어 있었던 나로서는 도저히 그런 이벤트를 놓칠 수가 없었다. 때문에 단톡방에 이 소식을 알릴 수밖에 없었지.

─ 애들아, 오늘 G클럽 데낄라 무제한 이벤트한대. 다 나와.

20대였던 내 친구들 중에서 공짜를 마다하는 이 하나 없었고, 덕분에 그날 밤 우리 '티아라'들은 도도하게 새벽의 이태원 길을 걸었다. 티아라는 독창적 별명 짓기가 특기인 내가, 멤버가 여섯명이라는 이유로 우리 단톡방에 붙여준 별명. 나는 그중에서 키가 두번째로 작고 노래 부를 때 비음이 심해서 자연스럽게 소연이 되었는데, 중요한 건 그게 아니라 우리가 클럽에 당도했다는 사실, 그것뿐.

당장이라도 실명해버릴 것 같은 강렬한 초록 빛깔의 레이저가 천장에서 뿜어져 나오고 있었고, 커다란 메인 바에는 사람이 너무나 많아 도무지 술을 받을 수가 없네? 우리는 노랫소리가 너무 크게 흘러나와 사람이 없는 디제이 부스 옆의 미니바에 자리를 잡았다. 티아라 멤버들 모두 가슴속에는 소녀 한명씩을 품고 있으면서도 와꾸만큼은 180이 넘는 장정인지라, 처음에는 최대한 끼를 자제하며 어깨를 쫙 편 채 눈알만 이리저리 굴리며 샷을 들이켰다. 데낄라 잔이 마구 쌓여갔고, 애들아 속도를 줄여. 우리 이러다 망해. 보람아 왜 비틀거려. 천천히 마시래두. 근데 은정이는 어디 갔대니. 아 정말, 나도 모르겠다. 일단 취하고 보자. 비교적 간이 깨끗했던 20대의 소연은 자신의 주량을 과신해버렸고, 목구멍이 하수구라도 된 것처럼 끝도 없이, 넘쳐흐르도록 술을 마실 수밖에 없었다. 그렇게, 이러다 망하고 말 거라는 예언은 곧 현실이 되었다.

내 눈앞에 보이는 건 정신없이 술을 따르는 바텐더. 반삭의 귀여운 남자. 그의 머리통 뒤에 달려 있는 네온사인은 도대체 무슨 글자지?

Don't be a Drag. Just be a Queen.

스피커에선 연신 핏불과 제이로의 'On the Floor'가 나오고.

—디제이 너 정신 못 차리지? 여기까지 와서 내가 온 더 플로를 들어야겠어?

우리 중 가장 몸이 좋고 성질이 더러운 지연이가 특유의 카랑카랑한 목소리로 디제이 부스에 올라가 당장 티아라를 틀라, 외쳤지만 디제이는 들은 척 만 척 한쪽 귀에 헤드폰을 대고 치명적인 척을 하고 있네. 만번은 더 튼 클럽믹스 팝 넘버를 또 틀고 자빠졌어. 야, 여기가 미국이야 한국이야? 대답해. 대답하라고. 지연은 당장이라도 디제이에게 달려들어 싸대기를 올려붙일 기세였고, 나와 보람이가 그의 양팔을 붙잡아보았지만, 183센티에 84킬로, 잔뜩 취한 지연이를 말리기에는 역부족이었지. 순간 뭔가 번쩍하고 내 얼굴을 스쳤고 정신을 차려보니 내 등 뒤로 쏟아지는 아이들의 비명 소리. 늦었어. 지연이의 팔꿈치가 내 입술을 찢어놨거든.

얻어맞은 뒤 정신을 못 차리고 있는 내 앞에 찾아든 얼굴이 있었어. 삭발에 가까울 만큼 짧은 머리에 쌍꺼풀 없이 긴 눈. 어라, 방금 전 그 바텐더? 그의 눈은 흰자보다 검은자의 비율이 높아 어딘가 모르게 외계인 같아 보였고, 왠지 내가 그 속에 비치는 것만 같아. 한심하고 망연하고 외롭기까지 한 내 표정. 너의 구불거리는 구레나룻은 턱수염까지 이어져 있었고 같은 모질의 콧수염이 내 얼굴에 닿을 만큼 우리의 거리는 가까웠어. 그때 갑자기 내 뺨에 닿은 차가운 물체. 네가 내 입술에 대준 것은 500밀리

리터의 피지워터.

　　─ 괜찮으세요?

탁음이 섞인 저음의 목소리. 귀여운 덧니를 덮고 있는, 왠지 건조해 보이는 입술. 몹시도 친절해 보이는 그 입술을 가만히 두는 건 범죄나 다름없는 것 같았고, 나도 모르게 너에게 키스를 해버리고 말았지. 눈빛만큼이나 따뜻했던 너의 혀와 두둑하게 살진 내 혀가 포개지는 게 느껴졌고, 그렇게 사랑이 시작됐으면 좋겠지만, 실은 사랑의 사자도 시작되지 않은 상태. 나는 단지 미쳐 있을 뿐이었지. 너에게? 아니. 너무 많이 마셔버린 술에, 음악에, 정신없이 깜빡이는 조명에, 당장이라도 죽어버릴 수 있을 것 같은 답답한 공기에,

다른 무엇도 아닌 나 자신의 불행에.

그리고 피 맛이 났어. 아마도 터진 입술로 흘러나오는 나의 피 맛이었겠지. 정신이 번뜩 든 나는 너를 밀쳐냈고, 너의 귀에 대고 속삭였어.

　　─ 제발 잊어주세요.

그리고 비틀비틀 자리에서 일어났지. 그래, 이제 와서 고백하자면 그때 나 별로 취하지도 않았어. 취한 척해 어

색함을 무마해보려는 개수작. 다 연기였지. 보람이와 큐리가 내 어깨를 잡아 흔들었고, 마침 거짓말처럼 카일리 미노그의 'All the Lovers'가 흘러나오기 시작했어. 얘들아 여기 진짜 안 되겠다, 나가자. 나는 괜히 더 취한 척 몸을 늘어뜨려 은정이에게 부축을 받으며 클럽 밖으로 나왔지. 다시 지상으로 올라왔을 때 나는 멀쩡해진 모습으로 고개를 돌려 클럽 안쪽을 바라보았어. 연신 카일리 미노그의 목소리가 울려 퍼지는 그 방향으로. 그땐 그저 걱정이 됐을 뿐이었어.

내 피 맛을 본 규호, 네가 말이야.

\*

카일리.

2010년의 여름날, 나는 백일휴가를 나왔고, 고속버스의 창문에 기대 있던 내 머릿속에 떠오르는 세개의 키워드는 아이스 아메리카노, 카일리 미노그, 그리고 섹스. 고속버스에서 내리자마자 그가 손을 흔들었지. 당시 6개월 동안 만났던 나의 공무원 애인 K. 그는 샷이 추가된 스타벅스 아이스 아메리카노 벤티 사이즈를 한 손에 든 채 내게 손을 흔들고 있었고 나는 눈이 뒤집어진 채 허겁지겁 생명의 포션을 마셨어. 내가 세상 가장 좋아하는 쓴맛. 세달 만에 마시는 커피는 내 심장을 사정없이 뛰게 만들었어. "형, 카일리 미노그 신보가 나왔대. 나 빨리 듣고 싶어." "알겠어. 어디 들어가자." 그렇게 찾게 된 (이름만 호텔인) 모텔. 허겁지겁 군복을 벗고 샤워를 하는 사이, 형이 모텔 컴퓨터로 'All the Lovers' 뮤직비디오를 찾아주었고, 나는 물기도 제대로 닦지 않은 채 욕실 밖으로 나와 수백 명의 인파가 옷을 벗고 서로를 껴안으며 탑을 쌓고, 그 탑이 파도처럼 출렁이는 뮤직비디오를 보았지. 산처럼 쌓인 사람들의 육체를 보고 또 보다 우리는 침대에 누웠고, 카일리 미노그 'Aphrodite' 앨범 전곡을 걸어놓고 섹스를 했지. 오랜만에 하는 거라 좀 쓸리는 느낌이 들었고, 형이 콘돔을 빼고 해도 되냐고 해서 그러라고 했지. 4번 트랙 'Closer'가 흘러나올 때쯤 형이 내 안에 사정을 했고, 내가 먼저 욕실에 들어가 샤워를 했어. 무리를 해서 그런지 피가 나더라. 그렇게 형과 2박3일을 함께한 후 부대로 복귀한 나. 보름 뒤 고열을 동반한 열꽃이 피어오르기 시작했고, 나는 의무실에서 사경을 헤매다 국군병원으로 보내졌어. 혈액검사를 마친 후, 처음으로 군의관이 내게 했던 말. "너 바텀이냐 탑이냐." "네? 무슨 말씀이십니까." 알고 보니 개만도 못한 공무원 새끼가 나 군대 가기 무섭게 그렇게 남자를 만나고 다녔다고 하더군. 그 후로 급속도로, 정말이지 일사천리로 나는 사회로 반환되었고, 내게 닥친 현실을 받아들이기 위해 가장 먼저 내가 가장 잘하는 일을 했지.

독창적 별명 짓기.

카일리 미노그를 듣다 꼬여버린 인생이라 카일리라고 지은 건 아니고, 그냥 이름이 예뻐서. 어차피 이것이랑 죽을 때까지 함께해야 할 판인데 나 듣기에 제일 예쁜 이름을 붙여주는 게 낫겠다 싶어서, 카일리.

맞아. 마돈나나 아리아나, 브리트니나 비욘세보단 카일리지. 아무렴.

그 이름을 후회해본 적은 단 한번도 없어.

밤새 데낄라를 202010잔쯤 먹은 주제에 그래도 돈을 벌 겠다고 출근을 한 나는 쇼케이스에 엎드려 구토를 참고 있었다. "나는 산드라 디히." 오늘도 샌디의 바람 빠지는 소리는 여전하고 역시나군. 엉망진창인 연출과 함량 미 달인 캐스팅 탓에 초대권을 뿌려대도 관객석은 텅텅 비 어 있었다. 아니, 애초에 열번도 넘게 재연된 「그리스」 공 연을 또 보러 올 사람이 있을 리 없잖아? (하긴 똑같은 밥 똑같은 커피 똑같은 데이트 코스라도 새 남자이기만 하면 언제나 좋아서 달려 나가는 내가 할 소리는 아니지만.) 무 덤과도 같은 이곳에서 내가 할 수 있는 건 끊임없이 터져 나오는 하품을 참는 일, 귀에서 피가 날 것 같은 노랫소리 를 들으며 눈치껏 조는 일뿐. 나는 이 무덤에서조차 모래 한줌만도 못한 수드라니까. 배우도 제작팀도 홍보팀도 뭣 도 아닌, 극장 입구에 망연히 앉아 팔리지도 않는 프로그 램북을 파는 최저시급 인생이니까. 한달 동안의 매출은 40만원 남짓. 내 월급의 반도 못 되는 돈이므로, 아마도 조 만간 잘릴 예정. 남들은 다 쉬는 일요일 밤에 이 무슨 고문이람. 숙취 때문에 1부 중간에 두번이나 토를 하러 달려 갔던 건 비밀. 성격 같아서는 프로그램북을 다 집어던지고 방구석에서 잠이나 자고 싶지만 대학 동기 재희가 연줄을 동원해 만들어준 꿀 알바 자리이므로 의리상 그럴 수는 없었다. 피디가 아는 오빠라고 하던데 아무래도 둘이 잔 거 같아. 그나저나 2부 시작할 때가 다 됐는데 저 남자는 왜 로비에 삐대고 앉아 있지. 나는 지구보다 무거운 엉덩이를 들어올려 소파를 향해 걸어갔다.

—손님, 인터미션이 끝났……

남자가 고개를 들었는데, 어라 왜 얼굴이 익숙해. 어제의 그, 바텐더?

—헉, 어제 클럽에서 그분 맞죠?

—맞는 거 같은데요.

—우와 신기하다. 공연 보러 오신 거예요?

—아니요. 님 보러 왔는데요.

헉 뭐야 이 새끼. 날 좋아하나,라고 생각하기에는 난 주제 파악을 너무 잘하지.

—아 그러시구나. 지금 안 들어가시면 15분 뒤에나 들어가실 수 있어요.

그는 정말, 오롯이 나를 보기 위해 찾아온 거라고 대답했다. 혹시 고소하러 온 건가?

—제가 여기 있는 건 어떻게 알고요.

지연의 인스타에 내가 준 「그리스」 초대권 사진이 올라온 걸 봤다고.

**#뮤지컬 #그리스 #VIPTICKET #자리좋다 #영의선물**

그러면 그렇지. 지연이의 3만 팔로워 중 하나였군. 이전에도 종종 모르는 사람이 내게 말을 건 경험이 있기는 했다. 내게 관심이 있어서? 아니, 잘생기고 몸 좋고 자지 크고 인기 많은 게이 인플루언서 지연이의 '친구3'에게 관심이 있어서. 바텐더 당신도 나를 통해 지연이와 다리를 놔보겠다는 속셈일지도 모르겠군. 내가 또 그런 눈치는 빠삭하지. 말이 나와서 말인데 티아라에서 나는 꽃다발 효과를 노리며 콩고물이나 받아먹는 기생충에 불과하거든. 미모 친구들의 배경이고 병풍이며, 술 먹고 떡이 된 애들을 살뜰히 챙기는 종갓집 당숙모 같은 역할이란 말이야. 그런 내 롤에 불만은 없지만, 오늘은 좀 피곤해서 더는 상대해주지 못하겠어.

—어쩌죠. 2막 끝나고 뒷정리까지 하려면 두시간 정

도 걸려요. 오늘은 좀 힘들 거 같은데.

　── 괜찮아요. 그러면 요 앞 스타벅스에서 폰 만지고 있을게요. 일 보고 천천히 오세요.

　대답도 하기 전에 저벅저벅 공연장을 나가버린 그. 나는 다시 내 자리로 돌아가서 단 한권도 팔리지 않은 프로그램북을 요리조리 다시 진열도 해보고, 물티슈를 뽑아다가 먼지 한톨 없는 쇼케이스를 닦고 또 닦고 그랬지. 그런데 이상하다. 나 왜 웃고 있니. 주책맞게.

　공연이 끝나자 관객들은 모두 극장을 떠났고, 포토존 앞에 놓인 등신대까지 창고로 옮긴 뒤 홀의 불을 껐어. 열시가 넘었는데, 설마 진짜 기다리고 있지는 않겠지? 괜히 신경 쓰는 내가 웃기지만, 혹시나 하는 마음에 스타벅스로 가봤어. 소파석에 두꺼운 뿔테 안경을 끼고 양반다리를 하고 앉아 게임을 하고 있는 너. 어두운 조명 아래에서 봤던 진한 인상은 어디 가고, 왜 이렇게 빙구같이 생겼니. 딱 뽀로로네. 내 얼굴을 보자마자 화들짝 안경을 벗고 자리에서 일어난 너, 다시 내가 알던 얼굴로 돌아왔네. 나는 한번 터진 웃음을 멈출 수가 없어서 네 맞은편에 앉아서도 한참을 웃었지.

―그만 웃어요.

―미안해요. 근데 정말 여기까지 왜 온 거예요?

―제발 잊어달라고 하니까 더 못 잊겠던데요?

―아…… 어제는 정말 죄송했어요. 커피라도 사드릴
게요. 뭐 드실래요?

―커피는 아까 마셨고, 이거 받으세요.

그가 내민 것은 오마갓, 나의 흰색 루이비통 핸드폰 케
이스. 공무원 그 씨발새끼가 카일리와 함께 내게 남겨준
선물. 태어나서 받아본 것들 중 가장 값비싼 생일선물이
었고, 이걸 받아 들었을 때 온 세상이 네온사인처럼 찬란
히 빛났던 그 느낌이 아직도 생생히 기억나는데 (산산조
각 나버린 추억이지만 그래도 유일하게 소유한 명품인
데) 내가 이걸 잃어버렸단 말이야?

―케이스가 날아가는 것도 모르고, 엄청 열심히 춤추
시더라고요. 제가 주워놨어요.

―……어제의 저는 제발 잊어주세요.

―왜요. 잘 추시던데. 특히 '넘버 나인'.

아, 죽어버리고 싶다. 남자다워 보이려고 평소보다 두
옥타브는 낮은 음으로 얘기를 하고 있었는데 이게 다 무

슨 소용이람. 내가 수치심에 젖어 얼굴을 붉히는 사이, 스타벅스 알바가 우리에게 영업시간이 끝났다며 노골적으로 나가라는 눈치를 주었고 우리는 떠밀리듯 거리로 나왔다. 대학로의 골목을 말없이 걷다가 문득 오래된 호프집 간판이 보였고, 나도 모르게 반사적으로 이렇게 말해버렸다.

　　—우리 술이나 마실까요?

　다른 술은 다 잘 마셔도 맥주만큼은 약한 내가 그래서는 안 되는 거였는데, 인생에서 그래선 안 될 일 빼면 남는 게 없다. 술 취하면 쓸데없이 솔직해지며, 불필요하게 개가 되곤 하는 나는 그날도 어김없이 아무도 묻지 않은 얘기를 털어놓았다. 그중 최악은 내 지난 연애사를 구구절절 읊어대며 신세한탄을 한 거였다.

　　—그거 아세요? 저도 진짜 사랑을 했답니다. 한번은 띠동갑의 늙은 운동권 아재를 만나 미국산 옷을 입는다고 혼난 적이 있고요. 근데 나는 또 그런 인간 좋다고 선물 사다 바쳐, 밥해 먹여, 집까지 쪼르르 달려가 애완견처럼 기다리고 다 했잖아. 근데 대차게 까였다? 그 새끼가 완전 잠수를 타버리더라고요. 그래도 후회는 안 해요. 진

짜 사랑이었으니까. 아무튼 그 사람한테 덴 뒤로는 좋은 남자만 골라 만나겠다 다짐했어. 그래서 그다음 애인은 얼굴도 몸도 자지도 그냥 그랬지만 착한 거, 그거 하나 보고 만났어요. 걔한테는 왜 차인 줄 알아요? 길에서 노래를 너무 많이 부른다고. 불러도 불러도 너무 부른다네? 아니, 민주주의 국가에서 뚫린 입으로 노래도 못 불러……

그날 내가 했던 추악한 짓거리 중 가장 하이라이트는 호프집에서 10분 거리인 내 집 앞까지 바래다준 그에게 이렇게 말했던 것.

—들어왔다 갈래요?

머뭇거리는 그의 얼굴을 보니 갑자기 정신이 퍼뜩 들어 버렸다. 정신 차려. He is not into you. 정말 선의로 찾아온 사람한테 이러지 말자. 나는 말없이 눈알만 요리조리 굴리는 그에게 짐짓 아무렇지도 않은 척 질문을 얹었다.

—어디에 사시는데요?

—인천이요.

인천에서 여기까지 왔다고? 폰 케이스를 주려고? 단순한 호의로? 일단 더 질러보자.

—차 끊기지 않았어요? 첫차 뜰 때까지만 있다 가요.

— 택시 타면 돼요.

— 돈 많아요?

— 아니요.

— 그럼 택시 타고 도망치고 싶을 만큼 내가 별로예요? (어디까지 구질구질해질 작정인지.)

— 그게 아니라……

— 그럼 뭔데요. 내가 죽이나? 잡아먹나? (제발 그만해.)

— 제가 원칙 같은 게 있어서요.

— 무슨 원칙요?

— 세번 만나기 전까지는 하지…… 않는 거.

나는 크게 웃음이 터져버렸고, 이 새끼 스무살인가. 아니면 『섹스 앤 더 시티』를 너무 많이 봤나, 샬롯이야 뭐야. 역시나 내가 영 아닌 거겠지 하는 생각이 들었고, 더이상은 비참해지지 말자 생각해놓고서도, 그의 손을 붙잡고야 말았다. 그리고 이런 속 보이는 말을 또 해버렸다.

— 누가 뭘 하자고 했나? 잠깐 앉아 있다 해 뜨면 가라는 거지.

고개를 끄덕이는 그. 현관문을 열자 난장판인 방 안 꼴이 드러났고, 그걸 보자 술이 확 깨는 것 같은 기분이 들었으나 그것은 착각에 불과했다. 나는 여전히 취한 채로 외투를 벗고 바지를 끌어내렸는데 청바지가 왜 이렇게 작지, 살이 찐 건가? 결국 바지를 반쯤 내린 채 침대에 주저앉아버렸고……

다시 눈을 떴을 때는 동이 터오를 무렵. 대학가의 새벽은 어김없이 원룸 건물을 쌓아 올리는 공사판의 소음으로 시작됐다. 그 많은 방에 또 얼마나 많은 사람들이 살게 될까. 이마를 잔뜩 찡그리며 눈을 떴다. 우습게도 나는 팬티 바람에 양말만 신은 채 침대에 누워 있었다. 그것도 홀로. 몸을 일으키자 맨바닥에 옷을 다 입고 누워 있는 그가 보였다. 나는 천천히 몸을 일으켜 그의 옆에 앉았다. 단정한 그의 옆모습을 보자 일순간 세상이 고요해졌다. 마치 우리 둘만 남은 것처럼. 손을 들어 그의 이마와 코와 입술을 만져보고 싶었지만 깰까봐 그러지 못했다. 대신 조심스레 두번째 손가락을 그의 코에 갖다 댔는데 얕은 호흡이 느껴졌다. 뚱뚱한 뽀로로 인형을 베고 있는 그의 목에는 주름이 다섯줄쯤 져 있고, 머리맡에는 단정하게 시계와 지갑이 놓여 있었다. 손목시계를 들어 자세히 관찰해보니 메인 플레이트에 국가정보원,이라는 글자가 음각으로 새겨져 있었다. 뭐지. 정체가 궁금해진 나는 조심스레 그의 지갑을 열어보았다. 천원짜리 지폐 세장과 신한은행 나라 사랑 체크카드, 유설희 간호학원 주안점 수강등록증, 2종 보통 면허가 들어 있었다. 89년생 민규호. 그가 몸을 뒤척 였고, 나는 황급히 지갑을 돌려놓았다.

눈을 뜬 그는 시간을 확인하더니 부랴부랴 외투를 입 었다. 내가 따라준 물 한잔을 마시지도 않고, 신발을 꿰어 신었다. 학원 시간에 늦었다고 했다. 문이 닫히고 나니 그 와 번호조차 교환하지 않은 게 떠올랐다. 국정원 시계를 차고 다니며, 주말에는 클럽에서 술을 마는 간호조무사 지망생. 규호.

너는 도대체 뭘까.

*

그리고 화요일, 또다시 나의 한주가 시작됐다.

첫번째 직장을 그만둔 이후로 나는 다시 학교로 돌아 왔다. 여느 때처럼 느지막이 일어난 나는, 습관처럼 학교 도서관에 앉아 취업준비를 빙자한 시간 죽이기를 했다.

유리창 앞의 좌석에 앉아 통유리 창으로 내리쬐는 햇볕을 받으며 소설책 몇권을 읽었고 랩톱을 열어 쓰레기 같은 글을 쓰기도 하고 내 머릿속처럼 하얀 노트 위에 의미도 없는 것들을 끼적이기도 했다.

29살. 유설희 간호학원. 간호조무사. 바텐더. 민규호.

의미 없는 낱말들을 나열하다가 창으로 내리쬐는 햇살을 바라보았다. 나른한 기분이 들어 잠시 눈을 붙였고, 눈을 떠보니 오후 다섯시. 젖은 걸레보다도 무거운 몸을 이끌고 대학로로 내려와 극장에 도착했다. 홀의 불을 켜고 주연배우의 등신대를 매표소 앞으로 옮겨두었다. 이제 30분 뒤에 매표소가 열리면 사람들이 찾아올 테고, 나는 허공을 향해 프로그램북 있습니다, 외쳐대겠지. 팔리지 않을 것을 알면서도.

취업준비를 빙자해 (실은 더는 엄마와 함께 살기가 힘들어서) 학교 앞에 원룸을 구했다. 월세도 내야 하고 먹고사는 돈도 벌어야 하니까 매일 알바를 했다. 일단 한번의 직장 생활을 겪고 나니, 뭔가를 이루거나 성취하고 싶다는 동기가 사라져버렸다. 결국에는 자리만 옮긴 채 똑같은 일상이 반복되겠지. 짜증과 분노와 희망에 수반되는 절망과 매일 반복되는 일과를 땀처럼 뒤집어쓴 채로. 그것은 연애라는 사건에 있어서도 마찬가지라 이제는 난 뭔가 새로운 것을 기대하기에는 너무 멀리 와버렸어. 취업도 글쓰기도 연애도 무엇도 권태롭지 않은 게 없고. 그런데도 나는 왜 이상하게, 자꾸만 네 이름을 쓰고 싶은 걸까. 지독히 일상을 닮아 있는 또다른 한명에 불과한 규호, 너의 이름을 말이야.

*

토요일 밤 공연이 끝나고 집으로 가는데, 재희에게서 전화가 왔다. 남친이 쿠웨이트로 출장을 가 오랜만에 자유라며, 술을 먹자고 했다. 별로 탐탁지 않았지만 공짜라고 하니까 일단 교통카드 한장만 들고 홍대로 갔다. 재희가 요모조모 끌어들여 술자리에 앉힌 사람들은 대부분 서로 모르는 사람이었고, 사회인이었으며, 모르는 사회인들이 모였을 때 으레 그렇듯 재밌지도 않은 술 게임을 하고, 궁금하지도 않은 인생사나 연봉 얘기, 이성애 연애담을 서로 공유하고 지랄이었다. 손을 잡았고 키스를 했고 사귀었고 한달 뒤에 섹스를 했고 어쩌고 어쩌고. 술은 또 왜 청하만 시켜. 맑은 술에는 좀체 취하지 않는 나. "그래서 말이야 오빠가 자이툰 부대에 파병을 갔을 때 말야, 미군 새끼들이⋯⋯" 고대를 나와서 무슨 건설회사에 다닌다는 남자가 아무도 묻지 않은 군대 얘기를 꺼내고 난리였다. 나는 남자가 떠드는 동안에 혼자 청하를 따라서 연거푸 들이켰다. "거기 술 잘 마시는 친구는 아직 대학생?" "아뇨. 졸업했는데요." "군대는 갔다 왔겠네. 어디 출신이에요?" 나는 입을 다물어버렸다. 재희가 내 눈치를 보며 말을 돌렸다. "오빠, 나이 서른 넘어서 언제까지 군대 얘기야 재미없게." 재미없음에도 등급이 있다면 오늘의 술자리는 월드 클래스. 나는 다른 사람들이 떠드는 동안 연거푸 술만 들이켜며 안주로 나온 노가리를 가루가 될 때까지 이리저리 찢어놓았다. 아 지루해. 도망치고 싶어. 나는 이곳에 어울리지 않아. 거의 매일 매 순간 내 일상을 휘감는 이질감. 티아라들은 지금 뭐 하려나. 혹시나 놀러 나온 사람이 있나 싶어 단체창에 들어가보니 오늘은 웬일로 모두 조용하다. 아마 모두 남자 하나를 물어 섹스하거나 집에서 퍼질러 자고 있겠지. 나는 화장실에 가겠다고 슬쩍

206

일어나서 재희에게 문자를 보냈다.

*미안해 재희야. 나 먼저 갈게. 넌 노잼이라 못 앉아 있겠어.*

*이 새끼 말 존나 많지ㅋ 다른 사람들도 다 싫어함ㅋ*

*ㅇㅇㅋ 계산은 술이 떡 된 고대 오빠한테 뒤집어씌우도록.*

*ㅇㅋ ㅋㅋ*

나는 빙긋 웃으며 대로변에 섰다. 시간은 새벽 4시 20분. 근데 있잖아. 어디론가 가고 싶은데 집은 싫어. 떠오르는 곳은 오직 하나. 이태원. 거짓말처럼 주황색 택시가 내 앞에 멈춰 섰고 나는 무작정 문을 열고 올라타 아저씨 이태원 소방서요, 외쳤다. 가로등 불빛과 네온사인 간판이 원래 이렇게도 찬란했었나. 갑자기 왜 이렇게 서울이 아름답지. 아무것도 아닌 모든 것들이 특별하고 대단하게만 느껴지지. 할증 시간이 끝났지만 택시비는 만원이 넘었어. 교통카드 잔액이 2만원도 안 남은 거 같은데, 이따 집에는 어떻게 가. 아 몰라. 어떻게든 되겠지. 한남동에서부터 막히기 시작한 차. 나는 제일기획 앞에서 택시를 내려버렸고, G클럽 앞까지 달려갔다. 헐떡이는 숨을 고르고 있는데 클럽 입구로 그가 나왔다. 자기 몸만큼 커다란 종량제 봉투를 들고 있는 그. 나를 발견하지 못했는지 낑낑

대며 주차장 쪽으로 걸어가는 그의 뒤를 따랐다. 쓰레기
봉투를 내려놓은 그를 뒤에서 안아버렸다. 나도 모르게.

　　―으악.

　　―뭘 그리도 놀래요.

　　―아 씨, 개쫄안.

　　―지금 귀척한 거예요?

　　―놀라서 사투리 나온 건데요.

　　―인천에 그런 사투리가 어딨어요.

　　―저 인천 사람 아닌데요.

　　―그럼요?

　　―제주도 사람이에요. 육지 온 건 1년밖에 안 됐다는.

　　푸하하 육지가 뭐야. 나는 무례하리만치 큰 소리로 웃
어버렸다. 그게 뭐가 이상한데요. 뾰로통해져버린 그의
표정. 귀엽군.

　　―놀러 오신 거예요? 친구분들은요?

　　―아뇨. 혼자 왔는데요. 님 보러.

　　―헉.

　　―그렇게 질색할 필요는 없잖아요. 방금 전까지 홍대
에서 술을 마셨는데 한참 모자라서요. 해는 자꾸만 뜨려

고 하고 술 생각은 계속 나는데, 여기 오고 싶더라고요. 여기가 술 하나는 세게 잘 말잖아요?

그는 씨익 웃더니 갑자기 내 어깨에 손을 둘렀다. 갑작스런 그의 스킨십에 조금 놀랐지만 티 내지는 않았다. 내 왼쪽 귀에 그의 호흡이 느껴졌다. 우리는 그렇게 어깨동무를 한 채 입구에 다가섰다. 가드들이 아무런 저지도 않고 우리를 클럽 안으로 들여보내주었다. 그는 나를 곧장 미니바로 데려갔다. 그리고 더블샷 잔을 꺼내 평소와는 다른 빛깔의 술을 가득 채워주었다. 나는 한번에 술을 다 마셨고, 뭐야 왜 복숭아 향이 나. 이건 주스지 술이 아니라고. 같은 술로 곧장 다시 잔을 채워준 그. 거참 술을 달라니까 자꾸 주스를 주고 그러시나. 연거푸 잔을 들이킨 나. 그런데 왜 갑자기 춤을 추고 싶지. 나를 보며 웃는 그의 맨질맨질한 이마에 조명이 반사되고 나는 이상하게 그가 나의 서울인 것만 같다. 아름다운 서울시티 시끄러운 음악 소리. 까만 눈 빡빡머리. 너와 함께 춤을 춘 뒤 한 손으로 네 허리를 감싸안고 싶어. 그리고 다른 손으로 땀에 젖은 너의 짧은 머리를 쓰다듬고 싶어. 그렇게 바짝 가까워진 채로 서로의 체온을 느꼈으면 해. 그런데 왜 자꾸 눈이 감기지. 이 안은 너무 덥고 연기가 많아. 눈이 뻑뻑하다고. 더 시끄러운 음악을 틀어줬으면 좋겠어. 촉촉한 공기를 뿜어줬으면 좋겠어. 계속 눈이 감기지 않게……

눈을 떠보니 하얀 형광등 조명이 켜져 있고 손님들이 모두 사라져 있었다. 알바 몇명만이 남아 엉망이 된 바닥의 쓰레기를 치우고 있었다. 여기가 이렇게 좁았나. 불이 모두 켜진 클럽은 밤의 클럽과는 다르게 남루하고 구질구질한 모습이었다. 물론 그중 제일 구질구질한 건 나. 소파석 한구석에 쪼그려 앉아 있는 나. 그리고 내 앞에 서 있는 규호.

─손님, 문 닫을 시간입니다.

웃고 있는 그를 향해 나는 죄송합니다, 말하고 손에 들고 있던 코트를 주섬주섬 챙겨 입었다. 황급히 계단으로 올라가는데 현기증이 일었다. 도대체 얼마나 마신 거야. 벽을 짚으며 거리에 나서자 완벽히 대낮이었다. 파리바게뜨 알바가 현관을 쓸고 있었고, 나는 클럽 앞 계단에 주저앉았다. 입김이 나왔다. 그래도 길에서 자지 않아서 다행이야. 죽을 뻔했잖아. 집까지 가는 버스 정류장은 여기서 한참 먼데. 걸어갈 기력이 나지 않았다. 일단 갈라진 입술에 침을 바르고 눈곱을 떼는데 불현듯 클럽 입구에서 사람들 몇이 나와 뿔뿔이 흩어졌다. 그리고 또다시 내 앞에 선 규호. 집에 안 가시고 여기서 뭐 하세요, 묻는 규호의 옷자락을 잡은 나.

— 미안한데요, 제가 택시비가 없어요.

집까지 함께 택시를 타고 가게 된 우리. 규호가 기사에게 말한 행선지는 인천이 아닌 대학로. 라디오에서는 양희은의 「아침이슬」이 흘러나왔다. 규호가 내게 말했다.

— 오늘 우리 만난 지 세번째 된 거 알아요?

— 세고 있었어요?

— 그 정도는 안 세어봐도 아는 거 아니에요?

— 나는 세어보고 있었는데. 딱 세번이 될 때까지.

그리고 말이 없어져버린 우리. 침을 꼴깍, 소리가 나게 삼켰고 어느새 그와 내 무릎이 맞닿아 있었다. 나는 코트를 우리의 허벅지 위에 올려놓았다. 우리는 코트 아래로 손을 잡았다. 그리고 이내 서로의 허벅지를 쓰다듬었다. 반대 방향을 바라본 채로. 앰배서더호텔과 청계천과 이화예식장을 지나, 대학로의 작은 극장들 너머 나의 집이 가까워오고 있었다. 서로의 손끝으로 묵직하고 뜨거운 기운이 전해졌다.

*

집으로 돌아온 우리는 세번째 법칙을 지켰다. 비록 성
공적이지는 못했지만.

규호는 조용히 빼고 해도 돼?라고 반말로 물었고 나는,
고개를 저었다. 규호가 쑥스러운 듯 말했다.

──미안해요. 끼고 하면 자꾸 죽어서.

──(그거 발기부전 환자들의 흔한 변명이라던데.) 괜
찮아요. 제가 할까요?

──그건 좀…… 제가 잘 못해서.

*

눈을 뜨니 규호가 부엌에 서 있는 게 보였다. 안 쓴 지
6개월은 넘은 전기밥솥이 돌아가고 있었고, 집에 있는지
도 몰랐던 조미료며 간장이 나와 있었다. 가스레인지에
뭔가를 끓이고 있는 것 같았다. 나는 수증기가 자욱한 내

좁은 방을 보며, 약간 환상에 빠진 듯한 기분에 젖어 있었다. 규호는 내가 일어난 것을 발견하고는 숙박비를 대신해 밥을 해주겠다고 말했다. 나는 침대맡에 접어놓았던 작은 상을 펴 물티슈로 먼지를 훔쳤다. 닦아도 닦아도 먼지가 계속 나오는 게 참 우리 집다웠다. 그사이 규호는 다 끓인 오뎅탕이며 처음 보는 밑반찬 같은 것을 상 위에 올려놓았다. 반찬은 다 어디서 난 거냐고 물으니, 요 앞 마트에서 사 왔다고 했다. 자세히 보니 싱크대에는 음식물쓰레기 종량제 봉투가 걸려 있고, 욕실 앞에는 못 보던 발깔개까지 깔려 있었다. 이 사람의 적응력은 도대체 뭘까. 민들레씨도 이렇게 신속히 뿌리내릴 수는 없지 않을까. 나는 묵묵히 그가 끓여준 조미료 맛의 국을 퍼먹었다. 규호가 내게 물었다.

　—이사 온 지 얼마 안 됐나봐요. 커튼도 아직 안 다시고.

　—2년 됐어요. 귀찮아서 커튼이며 침대 시트며 사놓고 그냥 다 처박아놨어요.

　—어떻게 사람이…… 그럴 수가.

　—저도 궁금한 거 물어봐도 돼요?

　—네, 그럼요.

— 고향이 제주도고 일하는 데는 이태원인데 왜 인천에 사세요?

친형 때문이라고 했다. 한살 터울의 친형이 자그마치 4수 끝에 인천에 있는 한 의대에 붙었다. 형이 예과를 마칠 때쯤 학교 앞 원룸에서 거지처럼 살고 있는 것을 본 어머니가 규호를 인천으로 올려 보냈다고 했다. 형과 함께 살며 밥도 해주고 청소도 해주며 보필(?)해주는 것을 조건으로. 80년대 후일담 서사풍의 상경기를 듣고 나는 적잖이 놀랐는데, 규호의 입장에서는 별로 대수롭지 않은 문제인 것 같았다.

— 제가 어릴 적부터 사고를 많이 쳤거든요. 고등학교도 자퇴했고. 간신히 들어갔던 전문대도 때려치웠고, 엄마한테 미안하기도 하고, 섬에서는 할 일도 없고, 이쪽으로 태어났으니까 서울에서 살아보고 싶기도 했고. 서울은 아니지만, 뭐. 아무튼 그래서 그냥 올라왔어요.

— 형이랑 같이 사는 건 나쁘지 않아요?

— 나쁘죠. 아주 나쁘죠.

부모님이 공부 잘하는 형의 비위를 맞춰주며 키운 탓인지, 형이라는 새끼의 성격이 정말 개차반인 것 같았다.

규호가 끓여놓은 갈비탕을 말도 없이 고기만 발라 먹은 것도 모자라 남은 갈비뼈를 변기에 넣고 물을 내려 아직까지 변기가 막혀 있다고 했다. 집에 있을 때는 언제나 헤드폰을 끼고 게임을 하며 욕을 내뱉는 게 일상의 전부라고도 했다. 6개월 동안 함께 살면서 나눈 대화가 열마디가 채 넘지 않는다고 말하는 규호의 표정에는 이전에 본 적 없는 적의가 서려 있었다. 나는 또 내숭 18단의 특기를 살려, 평일에는 주로 뭐 하시는데요? 모르는 척 말을 돌렸고 규호는 아무렇지도 않게 동네에서 간호학원 다녀요, 대답했다. "일단은 국비 지원도 되고 용돈도 나와서 다니기 시작했는데, 이제 실습도 다 끝나가요. 혹시 이거 알아요? 같이 다니자 유설희, 유설희 간호학원……" 자기네 학원의 광고 노래인지 뭔지를 중얼대기 시작한 규호. 나는 웃으며 모른다고 대답했고 규호는 인천 사람은 다 아는데, 라며 아쉬운 표정을 지었다. 그리고 또 규호는 "부모님께서 형이 병원 차리면 거기에 들어가 일이나 도우라고 하시더라고요, 평생 병풍처럼 살라는 거겠죠 뭐." 무표정하게 덧붙였다. 뭐야, 계곡물이야? 뭔데 이렇게 투명해. 또 내가 복잡한 가정사에 약하다는 건 어떻게 알고 갑자기

혹 들어와. 왜 다 보여줘. 짧지 않은 시간 동안 이쪽 생활을 하면서 자기 자신에 대해서 포장하지 않고 한없이 진실에 가깝게, 정말로 투명하게 치부까지 다 드러내는 사람은 규호가 처음이었다. 게다가 남의 말은 하나도 안 듣게 생겨서 묘하게 시키는 대로 다 하는 구석이 있는 애였다. 나는 그런 규호를 보며 조금 특별한 기분이 들었다. 아무 대답도 않고 멍해져 있는 나를 보고 규호가 약간은 풀죽은 얼굴로 말했다.

— 진짜 인천 사람들은 다 아는데. 유설희.

나는 오뎅 국물을 바닥까지 퍼먹고 규호에게 말했다.

— 오늘 시간 있어요?

— 왜요.

— 내가 공짜로 뮤지컬 보여줄게요.

— 우와, 진짜요? 그래도 돼요? 저 뮤지컬 보는 거 처음인데.

태어나서 처음 보는 뮤지컬이 최악의 캐스팅으로 소문난 이번 회차라니. 괜히 미안했지만 어쩔 수 없지. 그게 당신의 운명이야.

— 제일 좋은 자리로 줄게요. 대신 조건이 있어요.

—뭔데요.

—친한 친구 중에 지연이라는 애가 있거든요. 그때 팔꿈치로 나 때렸던 애.

—알아요. 그 몸 좋고 까만 분. 유명하시잖아요.

—맞아요. 성격이 좆같아서 그렇지 지연이가 은근히 맞는 말만 하는 애거든요. 걔가 했던 말이 있어요. 나이가 다른데 반말하면 무조건 섹스한 사이라고. 우리 이제 반말해요.

—님 몇살인데요?

—저는 88이고 넌 89. 형이라고 해.

—어, 내 나이 어떻게 알았어요? 근데 나 빠른이에요. 내 친구들 다 88인데.

—사회생활에 빠른이 어딨어? 인생은 실전이야. 그리고 너 자퇴했다며.

—……

—미안. 괜히 지랄해봤어. 너도 말 놔 빨리.

심통 난 표정을 짓고 있는 규호의 얇은 입술을 보니 괜히 세상 모든 방법을 동원해 그를 괴롭혀주고 싶은 마음과 세상 모든 것들을 다 주고 싶은 마음이 번갈아가며 들었다.

우리는 나란히 걸어 극장으로 향했다. 티켓팀의 선배에게 부탁해 규호의 표를 받았다. 규호 혼자 공연장에 들어갔고, 나는 여느 때처럼 매표소 옆 작은 유리 케이스에 앉아 공연장의 실황을 보여주는 커다란 모니터를 바라보고 있었다. 꽉 달라붙는 청바지를 입은 대니가 차에 올라타 외쳤다.

— 그리스 라이트닝!

세트 위 작은 자동차의 헤드라이트가 규호의 얼굴 언저리를 비추고 있겠지. 그것만으로도 도저히 못 들어줄 것 같던 대니의 가창력이 조금은 들을 만해진 것만 같은 느낌이 들었다면, 착각이려나. 어느새 쇼케이스 뒤에 앉아 '같이 다니자 유설희 유설희 간호학원' 노래를 부르고 있는 나. 어떡하면 좋나.

\*

토요일 오후, 규호가 갑자기 우리 집에 들이닥쳤다. 커다란 백팩에서 그가 꺼낸 것은 보쉬 드릴세트. 설 연휴에 중국 손님들에게 팁을 받아 큰맘 먹고 산 것이라고 했다.

도대체 왜 핸드드릴 같은 것을 큰맘 먹고 사는지 알 수는 없었지만. 규호는 옷장 옆에 처박혀 있던 커튼봉과 커튼을 꺼내 들었다. 그리고 의자 위에 올라가 봉을 달기 시작했고, 나는 의자를 손으로 붙잡고 규호를 올려다보며 말했다.

— 커튼을 굳이? 왜?

— 자는데 너 계속 찡그리고 있길래. 너무 못생겼더라고.

피식 웃음이 나왔다. 땀을 뻘뻘 흘리며 봉을 달고 커튼을 설치한 규호. 나는 다 됐다,라고 말하며 의자에서 내려온 규호의 땀을 닦아주었다. 따뜻한 이마. 오래 처박혀 있어 잔뜩 구겨진 커튼을 달아보니 정말 빛이 하나도 새어들지 않았다. 세상천지에 규호와 나 둘만이 남은 느낌. 규호는 핸드드릴 세트를 책장 옆에 두고는 이제 출근을 하겠다고 했다.

— 벌써?

— 응. 오늘 형들이랑 저녁 같이 먹기로 했어.

— 드릴은 안 가져가?

— 무거워. 딱히 쓸 일도 없고.

—(그럼 왜 샀대.) 그냥 잠깐 앉아나 있다 가.

이미 약속시간에 늦었다며 물 한잔도 얻어먹지 않고 부랴부랴 밖으로 나가버린 규호. 나는 닫힌 문을 계속 바라보았다. 고작 커튼을 달아주겠다고 여기까지 온 거야? 인천에서?

뭐야. 이렇게 감동 주기야.

그날 밤 나는 다급하게 문을 두드리는 소리를 들으며 눈을 떴다. 완연한 어둠. 씨발 어떤 새끼야, 한밤중에. 핸드폰을 들어 보니, (부재중 전화가 세통 와 있었고, 시간은) 7시 반. 뭐야, 아침이 이렇게 어두울 수 있었던 거야? 연신 문을 두들겨대는 소리가 났고 나는 고개를 주억거리며 팬티 한장만 걸친 채 문을 열었다. 문 앞에 선 규호의 손에는 마카롱 한 박스가 들려 있었다.

—단 거 먹으면 기분이 좋아진대.

—뭐야, 너 취했어?

—아니. 회식은 했지만 술은 한잔밖에 안 마셨지.

그러라고 한 적도 없는데 규호가 갑자기 현관 안으로 바짝 들어와 내 입에 하늘색 마카롱 하나를 집어넣었다.

나는 반사적으로 그것을 씹었다. 달았고, 단것을 좋아하지 않는 내게는 너무 달아서 가뜩이나 졸음에 찌그러진 얼굴이 자꾸만 찡그려졌다. 규호는 내 이마의 주름을 손가락으로 살살 문질렀다. 그의 찬 손에서 단 냄새가 났다. 규호가 내게 말했다.

—우리 나갈래?

—미쳤어? 나 더 자야 해.

—푹 잔 거 다 알아.

—뭘 알아. 어떻게 알아.

—자정부터 전화했거든.

—(부재중이 너였구나.) 그냥 안 받은 거면 어쩌려고?

—됐고, 일어나. 나가자.

나가자고 말하는 규호의 억양이나 눈빛이 워낙 단호해 이상하게 그래야만 할 것 같은 기분이 들었다. 내가 놀부처럼 생기긴 했어도 또 남들이 하자는 대로 곧잘 하거든. 정규 교육과정을 무사히 이수한 한국인이거든. 나는 한숨을 한번 길게 쉬고 잠옷으로 입고 있는 트레이닝복에 패딩 한장을 걸치고 투덜대며 그의 손에 이끌려 나갔다.

주말 이른 아침의 거리에는 사람이 별로 없었고 우리

는 어디 갈래, 어디 갈까, 시원한 데 가고 싶어, 겨울이라 온 한반도가 다 시원해, 서울 보고 싶어, 너 지금 서울 보고 있어, 티격태격했다. 그러다 퍼뜩 떠오르는 곳이 생겼다. 나는 규호의 패딩 후드 뒤에 손을 집어넣은 채, 마치 수레를 미는 것처럼 오르막길을 올랐다. 규호의 머리카락에서 담배 냄새가 났다. 10분여의 시간이 지나 우리는 함께 낙산공원에 당도했다. 규호의 넓은 이마에 땀이 송골송골 맺혀 있었다. (비록 한살 차이긴 하지만) 넌 젊은 애가 뭐 이 정도 갖고 그렇게 숨차 하니? 편잔을 주고 보니 밤새 일을 하고 온 애구나, 괜히 미안한 마음이 들었다. 물론 티를 내지는 않았지만. 규호가 성곽에 손을 턱 얹으며 말했다.

— 이 회색 돌 진짜 몇백년 된 걸까?

— 글쎄.

그렇게 우리는 말없이 성곽의 가장자리에 몸을 기댔다. 나는 지평선 너머로 뜨기 시작한 해를 보며, 막 시작한 아침과 아주 늦은 밤이 꼭 맞닿아 있다는 것을 새삼 깨달았다. 규호도 나처럼 서울을 내려다보며, 그러니까 내 쪽으로 조금도 고개를 돌리지 않으며 말했다.

―어릴 적부터 육지에, 서울에 오고 싶었어. 할 수 있
는 한 가장 높은 곳에 오고 싶었어.

　　― 한라산을 올라가지 그랬어.

　　―있잖아……

　　―응.

　　―우리…… 만날까?

　　―지금 만나고 있잖아.

　　―꼭 두번 말하게 해. 무슨 뜻인지 알면서.

　알지. 잘 아는데, 너무 듣고 싶은 말이었고, 그러고 싶
고, 그래,라는 말이 혀뿌리까지 차올랐는데…… 있잖아,
그럴 수 없는 사정이 있거든. 아무리 당장 그러고 싶어도
그 전에 먼저 해야만 하는 얘기가 있거든. 진작 해야 했던
얘기가 말이야. 그 얘기를 규호에게 해도 될지 모르겠지
만 나는 그냥 내 감을 믿어보기로 했다.

　　―규호야, 나랑 사귀기 전에 알아야 할 게 두가지 있
어. 일단 나는 단걸 싫어해. 그러니까 마카롱 같은 건 사줄
필요가 없어. 차라리 돈으로 줘.

　　―미친.

　　―그리고 또 하나 알아둘 게 있어. 그러니까 말이야,

내가 말이야.

*

카일리,를 가지고 있다는 것.

자잘한 일에는 신경을 쓰지만 크나큰 고난 앞에서는 꽤나 초연한 성격인 나임에도, 카일리와 맞닥뜨린 후 처음 두어달은 정신이 없었어. 의병제대를 하고 방 안에 앉아 있는데, 이게 내 일이 맞나 싶고, 얘가 내 것이 맞나 싶고. 근데 뭐, 별거 있나. 약이 있으니. 죽을 때까지 아침마다 비타민 한알씩 먹는다고 생각하기로 했어. 섹스야 콘돔 끼고 하면 그만인 거고. 다들 교양 차원에서 그 정도는 하고 살잖아? 남들 2년 동안 군대에서 썩을 걸 6개월 만에 끝냈으니까 인생 편해졌다 생각하자, 그러고 말았어. 엄마랑 티아라 애들한테는 허리 디스크 때문에 나오게 됐다고 했어. 자세도 안 좋고, 진짜 허리 디스크가 있긴 했으니까. 개중 멀쩡히 정신 박힌 애들은 아무래도 이상하다는 생각이 들었는지 물어보긴 하더라.

─뭐야. 너 똥 찍어 먹은 거 아냐?

—앗, 들켰네.

다들 와르르 웃고 치웠지 뭐. 애들이랑 술 마실 때, 길에 보균자라고 소문난 애가 지나가면 개그 담당인 은정이가 어김없이 "야, 다들 잔 가려" 말했고, 모두 웃기 바빴어. 나도 눈물이 나게 실컷 웃다가 아 맞다, 내 몸에도 그게 있구나, 생각이 들면 그제야 등골이 서늘해지고 빳빳해지고 그랬지. 그치만 평소에는 아무 생각도 뭣도 없어. 그러니까 종합하자면 나에겐 카일리가 있어. 이건 5년도 넘게 나와 함께 살아온 가족이나 다름없고. 어쩌면 가족보다도 더하지. 같은 혈관을 공유하고 같은 양분을 먹고 같은 숨을 쉬고. 그러니까 이건 나야. 또다른 나. 앞으로도 나일 거고 죽을 때까지 나일 테니까. 그리고 오직 나만의 것이어야 하고…… 나랑 만나고 싶으면 말이야, 그걸 알아둬야 해. 내가 나이며 동시에 카일리라는 사실을 말이야. 이 사실을 털어놓는 건 네가 처음이야. 그렇다고 부담 갖지는 마. 철석같이 남자만 믿다가 이 꼴 난 내가 할 소리는 아니지만 이상하게 네가 믿음이 가서 하는 말이니까. 만약에 이런 내가 부담스러우면, 실은 그게 더 자연스러운 일이고 자연의 섭리고, 따라서 그냥 가도 돼. 대신 조용히만 있어줘. 내가 지금처럼만 살 수 있게. 그냥 낙산공원 언저리에 어느 털이 많이 난 남자가 있다 정도만 기억해줘. 아니 아예 잊어줘. 나 같은 건 네 인생에 없던 사람으로 치고 언제나처럼 주중엔 유설희 간호학원에 가고 주말이면 클럽에서 술을 말고 그러면 돼.

규호는 한참이고 아무 말도 하지 않은 채, 정말 아무 얘기도 듣지 못한 것처럼 눈썹 하나 움직이지 않은 채 계속 서울을 내려다보고 있었고, 나는 무슨 말을 덧붙일까 고민을 하다가,

—그럼 나 먼저 갈게. 서울 구경도 하고 생각도 더 하고 연락 줘. 귀찮으면 안 해도 돼.

그리고 짐짓 아무렇지도 않은 척 성곽길을 따라 아래로 내려왔다. 나사처럼 생긴, 멀미가 날 만큼 어지러운 길을 비효율적으로 걸어 내려오는데 이상하게 다리에 왜 자꾸만 힘이 풀리지. 입술은 왜 깨물고 있으며, 아래턱은 왜 떨리냐. 아직 난 멀었다. 멀었다고 생각하며 발걸음을 내딛는데, 내 어깨를 잡는 손. 고개를 돌리자 내 앞에 규호가 있었고 평소에는 내 눈높이에 있던 규호의 얼굴이 한뼘은 위에 있었다. 나보다 높은 곳에 서 있었기 때문에. 가느다

란 규호의 눈에서는 눈물이 뚝뚝 떨어지고 있었다.

— 왜 그렇게 아무것도 아닌 것처럼 말해.

— 이 정돈 아무것도 아니지. 살다 보면 별일 다 있는데.

— 그래도…… 왜 웃으면서 말해. 슬프게.

— 울어도 내가 울어야지. 왜 네가 우냐.

그렇게 한참 동안 우는 규호를 바라보았던 나. 우니까 되게 못생겼다. 못생겼는데 귀엽다. 귀여운데 가엾다. 내가 얘를 가여워하는 게 웃기기는 하지만. 규호가 콧물을 삼키며 말을 했다.

— 있잖아, 내가 고양이를 엄청 좋아해. 근데 못 길러. 알러지가 있거든.

— 갑자기 그 얘기가 왜 나오는데.

— 너, 뚱뚱하고 못된 고양이같이 생겼어. 그러니까 이제부터 뚱고라고 부를게.

카일리만큼이나, 독창적이지 못한 별명이네. 그치만 좋아.

언젠가 많은 시간이 지난 후에, 둘이 함께 누워 있던 밤에, 규호에게 물었던 적이 있다. 카일리가 있음에도 그때 왜 선뜻 나와 사귀기로 했냐고.

— 그러거나 말거나, 너였으니까.

그래서나 그러나 혹은 그럼에도 불구하고가 아니라 그러거나 말거나, 너였다고. 나는 그 말이 좋아서 계속 입 안에 물을 머금듯이 되뇌었다.

— 그러거나 말거나.

*

나와 규호가 사귄다고 했을 때 가장 기뻐했던 것은 티아라들이었다.

— 와! 축하해. 이제 우리 클럽 프리패스인 거 맞지? 술도 공짜로 주나?

정말이지 미친 것들.

둘 중에 먼저 취직을 한 것은 의외로(?) 규호였다. 실습을 마친 규호는 곧바로 신사동의 한 성기 확대 전문 비뇨기과와 프랜차이즈형 성형외과 몇군데에 합격했다. 요즘 같은 취업난에 신기한 일이었다. 하긴 규호는 누가 봐도 꽤 성실한 편이며 생활력이 강했지만, 자신의 인생을 개척하거나 중요한 결정을 내리는 데는 영 젬병이었다. 규호는 내 조언을 받아들여 성기 확대 전문 비뇨기과를 최종적으로 선택했다. 과연 내 생각이 옳았는지 일이 편하고 학원 동기들에 비해 돈도 꽤 많이 받는 편이라고 했다.

사귀는 내내 규호는 입버릇처럼 내게 말했다.

─뚱고, 우리 이제 뭐 행. 놀 거?

아마도 제주도 사투리일, 어미가 툭 잘려 나간 질문형의 문장을 들을 때마다 나는 한숨을 쉬며 규호에게 가장 적합한, 우리의 상황에 가장 적합한 답안을 어미새처럼 내어주곤 했다. 내 경우는 일상적인 일들, 이를테면 정리정돈이나 재활용 쓰레기 분리를 잘 못하는 대신에 또 굵직굵직한 선택은 꽤 합리적으로 잘하는 편이었다. 물론

중이 제 머리를 못 깎는지라 내 앞가림은 엉망진창이었고 원서를 냈던 회사에 백번쯤 신나게 떨어지며 세상으로부터 완벽히 거부당하는 기분을 만끽했다. 그래도 실망이나 좌절은 없었는데, 어차피 우여곡절을 뚫고 합격해봤자 인생이 나아질 게 하등 없다는 것을 이전 직장을 통해 겪어봤기 때문이었다. 그것은 연애라는 사건에 있어서도 마찬가지여서 규호와의 관계에 대단한 설렘이나 거창한 기대 같은 것은 없었다. 어쩌면 그것이 우리 연애가 오래 지속된 비결이었을 수도 있다.

나름대로 극적이었던 시작과는 달리 우리의 연애는 지극히 평범하다 못해 하품이 나왔다. 그러거나 말거나 우리는 사귀기 시작했고, 그러거나 말거나 나는 뚱고가 되었고, 그러거나 말거나 규호는 점점 더 내 앞에서 콘택트렌즈가 아니라 두꺼운 안경을 끼기 시작했고, 눈 사이가 엄청나게 먼 뽀로로가 되어버렸다.

규호가 주말에 일을 마친 뒤, 우리 집에 와 자는 게 습관으로 굳었다. 잠귀가 밝은 나를 위해 발소리를 죽이고 살금살금 들어오는 규호. 세수만 한 채로 이불 속에 들어와 10초 만에 잠들어버리는 그. 나는 그 작은 소리에도 어김없이 잠이 깨, 규호의 짧은 머리나 이마에서 나는 담배 냄새를 맡으며 그의 뒤통수에 코를 댄 채 다시 잠을 청하곤 했다.

그렇게 오후에 느지막이 일어난 우리는 콩나물국이나 김치찌개를 끓여 먹고 밖으로 나갔다. 내 경우 누가 억지로 부르지 않으면 침대 밖으로 (특히 사람이 많은 곳으로는) 절대 나가지 않는 습성이 있는 반면 규호는 한 공간에 오래 머무는 것을 답답해했다. 어떻게 그럴 수가 있는지 나로서는 이해할 수 없었지만 어찌 됐건 규호 덕분에 나는 부지런히 세상 구경을 할 수 있게 되었다.

우리의 데이트 코스는 젠트리피케이션의 흐름에 따라 변화해갔다. 삼청동과 북촌의 미술관, 규호 직장 근처의 세로수길을 거닐었고 보광동과 망원동을, 해방촌과 성수동을 거쳐 둘다 5킬로그램이 넘게 살이 쪘다. 최저시급을 받으며 일하는, 찢어지게 가난한 나를 위해 주로 규호가 밥을 사주고는 했다. 빨리 성공해서 갚으라고 말하는 규호에게 언제나 큰소리로 당연하지,라고 대답했지만 우리 둘 다 그럴 일이 없으리라는 것을 잘 알고 있었다.

*

규호가 상담실장으로 승진했다며 호주산 소고기를 사
들고 왔다. 너네 병원은 무슨 동네 점방도 아니고 벌써 승
진을 시켜준다니, 말하며 고기를 구웠다. 들어보니 실장
이 뭐 대단한 직책 같지는 않았지만, 확실히 규호가 원장
의 눈에 든 것 같기는 했다. 원장이 규호에게 요즘 애들
같지 않아서 좋다는 말을 자주 한다고 했다.

— 요즘 애들 같지 않은 게 뭘까.

— 촌티 난다는 얘기야.

원장의 마음을 모를 것도 없었다. 규호 특유의 군말 없
이 성실한 성격, 날티가 나면서도 묘하게 신뢰감이 가는
외모 같은 것은 내가 규호를 좋아하는 이유이기도 했다.


「그리스」공연이 막바지로 향할 때쯤 나는 한 중견 무
역회사에 우연히 얻어걸렸다. 내 주제에 비해 월급을 꽤
많이 주는 곳이었는데 문제가 하나 있었다. 취업의 마지
막 관문인 신체검사가 그것이었다. 규모가 큰 회사인 만
큼 지정된 의료재단에서 혈액검사를 포함한 신체검사를

받아야 한다고 했다. 평소 약을 타 먹는 대학병원의 주치의에게 이 사실을 털어놓으니 환자의 동의 없는 바이러스 검사는 불법이니 걱정할 필요가 없다고 했다. 그러나 어디까지나 남의 인생이니 하는 얘기인 거 같았고 아무래도 찜찜한 기분을 떨칠 수 없었다. 아니나 다를까 인터넷에 몇번 검색을 해보니 나와 같은 이유로 대기업 합격이 취소된 사례가 있었다. 고민을 하는 와중에 규호가 묘안을 짜냈다.

　──내가 너 대신 갈게. 우리 혈액형도 같잖아.

　연애 초기에 혈액형이며 별자리 같은 걸 물으며 궁합을 본다고 하기에, 멍청한 소리는 다 하고 자빠졌네, 핀잔을 줬던 기억이 있는데 이렇게 도움이 될 줄이야. 우리는 키도 몸무게도 비슷했을 뿐만 아니라 혈액형도 AB형으로 같았다. 아닌 게 아니라 (내 눈엔 너무 달랐지만) 모르는 사람들은 우리 둘의 얼굴을 잘 구별하지 못했다. 둘 다 경도 비만급으로 살이 찐 이후에는 더더욱 그랬다. 잘됐다, 일단 시도는 해보자. 규호를 나 대신 신체검사장에 보내기로 했다. 막상 규호가 내 민증을 들고 검사를 받으러 간 날에는 어리바리한 짓을 하다 뽀록이 나는 건 아닌지 걱정이 이만저만이 아니었다.

　—별거 없던데.

　한숨을 쉬며 규호의 문자를 받아 들었던 나.

　결국 나는 마지막 공연을 2회차 앞두고 무역회사의 연수원에 들어가게 되었다. 그해 트리플 캐스팅으로 시작됐던 「그리스」는 음역대가 좁은 두 배우만이 원 캐스팅으로 남은 채 막을 내렸고, 프로그램북 200여권은 고스란히 재고로 남았다.

*

　취직한 후에도 규호는 클럽 일을 그만두지 않았다. 의사 국가고시를 앞두고 형의 개차반 같은 성격이 더욱 심화되고 있다며, 얼른 보증금을 모아 집을 나올 것이라고 했다. 규호는 평일 5일 동안 병원 근무를 하는 것도 모자라, 주말에 이틀 동안 클럽으로 출근하고, 심지어 격주로 토요일 오전의 병원 근무까지 소화해냈다. 일주일에 한두번이던 데이트 횟수가 한달에 한두번으로 현저히 줄었다. 대신에 규호가 나의 집에 찾아와 쓰러지듯 자는 날이 많았다. 둘 다 돈을 좀 만지고 나니까 그래도 밥다운 밥도 사 먹게 되었고, 호캉스랍시고 괜히 서울 시내의 호텔을 예약해 함께 하룻밤을 보내기도 했다. 입욕제를 풀고 나란히 욕조에 앉아 샴페인도 마시고, 그걸 찍어 인스타나 페이스북에 올리는 일도 게을리하지 않았으며, 샤워 가운을 입고 서울의 전경을 보는 등 남들 하는 짓은 다 했다. 물론 제일 중요한 단 하나는 하지 않았다. 못했다고 보는 쪽이 나을 것이다. 규호의 것이 어김없이, 정말 어김없이 콘돔을 끼면 죽어버리곤 했고, 또 기껏 내가 콘돔을 끼고 하면 규호에게서 피가 나는 경우가 있었고, 둘 다 비아그라를 먹고 하는 경우도 있었고, 근데 또 왜 비아그라를 먹으면 소화가 잘 안 되는지, 코도 막히고. 가뜩이나 아침 약을 챙겨 먹는 것도 짜증나 죽겠는데 소화제에 간 보호제에 챙길 것도 많아지고(물론 규호가 살뜰히 약을 챙겨주기는 했지만). 평소에는 존재조차 희미했던 카일리가 그럴 때마다 불쑥 내 인생에 끼어든 기분이 들었다. 그럼에도 불구하고 이 모든 것이 한없이 평범하고 보편적인 3년 차 커플의 모습에 불과하다는 생각을 하며 감상에 젖지 않기로 했다. 규호의 옷 주머니에서 비아그라 복제약이나 사정 지연제 같은 게 발견되기도 했다. 제약회사에서 샘플을 보내온 것이라고 했다. 병원에 막 굴러다녀. 그래 그렇겠지. 근데 왜 이런 걸 굳이 가지고 다니는 걸까, 뭐 그런 생각이 들 때면 나는 규호가 홀로 일본에 갔을 때를 떠올리곤 했다. "바람 많이 피우고 와, 나는 괜찮으니까." 먼저 말했던 것은 나였지. 내게 카일리가 있으므로, 나 때문에 규호가 하고 싶은 것을 다 할 수 없다는 것을 잘 알고 있었다. 너무 순진하게 생각하지 않기로 했다. 나는 아무것도 믿지 않는 것을 통해서 규호를 내 곁에 둘 수 있었다. 나를 지킬 수 있었다. 괜찮아. 인생에서 모든 것을 가질 순 없으니까.

　카일리.

　이것은 온전히 내 몫이니까.



*



　평일에 오프가 잡혀 집에서 잔다고 했던 규호가 씩씩거리며 내 방을 찾아왔다.

　─무슨 일이야.

―나 저 개새끼랑 더는 같이 못살겠어.

　규호가 해놓은 음식을 얌체같이 먹기만 하던 형이라는
작자가, 규호가 병원 일 때문에 바빠지자 먹을 것을 해놓
지 않는다며 투정을 부리기 시작했다. 참다못한 규호가
짜증을 내자 냉장고 안에 있던 계란을 규호의 얼굴에 집
어 던졌다고 했다. 듣다보니 내 얼굴이 뜨뜻해지는 기분
이었다. 규호의 어깨며 목에 노른자가 들러붙어 있었다.

　　―야, 용달 불러.

　그길로 인천으로 달려간 규호와 나. 지하철로 두시간이
걸리는 먼 거리였다. 매일을 출퇴근을 위해, 우리 집에 오
기 위해 이 길을 오고 갔다니. 사귄 지 700일이 넘도록 난
한번도 규호의 동네에 와본 적이 없었구나 생각하니 괜히
미안한 기분이 들었다. 역에서 내려 버스로 갈아탔는데
갑자기 생소한 듯 익숙한 광고가 나오기 시작했다. "같이
다니자 유설희, 유설희 간호학원. 유설희 간호학원 다니
면 간호대학 가기 쉽대." 규호와 나는 눈을 마주친 채 웃
음을 참았다.

　집에 도착하니 형이라는 놈은 뭘 처먹으러 갔는지 보
이지 않았고, 깨진 달걀도 냉장고 앞에 그대로 있었다. 나

는 규호에게 얼른 짐을 싸라고 했다. 규호의 짐은 옷가지와 신발 두켤레, 노트북 하나가 전부로 커다란 트렁크 하나에 다 담길 정도였다.

─이게 다야?

─응. 이거랑 내 돈 주고 산 매트리스.

그 집에서 규호의 지분이 딱 그 정도인 것 같았다. 때마침 1톤 용달 트럭이 도착했고, 나와 규호는 성치 않은 허리로 앓는 소리를 내며 슈퍼싱글 사이즈의 매트리스를 트럭에 실었다.

그날 하늘에는 차가운 별이 떴고, 우리는 트럭의 좁디좁은 조수석에 함께 구겨져 앉아 허벅지로 서로의 체온을 느끼며 집으로 향하는 고속도로를 달렸다. 나의 집이 아닌 우리의 집으로. 가로등이 켜진 주황빛의 도로는 이상하게 눈물이 나올 것 같았고, 모든 것이 다시 처음부터 새로 시작되는 기분이었다.

물론 그 기분이 깨지는 데는 오랜 시간이 걸리지 않았다. 좁은 내 원룸에 규호의 매트리스를 어떤 방향으로 놓아도 각이 잘 나오지 않았다. 결국 베란다 문 앞에 어정쩡하게 놓을 수밖에는 없었다. 베란다로 나갈 때마다 규호의 매트리스며 베개 같은 것을 밟고 지나가야만 했다. 사흘 동안 나와 같은 침대에서 자던 규호는 내가 너무 시끄럽게 코를 곤다며, 오래된 자신의 매트리스로 가서 자기 시작했다. 문틈으로 찬바람이 새어들곤 했다. 규호는 전기장판을 틀어놓고 자면 몸은 따뜻한데 코만 시려서 그게 웃긴다고 말했다.

함께 산 지 얼마 되지 않아 규호는 클럽 바텐더 일을 그만두었다. 체력이 딸려서 더이상은 안 되겠다고 말은 했지만, 나와 함께 산 뒤로 보증금을 모을 동기가 사라져버렸기 때문인 것 같았다. 마지막 근무 날에는 클럽 사장이 규호에게 모엣 샹동 두병을 서비스로 내주었다. 규호의 친구들과 내 친구들이 테이블에 모여 샴페인을 나눠 마셨다.

\*

함께 살기 시작하면서부터 우리는 전에 없이 자주 다퉜다. 뭐 대단한 이유 때문은 아니었고, 대개는 삶의 방식이 너무 다르기 때문에 벌어지는 갈등이었다.

나는 빨래 말리는 데 목숨을 거는 편이어서, 건조대에

널기 전에 몇번이고 털어 주름을 방지하는 것은 물론이고, 널 때에도 빨래 간의 일정한 간격을 유지했으며, 온 집 안의 창문을 열어놓고 건조대를 향해 선풍기까지 틀어놓았다. 규호의 경우는 빨아놓은 빨래를 아무렇게나, 정말 아무렇게라고밖에는 표현할 수 없을 만큼 대충 널었고, 심지어는 창문까지 꽁꽁 닫아 집 안을 한증막처럼 만들어놓았다. 그렇게 천천히 마른 옷은 잔뜩 구겨진 채 걸레 같은 냄새를 풍기기 마련이었다. 몇번이고 잔소리를 해도 고쳐지지 않길래 한번은 퇴근하고 온 규호의 얼굴에 내 티셔츠를 던졌다.

—야, 옷에서 걸레 냄새 나잖아.

—네 코밑에서 나는 냄새야.

그렇게 시작된 싸움은 꼭 누구 하나가 소리를 지르고 나서야 끝이 나고⋯⋯

직장 생활을 하다보니 스트레스를 받을 때마다 자꾸 뭘 사는 습관이 생겼다. 그것은 규호도 마찬가지여서 내 경우는 책이나 작은 소품 같은 것을 주로 샀고, 규호는 옷과 생필품을 전투적으로 사들였다. 규호는 보지도 않는 책을, 나는 입지도 않을 옷을 내다 버려야 한다고 주장했지만 서로 타협할 생각은 없었다. 좁은 방에 물건들이 쌓여갔다.

규호는 물건을 아무렇게나 늘어놓는 나의 습관을 못마땅해했다. 모든 물건에는 제자리가 있어야 한다고 말하는 규호에게, "이 좁아터진 방에 무슨 자리가 있어. 내가 지나는 길이 곧 자리요 진리이거늘!" 외쳤다가 거의 헤어지기 직전까지 싸웠다.

죽이고 싶게 밉다가도 뒤돌아서면 아무렇지도 않아져 오늘 저녁 메뉴는 무엇이며 내일 장볼 때 쓰레기봉투 사오는 걸 잊지 마, 같은 얘기를 하곤 했다. 대부분 각자의 침대 위에서 잤으나 가끔씩은 한 침대에서 자기도 했는데, 섹스를 한 건 아니었고 다만 서로 번갈아 팔베개를 해주며 가슴팍이나 겨드랑이의 냄새를 맡으며, 그게 사랑이며 연애라고 믿는 관계로 굳어갔다.

*

서로의 휴가 날짜를 맞춰 태국으로 여행을 다녀왔다. 일주일이나 되는 긴 시간이었다.

규호가 빠뜨린 물건은 없는지, 여권은 제대로 챙겼는지 확인하라고 계속 난리를 쳐댔다. 평소 같으면 잔소리 좀 그만하라고 짜증을 냈겠지만 전적(?)이 있는지라 참고 들어줬다. 지난번 일본 여행을 준비했을 때, 규호와 함께 종로구청에 가 여권을 만들었다. 그때 처음으로 해외여행을 가본 주제에, 이제 아예 전문가가 다 된 척을 했다. 그건 그것 나름대로 좀 귀엽기는 했다. 지난 여행과는 달리 이번에는 시작부터 일이 잘 풀렸다. 리모델링이 다 끝나지 않아 가오픈 상태인 파크하얏트호텔을 싼값에 예약했다. 비고란에 장난으로 '허니문'이라고 적을 땐 별 기대가 없었는데, 막상 객실에 들어가보니 침대 위에 샴페인 한병과 축하카드가 올려져 있었다. 게다가 우리가 예약한 방의 전자동식 커튼이 고장 나 있어, 지배인이 객실 최상층의 스위트룸으로 바꿔주기까지 했다. 방 두개짜리 널찍한 객실에 들어서자마자 규호와 나는 환호성을 내질렀다.

그날 밤, 우리는 평소에는 비싸서 쓸 수 없었던 르라보 보디 클렌저를 욕조에 풀고 함께 샴페인을 마시며 거품목욕을 했다. 서로의 머리에 거품을 높이 쌓아올린 채 마리 앙뚜아네뜨 풍의 사진을 찍으며 낄낄댔다. 술김에 인스타에 사진도 올리고, 둘이서 술 한병을 다 비우고, 손가락의 지문이 쪼글쪼글해질 때까지 함께 욕조에 앉아 있었다. 그러다 얼굴이 너무 뜨거워져 샤워 가운을 입고 나와 침대에 누웠다. 나는 규호의 빨개진 얼굴을 보며 잠들었다.

꿈 없이 숙면을 취하고 일어났을 땐 왜인지 규호와 나 모두 가운을 벗어던진 채 맨몸으로 서로를 안고 있었다. 언제나처럼 아무 소리도 내지 않은 채 내게 안겨 있는 규호. 나는 규호의 길쭉한 코끝이며 뺨을 만졌다. 에어컨을 틀어놔서 그런지 피부가 차갑고 건조하게 느껴졌다.

그날 오전에는 여기저기를 돌아다니며 쇼핑을 했다. 규호가 말로만 듣던 카오산로드에 가보고 싶다고 해서 수상 택시를 타고 그곳으로 향했다. 배를 타는 순간 갑자기 스콜이 내려 결국 흠뻑 젖은 채 카오산로드에 도착했다. 비는 쏟아지고 온몸이 젖었는데 달리 비를 피할 곳이 없어서 근처의 5만원짜리 게스트 하우스에 방을 잡았다. 공용 샤워실(이라 불리는 호스 몇개가 달려 있는 시멘트 구조의 남루한 공간)에서 차례대로 샤워를 한 후, 삐걱거리는 침대에 옷을 벗고 누워 있었다. 그러다 섹스를 했다. 천장에 달린 커다란 실링팬이 빠르게 돌아가는 것을 보며 우리 둘이 한 몸으로 이어진 것 같다는 생각을 했다. 그것은 실로 오랜만에 느껴보는 감각이었다.

비가 그친 뒤 밖으로 나왔을 때는 해가 지고 있었다. 우리는 보랏빛으로 아름답게 저무는 해를 바라보며 맥주 한 잔을 마셨다. 곰돌이 푸가 그려진 민소매 티를 두장 사서 나눠 입었다.

토요일에는 나란히 그 티를 입고 함께 클럽에 갔다. 자정이 넘을 때쯤 아는 노래가 나오기 시작했다. 티아라의 「섹시 러브」. 이게 몇년 만이야. (아마도 방콕의 티아라로 자신들을 지칭할 것 같은) 현지인들이 우르르 무대로 나와 일사불란하게 군무를 추기 시작했다. 규호와 나는 비명을 지르며 서로를 안고 방방 뛰었다. 규호의 머리통이 따뜻해 기분이 좋았고 우리는 다들 보란 듯이 키스를 했다.

연인들이 해외여행만 가면 싸운다는 글을 어디선가 읽은 적이 있는데, 우리도 마찬가지였다. 함께 클럽에 갔다 다른 남자에게 눈길을 준다고, 택시가 너무 막힌다고, 그밖에 기억도 나지 않는 일로 우리는 투닥댔으며, 서로 말도 안 하고 있다 술을 먹고 키스를 하면 모든 게 괜찮아졌다.

휴가였으니까.

*

    다시 일상으로 돌아온 우리는 주어진 만큼의 업무와 그에 수반되는 피로에 절어 살았다. 태국에서 샀던 민소매 티는 홈웨어가 되었다. 가슴팍에 그려진 푸의 얼굴은 보풀이 일고 라면 국물이 튀어 금세 희미해졌다. 가끔씩은 함께 여행을 갔던 기억을 떠올리며 웃기도 했으나, 대부분의 경우 피곤해 죽겠다는 말을 탁구공처럼 주고받았다. 어느새 규호와 나는 서로를 서로의 권태로운 일상으로 여기게 되어버렸다. 땀을 뒤집어쓴 채 반복되는 지루한 나날들처럼 그렇게.

    그 후 우리는 전에 없이 자주 싸웠다. 두어번쯤은 아예 헤어지기도 했다. 결별한 기간 동안 한번은 규호가, 또 한번은 내가 집을 나갔고 다른 남자들을 만났다. 내 경우는 꽤 많은 수였고, 아마 규호도 그랬을 것이다. 시간이 지나 미움도, 원망도, 싸움의 원인도 잊힐 때쯤이면 우리는 또다시 집으로 돌아와 서로에게 아무것도 묻지 않은 채 침묵 속에 화해를 하고 관계를 이어나갔다. 헤어짐과 화해의 경계가 모호해졌다.

*

해가 바뀐 후 우리는 중국어 학원을 다니기 시작했다. 규호가 다니는 병원이 중국의 대형 의료법인과 합작 투자를 해 북경과 상해에 병원을 낸다는 소식을 들은 뒤, 내가 제의한 것이었다. 마침 우리 팀에서도 중국 주재원을 뽑는다는 소문이 돌았다. 함께하는 시간이 부쩍 줄었으므로 취미 삼아 같이 뭔가를 해보는 것도 좋을 것 같았다. 수업이 늦게 끝나는 날이면 규호와 함께 택시를 타고 집에 왔다. 멀찍이 다른 방향을 바라보며 앉은 우리. 창밖으로 서울의 풍경이 천천히 지나갔다. 규호를 처음 만났을 때 이 거리가 네온사인 불빛으로 찬란히 물들었지. 그때의 그 감정이 떠올라서 괜히 피식 웃음이 나왔다. 앞장서 수강권을 끊은 건 나였는데 진도는 규호가 훨씬 빨랐다. 암기력이 좋지 않고 어릴 적부터 한자맹인 나와는 달리 규호는 특유의 성실성을 발휘해 진도를 치고 나갔다. 규호는 결국 6개월 만에 HSK 5급을 땄다. 내 경우는 보기 좋게 떨어졌지만, 일단 상해 주재원 자리를 신청해놓기는 했다.

보름 후 나와 2년 위의 선배 중 한명으로 후보가 좁혀졌다는 소식을 들었다. 규호는 재바르게 상해점의 코디네이터 겸 실장직에 지원했고 합격했다. 규호의 병원에서 얼마간의 체류비용까지 지원해준다고 했다. 우리는 상해의 어디쯤에 방을 얻을지, 상해의 게이클럽은 어디에 있고, 물가는 어떠한지, 가구는 어디서 살 수 있을지에 대해서 조사했다. 다른 도시로 떠난다는 것은 비단 물리적인 변화만을 의미하는 것이 아니었다. 우리를 둘러싼 환경을 완벽히 바꿈으로써 이 관계를, 규호와 나의 감정을 이어나가고 싶었다. 취업을 위해 비자를 알아보던 중 6개월 이상 체류하려면 현지에서 신체검사를 받아야 한다는 조항을 읽게 되었다. 혈액검사를 동반한 신체검사. 검색을 해보니 중국에서 최근 빠른 속도로 퍼지고 있는 성매개 질환에 대해 엄격하게 단속하고 있다는 기사가 몇개 떴다.

카일리.

욕심이 과했다. 이미 지난 3년 동안 나는 너무 많은 것을 가졌었다. 너무 많은 것을 가지려고 하면 원래 탈이 나는 법이니까. 그러니까……

나는 다음 날 팀장에게 어머니의 숙환을 이유로 중국 주재원을 포기하는 게 나을 것 같다고 말했다. 규호에게는 중국에 나 대신 선배가 가게 됐다고 했다. 규호는 자신도 가지 않겠다며 어차피 여기서도 오라는 병원은 많다고 대답했다. 나는 언제나처럼 규호에게 가장 적합한 대답을 해주었다.

─가야지. 그 좋은 기회를 두고 왜 안 가. 너는 가야지.

규호는 아무 대답도 하지 않았다.

*

그리고 두달여의 시간 동안 우리는 평소와 다름없는 일상을 살아갔다. 서로의 농담에 크게 웃었고 키스를 했고, 생선 살을 발라 서로의 숟가락 위에 올려주었고, 가끔 함께 씻었고, 그러는 동안에도 집에는 규호의 이민 가방이 배달되어 왔고, 규호의 물건들이 서랍장을 빠져나가 가방에 담겼다. 반짝, 애틋한 마음이 들기도 했으나 나는 감히 규호를 따라가겠다는 생각은 하지 않았다. 이 설렘도 찰나에 불과하다는 것을 알기에. 밤이 끝나는 시점과 해가 뜨는 시점은 이어져 있으니까. 지금 이렇게 설레는 감정이 이는 것은, 결국 우리가 완벽히 끝날 때가 되어간다는 의미겠지.

우리가 같은 집에서 잠들었던 마지막 밤, 나는 먼저 잠든 규호의 얼굴을 바라보았다. 여느 때처럼 죽은 듯이 자는 규호. 너는 왜 잘 때 아무 소리도 내지 않는 걸까. 꼭 눈치를 보고 있는 것처럼. 아무리 오래 살아도 언제나 남의 집에 얹혀살고 있는 것처럼. 그것은 내 탓일까 네 탓일까, 아니면 그냥 어쩔 수 없는 일이었던 걸까.

출국일, 규호와 나는 함께 인천공항에 갔다. 커다란 이민 가방 하나와 트렁크를 부치고 나니 출발시간이 한시간 정도 남았다. 규호가 배가 고프다고 해서 파리바게뜨에서 규호가 좋아하는 잡채 고로케와 우유를 사 왔다. 너는 안 먹냐고 하기에 고개를 저었다. 배가 고프다던 규호는 고로케를 한입 베어물고 내게 물었다.

── 나 기다려줄 거임?

── 현지인이랑 연애하면 외국어가 빨리 는다고 하더라.

── 너 왜 자꾸 웃어. 웃겨?

—난 원래 웃기만 하잖아.

—우리 이제 헤어지는 거?

—그만 좀 물어봐. 이젠 물어볼 사람도 없으니까.

—넌 내가 없어도 상관없어?

규호는 먹던 고로케를 던지듯 내 손에 올려놓았다. 그러고는 울먹이는지 아니면 잔뜩 심통이 났는지 모를 표정으로 일어나 출국장 쪽으로 빠르게 걸어갔다. 덩치는 산만 한 게 걷는 건 꼭 화난 초등학생 같았다. 평소에는 좀체 감정기복이 없는 사람인데. 아마도 내가 듣고 싶은 대답을 하나도 해주지 않아서 그런 거겠지. 나는 멀어져가는 규호의 뒷모습을 가만히 바라보다 고개를 돌렸다.


평일 오전의 공항철도는 놀라울 만큼 한산했다. 창밖으로 회색빛 갯벌과 밑동만 남은 마른 작물들이 끊임없이 이어졌다. 멍하니 그것을 바라보다 문득 이곳이 인천이라는 사실을 깨달았다. "인천 하면 유설희지." 갑자기 떠오르는 규호의 목소리. 같이 다니자 유설희, 유설희 간호학원. 미친 사람처럼 혼자 중얼거리다 갑자기 부끄러워져 주변을 둘러보았다. 짐을 가지고 있지 않은 사람은 나밖에 없었다. 오직 다 식어버린 고로케만이 아직도 내 손에 들려 있을 따름이었다. 나는 규호의 이빨 자국이 난 고로케를 가만히 바라보았다. 갑자기 신나는 노래를, 굳이 카일리 미노그나 티아라 같은 노래를 듣고 싶은데 하필 핸드폰 배터리가 다 떨어져버렸네. 이럴 때면 규호가 보조 배터리를 내밀곤 했었는데. 그것뿐인가. 아침마다 약과 물을 챙겨주고, 입술이 갈라지면 립밤을 건네주고, 내 방에 암막 커튼도 달아주고, 간지러운 등도 긁어주고, 나보다 먼저 욕실에 들어가 공기를 데워놓는 그런 사람은 너밖에 없었고, 그러니까 사실 나, 네가 엄청 필요해 규호야…… 나는 자꾸만 흐려지는 창밖의 풍경을 바라보며 서울로, 내가 너무나 잘 알고 있는 대도시로 향했다.

간밤에 우버를 타고 그가 일러준 장소에 도착했을 때 나는 조금 놀랐는데, 단순한 대형 쇼핑몰이라 생각했던 목적지가 실은 파크하얏트호텔이었기 때문이다.

잊고 있었다.

내가 잊고 있었다는 사실을 로비에 들어서는 순간에야 깨달았다.

작년 이맘때와 완벽히 같은 살구 색조의 로비 디자인, 고급스러운 듯 묘하게 싸구려 느낌이 나는 나선형의 샹들리에와 발소리가 나지 않도록 깔아놓은 짙은 밤색의 카펫까지. 자신을 지배인이라고 소개했던 프랑스인이 마치 새겨놓은 것처럼 똑같은 자리에 똑같은 옷을 입고 서 있는 것을 보았을 때 나는 웃음이 났다. 이곳이 그때의 그 건물인데, 나는 그때의 그곳과 지금의 이곳이 완벽히 같다는 것을 알지 못했고, 돌이켜보니 그때의 나와 지금의 나는 완전히 다른 기분, 다른 모습으로 이곳에 서 있었다.

지배인이 나를 미스터 박이라 지칭하며 악수를 건넸다. 나는 예상치 못한 환대에 놀라 어정쩡한 미소를 지었다. 프랑스어 억양이 섞인 그의 영어. 여권에 꽂아놓았던 그의 명함. 같이 왔던 분은 어떻게 지내시냐고 묻는 말에 나는 그저 빙그레 미소를 지었다. 나는 최대한 또박또박하게, 아무것도 이상하거나 어색할 일은 없다는 듯한 포즈와 목소리로 30층의 룸 넘버와 하비비의 이름을 댔다.

방문이 열렸을 때 나는 조금 놀랐는데 하비비의 얼굴이 처음 봤을 때에 비해 유달리 피로하고 늙어 보였던 탓도 있지만, 방의 구조가 눈에 익었기 때문이다. 때때로 공간에 대한 기억이 사람이나 일화에 대한 기억보다 앞설 때가 있다. 반쯤 열린 자동 커튼과 새것 냄새가 나는 천 소파, 검은 대리석의 분리형 욕실까지. 1년 전 내가 묵었던 방과 같은 구조의 스위트룸이었다.

하비비가 내 어깨에 손을 얹었고 우리는 간단히 포옹을 했다. 내가 그에 대해서 알고 있는 것은 많지 않았다.

미국의 대학에서 경제를 전공한 금융인이라는 것. 틴더 앱상으로는 서른아홉살이지만 실은 그것보다 훨씬 많은 나이라는 것. 넥타이핀과 커프스버튼을 따로 챙길 정도로 포멀한 정장을 즐겨 입으며, 롤렉스 시계에, 다종다양한 통화를 루이비통 장지갑에 넣어 다닌다는 것. 그리고 10월 말, 늦은 바캉스의 시기에 아무 특별할 것도 없는 나를 이곳으로 불렀다는 것.

나는 나 자신의 현실에 대해서도 실감을 잘 하지 못하는 중이기도 하다. 불과 몇달 전만 해도 서른두살의 내가 10월 말, 늦은 우기의 바캉스를 가게 되리라고 생각지는 못했으니까.

이 모든 일의 시작엔 규호가 있었다.

*

규호가 떠나고 난 후에 가장 먼저 한 일은 침대를 버리는 것이었다.

얼마 전까지 내 비좁은 원룸에는 슈퍼싱글 사이즈의 침대 하나와 퀸 사이즈 템퍼 베드가 함께 놓여 있었다. 거

기다 책꽂이 두개와 책상 하나, 냉장고까지 있어서 발 디딜 틈이 없었다. 슈퍼싱글 사이즈의 매트리스는 규호가 우리 집에 들어올 때 들고 온 것으로, 얼마 전 발암물질이 포함되어 있다고 알려져 화제가 된 브랜드의 제품이었다. 매트리스 하단에 태극 마크 같은 로고가 붙어 있는 것을 확인했다. 자면 잘수록 허리가 더 아픈 것 같다고 말했던 규호의 찌그러진 얼굴이 떠올라 자꾸 웃음이 나왔다. 템퍼 베드는 내가 작가로 데뷔했을 때, 부실한 허리 건강을 이유로 아버지가 선물해준 물건이었다. 아버지는 당시 경기도 좋지 않은데 사업을 문어발처럼 확장하고, 지갑이 닫히지도 않을 정도로 수표를 채워 넣고 다니며 돈을 쓰는 등 불길한 기운을 온몸으로 풍기고 있었다. 아니나 다를까 1년도 채 지나지 않아 이면계약을 통해 공금을 횡령하고 탈세를 한 것이 들통나 현재 전국 팔도로 도주 중이다.

여기 어디쯤 간장을 흘렸는데.

나는 발암물질인 라돈이 나온다는 침대를 홀로 내다버리며 규호와 초밥을 먹었을 때를 떠올렸다. 뭔가 좋은 일이 있던 날이었겠지. 우리가 초밥을 시켜 먹는 날은 대개 그런 날들이었으니.

규호가 침대에 앉아 초밥을 집어 먹다 (평소처럼) 접시를 엎어, 내가 얼른 옷자락으로 간장을 닦는다. 찰나의 순간이었음에도 매트리스에 얼룩이 남아버린다.

혼자서 슈퍼싱글 사이즈의 매트리스를 짊어지기에는 내 허리가 충분히 성치 못하다는 것을 깨달았을 때는 이미 모든 게 늦어버린 뒤였고, 나는 발끝까지 저릿저릿한 신경통을 느끼며 매트리스를 간신히 소각장에 내던졌다. 방에 돌아오니 티브이에서 발암물질이 발견된 매트리스를 제조사에서 무상으로 수거해간다는 뉴스가 흘러나왔다. 허리의 통증은 가시지 않았다.

다시 되돌리기엔 너무 늦어버린 일이었다.


*


규호와 헤어지고 난 후에 두번째로 한 일은 사표를 낸 것이었다.

규호가 떠난 뒤 경영지원팀으로 발령을 받았다. 말이 좋아 경영 지원이지 내가 하는 일이라고는 휴지나 밀대,

형광펜 같은 온갖 잡스러운 물건들을 사서 회사에 뿌리는 게 전부였다. 산수만 가능하면 초등학생도 할 수 있는 일이어서 나같이 별다른 능력도, 의욕도 없는 사람에게 딱 좋은 자리였다. 회사 입장에서도 내 입장에서도 (야근을 하지 않을 수 있다는 점에서) 만족스러운 결정이라 할 만했으나 나는 매일 출처 없는 분노감을 느꼈으며, 출근을 할 때면 아무도 미워하지 않고 하루를 끝낼 수 있기를 빌었다. 새로운 사무실의 그 누구와도 제대로 친교하지 않은 채 털이 많은 정물이 되어 하루를 살아갔다. 이전의 직장을 다닐 때도 마찬가지였지만 이번에는 정말 끝이다, 하는 마음으로 매일을 버텼다. 그렇게 살다보니 32인치였던 허리가 36인치까지 늘어나버렸고, 대리로 승진을 했으며, 인터넷의 큰 옷 전문 쇼핑몰에서 옷을 사야 하는 처지가 되었다. 몸과 마음이 갈수록 무거워졌다.

규호가 떠나고 난 후로는 침대에서 일어나기가 힘들었다. 지각을 하는 날이 더러 있었고, 면도나 세수를 하지 않는 건 부지기수였으며, 바지 지퍼를 열어놓거나 셔츠 단추를 잘못 잠근 채로 출근했다가 퇴근하고 나서야 발견하기도 했다. 면도나 손톱 손질, 양치질 같은 위생 관리가 지독한 사치처럼 느껴졌다. 다소 방탕해 보이는 외모와는 달리 초중고 12년 동안 한번도 지각이나 결석을 해본 적이 없고, 외출할 때면 언제나 샤워를 하는 등 경미한 강박증이 있는 내게 그것은 꽤 특별한 경험이었다. 책상에 있던 물건들을 하루에 하나씩 집에 들고 갔다. 모든 물건이 정리될 때쯤 사표를 냈다. 뭐 대단히 신나거나 설레거나 후련한 기분은 아니었다.

실은 다 지겨웠다.


*


규호와 헤어지고 난 후에 세번째로 한 일은 방콕행 비행기를 탄 것이었다.

애초의 계획대로라면 퇴직금이 남아 있는 동안 나는 지독히 현대적이고 우아한 삶을 살아야 했다. 열두시에서 여덟시까지 숙면을 취하고, 커피도 내려 마시고, 하루에 세시간씩 운동도 하고, 기타도 배우고, 죽도록 책도 읽고, 글도 쓰고 차곡차곡 돈을 쓰며 살아야 했는데 막상 눈을 뜨면 지금이 몇시인지 해가 어디에 붙어 있는지조차 알 수가 없었다. 나는 일상의 리듬을 완벽히 잃어버렸다. 처음에는 인생을 허비하고 있다는 일말의 죄책감이라도 느꼈다면, 시간이 지나고 나니 뭐, 다 모르겠다는 생각이 들었다. 그냥 돈이 써지는 대로, 인생이 남아날 때까지 이대로 버텨보자. 그렇게 방 안에만, 내 템퍼 베드 위에만 누워 있으니 아, 정말 이것은 참으로 폭신하고도 완벽한 죽음의 상태가 아닌가 하는 깨달음에 도달했고, 지겨움조차도 지겨울 수가 있구나,라는 마음이 생겨나 핸드폰을 들어 평소에는 하지도 않던 틴더를 켰다. 아무나 걸려라, 누구든 걸려서 나를 이 관 같은 침대 밖으로, 잔뜩 고인 채 썩어가는 일상 밖으로 끌어내주기를 바라며 전 인류를 다 갈아치울 기세로 라이크 버튼을 눌렀다. 그중 누군가와 간신히 매칭이 되면, 지금 어떠세요? 메시지를 보냈고, 비로소 침대에서 몸을 일으켜 그닥 좋지도 않은 섹스를 하기 위해 밖으로 나섰다.

그와 매칭이 된 것은 순전히 실수였다.

정장을 입고 있는 몸 사진에 서른아홉의 나이. 굳이 컬럼비아대 경제학과라고 적어놓은 꼴이 웃겨서 자세히 보려고 프로필을 눌렀다. 어떤 미친 작자이기에 얼굴은 철석같이 숨기면서 출신 학교 ─ 그것도 아이비리그 ─ 를 적어놓나 싶었는데 이름은 알렉스요, 싱가포르계 말레이시아인이었다. 좋아하는 책은 케인즈의 『고용, 이자 및 화폐의 일반이론』. 좋아하는 아티스트는 바흐와 라흐마니노프? 그래, 그렇겠지. 해외 출장이 잦은지 온갖 나라에서의 체류 일정을 거추장스럽게 달아놓았다. 수상하기 짝이 없는 프로필을 이리저리 뒤지다 나도 모르게 슈퍼 라이크 버튼을 눌러버리고 말았다. 우리는 매칭이 됐고 곧바로 그에게서 쪽지가 왔다. 지금 자신의 호텔로 와줄 수 있냐고. 나는 3초쯤 생각하다, 그럴 수 있다고 대답했다. 그는 내게 포시즌스호텔의 룸 넘버를 알려주었다. 나는 씻을 생각도 없이 잠옷 대용으로 입고 있는 트레이닝복 차림에 모자를 푹 눌러쓰고 호텔로 향했다. 프런트에서 직원의 수상쩍은 시선을 받으면서도, 그가 일러준 넘버의 방문을 두드리면서도, 나는 아무런 기대가 없었다. 내가 뭘 상상하든 그 이하를 보여줄 준비가 된 게 인생이었으니까.

그의 방에서 샤워를 하면서 꼬박, 나흘 만이라는 생각을 했다. 두피가 간지럽다 못해 아플 수도 있구나 싶어서 웃겼다.

그와의 섹스는 좋지도 나쁘지도 않았다. 조명을 어둡게 해놓았고, 방은 생각보다 넓었으며, 그의 목덜미에서는 톰포드 레더의 냄새가 났다. 샤워를 한 후 아무것도 바르지 않은 얼굴이 당긴다는 생각이 들었을 따름이었다.

그가 욕실에 들어간 사이 협탁에 놓인 루이비통 장지갑을 뒤져봤다. 혹시나 하는 마음에 신분증도 핸드폰 카메라로 찍어두었다. 나이는 40대 중반, 본국에서의 이름은 하비비였다. 역시나 나이를 속인 거였군. 중국 돈과 홍콩 달러, 태국 바트와 정체를 알 수 없는 돈. 해외 출장이 잦은 직업인가? 5만원짜리 원화 몇장이 있길래 훔칠까 하다가 말았다. 때때로 나는 나 자신조차 놀랄 만큼 부도덕해진다.

그가 베스타월을 허리에 두른 채 욕실 밖으로 나왔다. 나는 크게 잘못한 것도 없는데 ─ 돈을 훔친 건 아니니 ─ 괜히 마음이 켕겨 눈을 피했다. 산짐승이라도 된 것처럼 잔뜩 웅크리고 있는 나를 그가 물끄러미 바라보았다.

─ 혹시 한국어로 '즉페이칭사이'가 무슨 뜻입니까?

─ 네? 그게 무슨 말씀이신지?

─ 호텔 밖에서 내내 그런 소리가 들려서요. 시위대가

외치는 말이었습니다.

　—혹시…… 적폐 청산?

　—네. 맞는 것 같네요.

나도 모르게 빵 터져, 실례일 정도로 크게 웃었다. 배가 아플 정도로 한참 동안 웃고 나서야 이렇게 크게 웃는 게 실로 오랜만이라는 것을 깨달았다. 마지막으로 웃은 게 언제였더라.

　—뭔가 재밌는 말인가요?

　—아니요, 그런 건 아니고……

영어로 뭐라고 설명해야 할지 몰라 입을 다물어버렸다. 또다시 우리 사이에 어색한 침묵이 감돌았다. 하비비는 뭔가를 골똘히 생각하는 듯한 표정을 짓다 갑자기 내게 물었다.

　—함께, 방콕에 갈래요?

*

애초에 규호와 내가 예약했던 룸 타입은 킹베드룸이었다.

당시 파크하얏트는 리모델링의 막바지 단계였고, 몇몇 부속시설이 제대로 완성되지 않은 채 가오픈을 한 상태였다. 당연히 투숙객은 많지 않았다. 선택이라는 상황 앞에서 언제나 패닉에 빠지곤 하는 규호를 대신해 내가 예산과 항공권, 호텔, 여행기간까지 모든 것을 선택했다. 158만원의 숙박비 중 내가 78만원을, 규호가 80만원을 냈다. 그때의 (어쩌면 그 언제라도) 우리에게는 꽤나 사치스러운 금액이었다. 내 카드로 결제를 할 땐 꽤 속이 쓰리긴 했지만, 그때는 그럴 만한 이유가 충분히 있다고 믿었다. 우리에겐 휴식이 절실했다.

21층 객실에 도착하자마자 우리는 배낭을 바닥에 내팽개친 채 신발도 벗지 않고 나란히 침대에 누웠다. 짧지 않은 비행의 여독이 남아 있었다. 규호가 한쪽 팔을 뻗어 내 미간의 주름을 살살 문질러 폈고, 나는 혀를 내밀었다. 씻지 않은 규호의 손바닥은 짰다. 우리는 나란히 누워서 우리를 둘러싸고 있는 유리창을 바라보았다. 창 너머로 넓은 정원을 가진 대저택이 내려다보였다. 누군가의 집이라기보다는 테마파크에 가까울 정도로 웅장하고 잘 정돈된 모습이었다. 한참 동안 그 저택을 구경하다 아무래도 눈을 좀 붙여야 할 것 같아 신발과 옷을 벗었다. 규호가 내 가슴팍을 파고들었고, 그의 머리에서 익숙한 냄새가 났다. 아마 내게서도 비슷한 종류의 냄새가 났을 것이다. 커튼을 닫는 버튼을 눌렀다. 천천히 빛이 사라져갔다. 눈을 감으려 하는데, 뭔가 이상했다. 커튼이 완벽히 닫히지 않았고, 한뼘 정도 되는 틈으로 계속 빛이 새어 들어오고 있었다. 나는 맨발로 창가로 다가갔고, 커튼레일이 중간에 끊겨 있는 것을 확인했다.

—아, 뭐야. 이거 봐.

—그냥 자자.

—아니, 여기 좀 보라고. 커튼이 다 안 닫혀.

—좀 자자고.

—이런데 어떻게 자.

나는 프런트에 전화해 커튼이 고장 난 것 같다고 말했고 규호는 베개를 얼굴에 뒤집어쓴 채 또 시작이야, 중얼댔다. 핸디맨이 올라와 커튼레일을 체크하더니 곧 지배인까지 올라왔다. 프랑스인이고 정장 차림의 중년 남자였다. 지배인은 친절한 태도로 가오픈 단계라 미비한 부분이 있는 것 같다고, 방을 업그레이드해주겠다고 말했다. 나는 그 사실을 규호에게 전했고 규호는 특유의 맥없는 미소를 지었다. 지배인이 손수 우리의 배낭을 양쪽 어깨에 들쳐 멨다. 그의 매끈한 정장과 우리의 허름하고 오래된 배낭이 이상하게 잘 어울렸다. 우리는 두마리의 햄스터처럼 그의 뒤를 따랐다. 그가 우리의 배낭을 내려놓은 곳은 루프톱 바로 아래의 룸이었다. 그는 새 카드키를 건네며 내 이름과 파크 스위트 킹이라는 룸 타입을 확인시켜주었고, 규호는 그 이름이 왠지 마이너한 RPG게임의 끝판왕 이름 같다는 얘기를 했다. 게다가 그는 사과의 의미로 아홉시부터 열리는 루프톱 바의 오픈 파티에 우리를 초대하겠다고 했다. 무료로 술을 마실 수 있다고 덧붙였다. 나는 최대한 교육을 잘 받은 사람처럼 보이기 위해 노력하며 시간이 되면 가겠다고 대답했다. 방문이 닫히자 우리는 얼싸안고 비명을 질렀다. 그도 그럴 것이 방이, 정말 어마어마하게 넓고 좋았다. 나는 규호의 배낭 앞주머니에서 우리의 여권과 환전한 돈봉투를 꺼냈다. 여권 커버에는 뽀로로가 그려져 있었다. 뽀로로는 두꺼운 안경을 썼을 때 눈이 점처럼 작아지는 규호에게 내가 붙여준 별명이었다. 나는 얼굴이 좀 크고 콧구멍이 잘 보이는 편이라 크롱. 뽀로로와 크롱의 여권과 돈봉투를 검은 천이 깔려 있는 시큐리티 박스에 넣었다.

난생처음 여권을 만들어본다는 규호를 위해 함께 종로 구청에 갔었다. 영문 표기를 어떻게 해야 하냐고 고민하는 규호를 대신해 내가 'Q Ho'라고 적어주었다. 규호는 스펠링을 기억하기가 좋을 것 같다고 기뻐했다. 나는 규호의 귀에 대고 말했다.

—퀴어 호모(Queer Homo)의 줄임말이야.

—뒤질래?

규호는 영어를 놀랄 만큼 잘 못했고 그에 비해 이상하게도 중국어나 일본어 같은 동양어 계열은 썩 잘 습득했다. 나는 규호와 정반대라서 고등학생 때 한문 시험의 모든 문제를 정성껏 풀고도 30점을 맞은 적이 있었다. 한문 선생님이 내가 꼴등이라는 것을 전교에 다 말하고 다녀서 한동안 수치심을 안고 살았다. 그래도 『프렌즈』며 『윌 앤 그레이스』, 『섹스 앤 더 시티』 같은 드라마를 마르고 닳도록 봐서 영어는 곧잘 하는 편이었다. 규호의 고향은 섬이었는데 나는 규호의 친척 중 한명이 일본인이 아닐까 의심한 적이 있었다. 그런 생각을 할 만큼 규호는 치열이 독

특했고, 턱이 좁은 사람 특유의 묘하게 새는 발음을 갖고 있었다. 나는 그걸 항상 귀여워했다.

그날 밤 우리는 서로의 옷을 골라주느라 난리가 났다. 배낭에 넣어온 옷이라고 해봤자 수영복 겸용 반바지에 H&M에서 산 6천원짜리 민소매 티 몇벌이 전부여서, 개 중 그나마 덜 싸 보이는 옷들을 찾았다. 아무래도 칼라가 있는 게 나을 것 같아서 색이 다른 피케 셔츠를 나눠 입었고, 청바지에 발가락이 보이지 않는 운동화를 신는 게 고작이었다.

엘리베이터를 타고 30층으로 올라갔다. 귀가 먹먹해져 손가락으로 코를 막고 숨을 불어넣었다.

엘리베이터 문이 열렸을 땐 아닌 게 아니라, 정말 파티가 한바탕 벌어지고 있었다. 칼 정장에 행커치프를 꽂고 포마드를 발라 머리를 뒤로 넘긴 남자들, 오프숄더 드레스를 차려입고 진한 화장을 한 여자들…… 국적을 종잡을 수 없는 외양의 디제이가 철 모를 음악을 틀고 있었다. 카르티에 브레이슬릿과 파텍필립 시계, 반클리프 앤 아펠의 목걸이와 에르메스 구두가 우리 사이를 스쳐갔다. 우리에게 다가온 직원에게 룸 넘버를 말하며 어디에 앉으면 되냐고 묻자, 직원은 우리에게 스탠딩 파티이므로 아무 곳에서나 즐기면 된다고 했다. 규호는 거의 2층 높이에 가까운 디제이 부스 앞에 서서 디제잉 세트며 우퍼 같은 것을 만지며 관심을 보였고, 나는 그런 규호를 데리고 창 쪽으로 갔다. 우리는 표면이 맨질맨질한 가죽 소파에 서로 어깨를 맞대고 앉아 빛나는 방콕의 야경을 바라보았다. 가격이 적혀 있지 않은 간이 메뉴판을 받아 들었고, 모터사이클이라는 이름의 칵테일을 마셨다. 잔의 테두리에 짜고 달콤한 향신료 같은 게 묻어 있었는데 그것을 혀로 핥아 먹었고, 그러자 갑자기 술이 더 잘 넘어가기 시작했다. 이렇게 맛있는 게 공짜란 말이지. 조금 신나버린 우리는 메뉴판에 있는 술이란 술은 다 시켜버렸고, 위스키 베이스의 칵테일 덕분에 순식간에 취해버렸다. 어떤 것은 풀 맛이 났고 어떤 것은 단맛이 났고 어떤 것은 쓴맛이 났고 어떤 건…… 결국에는 무슨 술인지 전혀 중요하지 않아졌고, 우리는 탈 것같이 붉어진 서로의 얼굴을 보며, 뜨거운 이마를 짚으며, 잔 테두리의 향신료를 거듭 핥아 먹었다. 아주 어린 시절로 돌아가 아이스크림을 핥는 것처럼, 기다란 잔을 핥는 우리의 모습이 웃겨서 계속 웃을 수밖에 없었다. 우리 말고도 모두가 웃고 있었고 술에 취할수록 모든 게 괜찮아져버린 우리는 서로를 안은 채 밤공기를, 자꾸만 흐려지는 방콕의 야경을, 그 뜨겁고 촉촉한 공기를, 순간의 모든 것들을 다섯살짜리 꼬마처럼 즐겼다.

*

규호와 헤어진 후 나는 책을 한권 냈다.

규호와 만날 때에도 글을 쓰고 있기는 했다. 글을 쓴답시고 퇴근을 하고 집에 들어와 아무렇게나 양말을 벗어놓은 채로 책상 앞에 앉은 나. 학원을 마치고 집에 온 규호는 현관 앞에 뒤집어진 채로 있는 나의 양말을 빨래통에 넣은 뒤 한숨을 쉰다. 별다른 이유도 없이 신경질을 내는 나에게 단것을 내미는 규호. 규호는 내 성질을 가라앉히는 데는 단것만 한 게 없다고 한다. 그러고는 침대에 앉아 도라에몽 인형과 눈을 맞추며 이런 말을 한다.

──아주 대작이 납셨다, 그치?

나는 너 때문에 오늘 작업도 다 망친 것 같다고, 괜히 규호 핑계를 대며 침대에 눕는다. 짙게 주름진 내 미간을 살살 문질러주는 규호의 약지. 그의 손에서 나던 물 냄새.
나는 장난으로 규호의 손가락을 깨물고 규호는 아픈 척을
한다. (정말 아팠을 수도 있다.) 내가 원하는 작품을 쓰는
데 실패할 때마다, 세상에는 닿을 듯 닿을 수 없는 것들이
있다는 사실을 절감할 때마다 규호는 내게 일본식 카레며
경양식 덮밥 같은 것을 사준다.

　── 왜 이렇게 잘 못 먹어.

　── 있잖아, 규호야.

　── 응.

　── 나…… 카레 싫어해.

　내 소설 속에서 규호는 여러번 죽었다.

　농약을 마시고, 목을 매고, 교통사고를 당하고, 손목을
긋고……

　규호는 헤테로 남자가 됐다 게이도 됐고, 여자가 되기
도 하고, 아이도, 군인도 되고…… 아무튼 인간이 될 수 있
는 거의 모든 것이 다 되었다가 결국 죽는다.

　죽은 상태로 내 사랑의 대상이 되고, 추억의 대상이 되
고, 꿈의 대상이 되며 결국 대상으로 남는다. 내 기억 속의
규호는 언제나 완결된 상태로 차갑게 얼어붙어 있다.

그렇게 규호와 나의 기억도 유리막 너머에서 안전하고 고결하게 보존된 상태로 남는다.

영영 둘인 채로.

*

가끔은 내가 모든 걸 다 잘못한 것만 같고, 때로는 이유 없이 모든 게 다 억울했다.

아침에 눈을 떴을 때 가장 먼저 든 생각이었다. 논리 없이 마구잡이로 떠오르는 생각들이 내 인생의 시간을 가득 채우고 있는 게 분명했다. 이런 생각에 사로잡히기 시작한 건 규호가 떠나기 전이었던가 후였던가. 시계를 확인해보니 정오가 넘었고, 그러니 아침은 아니었다.

간밤에는 그때의 그 루프톱 바를 하비비와 함께 갔었다. 당시에는 개방되어 있지 않던 옥상 플로어까지 모두 열려 있었고, 우리는 천장이 뻥 뚫린 바의 가장자리 테이블에 앉아 샴페인 한병을 시켜 나눠 마셨다. 이번에는 셔츠며 면바지 같은 것을 준비해 왔다. 날씨가 쌀쌀해 담요 한장을 요청해 덮었다. 하비비는 어깨에 담요를 두른 채

떨면서도 샴페인 잔을 놓지 못하는 나를 보며 웃었다. 나도 그를 보며 이따금 웃을 수밖에 없었는데 국적도 세대도 뭐 하나 공통점이 없는지라 대화는 금방 끊기곤 했다. 나는 하비비에게 미국에서의 대학 생활은 어땠냐고 물었다. (경험상 엘리트들의 말꼬를 트는 데는 이만한 질문이 없었다.) 의외로 하비비의 대답은 짧았다.

──치열하고, 외로웠지요.

──그랬나요?

때문에 3년 만에 학사학위를 받고 바로 귀국해 홍콩에 있는 국제투자은행에 입사해버렸다고 했다. (역시나 엘리트 특유의 은근한 자랑과 적당한 자조가 섞인 대답이었다.)

──투자은행에 다닐 당시 감정을 억누르고 사느라 위염과 편두통, 스트레스성 불면증을 달고 살았죠. 그리고 어느날 어둠이 찾아왔습니다.

──네?

──문자 그대로 어둠이요. 앞이 자꾸 캄캄해져서 병원에 가봤더니 원인이 없다고 하더라고요. 그래서 보름 동안을 집에만 박혀 지냈습니다. 삶에 불이 꺼지고 나니 이

상하게 나 자신이 나에 대해 하나도 제대로 알지 못하고 있다는 생각이 들더라고요. 내가 무엇을 좋아하는지, 나의 방이 어떻게 생겼는지, 무엇을 어떤 방식으로 먹고 살았는지, 쉴 때는 도대체 무엇을 해야 하는지, 다시 불을 켜기 위해서 어떤 것들을 해나가야 할지…… 인생에 뚜렷한 지표나 청사진이 없었던 적이 처음이었고, 그래서 지독한 무능에 빠진 기분이었지요.

　―그렇군요.

　나로서도 이해 못할 감정은 아니었다. 격무나 스트레스, 예상치 못한 상실이 인간의 삶에 어떤 영향을 미치는지 너무나 잘 알고 있으니까. 다만 물리적으로 앞이 보이지 않는다는 상황이 뭔가 좀, 너무 드라마틱한 거 아닌가 싶었고, 대화가 예상치 못한 방향으로 흘러가버려 당황한 나는 급하게 질문 하나를 더 짜냈다. 조금 더 가벼워질 수 있는 것으로.

　―그곳에서 남자를 만난 적은 없나요?

　하비비는 가볍게 미소를 짓더니 고개를 끄덕였다. 그리고 덧붙였다.

　―아랍어로 내 이름의 뜻이 사랑,이라고 하더군요.

뭔가 더 얘기할 것처럼 입을 몇번 달싹이다 그저 샴페인을 쭉 들이켰다. 아랍 남자를 만났나. 왠지 복슬복슬한 털이나 길고 풍성한 속눈썹 같은 질감이 떠올랐다. 그나저나 이 남자는 CIA에서 나왔나, 묻는 것마다 제대로 대답은 않고 여운을 주고 난리람. 별 대단한 사연도 없어 보이는데. 뭐 이런 생각을 하는데 하비비가 내게 물었다.

— 당신의 이름에도 뜻이 있나요? 한국 사람들의 이름에는 다 뜻이 있다고 하던데.

— 높은 곳에서 빛나다,래요. 아빠가 돈 주고 지은 거.

— 별처럼?

— 핵폭탄처럼(Like a nuclear weapon).

얼어붙을 것 같은 썰렁한 농담에도 하비비는 끅끅 소리를 내며 웃었다. 어두운 조명 아래에서 고개를 숙인 그의 얼굴은 몹시 피로해 보였다. 급작스럽게도 그를 어떤 방식으로든 위로해주고 싶다는 (나답지 않게 이타적인) 마음이 일었으나, 곧 그런 감정이 그저 자기연민에 불과할 뿐이라는 객관적인 판단에 도달했다. 술을 많이 마신 우리는 다시 엘리베이터를 타고 내려왔다. 나는 그의 뒤통수에 작게 뭉쳐 있는 포마드 덩어리를 보며 객실로 향

했다. 나와 규호가 묵었던 방, 지금은 나와 하비비가 묵고
있는 그 방으로.

*

　화장실에서 들려온 커다란 파열음에 잠이 깼다. 뭘까.
생각보다 술을 많이 마셔 옷을 입은 채로 깜빡 잠이 들어
버렸다. 나는 다리가 휘청거리는 것을 느끼며 거실의 화
장실 쪽으로 갔다. 미닫이문을 열었더니, 변기를 안고 있
는 하비비가 보였다. 변기에 구토를 하려 했던 건지 아니
면 그냥 안고 잔 건지는 몰라도, 썩 이상한 모습이었다. 다
행히 토사물까지 확인하지는 않았는데 변기 수조에 금이
조금 가 있었다. 변기를 짚고 일어서려고 한 걸까. 호텔에
서 엄청난 수리비를 청구하지 않을까. 어차피 그에겐 깨
진 변기 값 정도는 상관없으려나. 젖은 배추 같은 그의 몸
을 일으켰는데, 얼굴에 땀인지 눈물인지가 잔뜩 묻어 있
는 게 보였다. 여기서 울다가 잠든 걸까. 바닥에 떨어져 있
는 깨진 핸드폰엔 루,라고 저장된 사람과의 대화가 고스
란히 노출돼 있었다. 루. 남자도 여자도 될 수 있는 이름.

그 혹은 그녀와 영어와 중국어를 섞어 대화한 내용을 읽었다. 확실히 알 수는 없지만 가족 중 누군가가 암에 걸렸으며, 빨리 집으로 돌아와줬으면 한다는 내용인 것 같았다. 사용하는 단어나 이름의 표기법을 보건대 홍콩 출신의 와이프 혹은 허즈번드인 것 같았다. 역시나 유부였어.

나는 성치 않은 허리로 결코 작지 않은 덩치인 하비비를 끌어다 침대에 눕혔다. 내가 누웠던 자리에 대자로 누워 있는 하비비를 보니 기분이 이상했다. 여전히 정장 차림인 하비비의 옷을 벗겼다. 휴고보스 셔츠에, 버버리 트렁크스, 미소니 양말이라니. 아, 정말 너무나도 아이비리그 나온 40대 아저씨의 취향이다 싶었고 이 모든 진부함에 몸에서 힘이 쭉 빠져나갔다.

그는 나를 왜 이곳에 부른 것일까.

*

침대에서 일어나 보니 하비비가 협탁 위에 메모를 적어놓고 갔다. 콘퍼런스에 갈 것이며, 밤늦은 시간이 되어야 호텔에 돌아올 거라고 했다. 식탁 위에는 먹다 남은 룸

서비스 요리 접시 하나와 5천 밧이 올려져 있었다. 메이드 팁을 이렇게 많이 주지는 않을 테니, 아마 나보고 쓰라는 거겠지. 나는 돈을 주머니에 넣고, 다이어트를 한 것처럼 앙상한 닭다리를 뜯어 먹었다. 다 식어 맛이 없었다. 접시에 놓인 영수증을 확인해보니 2만원 돈이었다. 이곳의 물가와 닭고기의 질량 같은 것을 고려해보면 꽤 비싼 가격이었다. 소파에 앉아 다리를 주물렀다. 혈액순환이 잘 안 되나. 노인도 아닌데.

오후에는 10층의 야외 수영장에서 햇빛을 받으며 수영을 했다. 내 옆에서 백인 남녀가 정신없이 물을 튀기며 놀고 있었다. 어디서나 볼 수 있는 중국인 셋이 선베드에 누워 있었다. 그 주변을 지나치는데 중국어로 '뚱뚱한 한국인'이라고 속삭이는 게 들렸다. 내가 못 알아들을 것이라 생각한 거겠지. 웃음을 참느라 혼났다.

중국어를 배우자고 한 건 나였는데 코스를 끝까지 마친 건 규호였다. 규호는 결정하는 것을 어려워해서 그렇지 일단 한번 결심한 일은 성실히 밀고 나가는 탁월한 자질이 있었다. 규호는 절대로 지각이나 결석을 하지 않았으며, 강사가 외워 오라는 단어를 다 외웠고 꾸준히 회화

파일을 청취했다. 나는 그게 신기했다. 저렇게 성실한 애가 왜 자퇴를 했지? 한번 물어볼까 했지만 그것이 규호에게는 꽤 중요하고도 치명적인 문제일 수도 있을 것 같아서 묻지 않았다.

그때 대충 야매로 배워놓은 중국어가 이렇게 쓰일 줄이야. 역시나 인생에 쓸모없는 일은 없다. 하긴 모든 일이 쓸모가 있다는 것은, 좀더 정확히 말하자면 인생에 크게 쓸모 있는 일이 없는 것일 수도. 나는 수면 아래로 잠수를 해 백인들의 앙상한 다리를 구경했다.

수영을 마친 후에는 간단히 샤워를 하고, 호텔 아래층의 센트럴엠버시 몰을 쭉 둘러보았다. 수영을 해서 그런지 약간 허기가 돌았다. 결국 2층 프라다 매장 옆, 'Paul'이라는 이름의 처음 보는 베이커리에 충동적으로 들어갔다. 프랑스어와 태국어가 잔뜩 적힌 메뉴판을 보고, 올리브와 할라페뇨가 많이 든 빵과 라떼를 시켜 먹었다. 빵이 예상보다 더 매워서 코가 찡했다. 한국 음식이 제일 맵다고 우기는 족속들은 다 뭐람. 냅킨으로 코를 팽 풀며 하비비에게 문자를 남겨놓았다.

*저는 수영을 하고 점심을 먹었어요. 일은 잘돼가시나요?*

*당신의 핵폭탄으로부터.*

곧 답장이 왔는데 콘퍼런스가 길어질 것 같으며, 영국 대사관에서 석찬 초대까지 받아 늦은 시간에야 호텔로 돌아갈 수 있을 것 같다고 했다. 미안하다는 말도 거듭 덧붙였다.

미안하기는. 나야 고맙지. 어떻게 답할까 생각하다 "괜찮아요…… 어쩔 수 없죠……"라고 문자를 보냈다. 단어 사이사이에 점을 많이 찍어 다소 서운한 듯한 어조를 의도했다. 그러고는 다시 라떼를 마시며 핸드폰으로 틴더를 켜서 스와이프를 시작했다. 이 사람은 쭐랄롱꼰대학을 나왔고, 이 사람은 탐마삿대학을 나왔고, 디자인을 전공했으며, 중국계이고, 혼혈이고, 스물일곱이고, 마흔이고…… 모르는 남자들과 매칭이 됐다는 메시지가 쌓이기 시작했다. 나는 이게 다 돈이었으면 좋겠다는 생각을 하며 한참을 그렇게 근처의 남자들을 구경하다 갑자기 모든 게 다 지겨워져 핸드폰을 닫았다.

아무거나 마구잡이로 사보는 건 어떨까. 카드 한도가 되는 데까지.

나는 까페에서 나와 몰의 다른 층을 구경했다. 나이키

와 생로랑과 커피빈과 비비안웨스트우드와 자라와 로베르토카발리와 베르사체까지 들렀지만 사고 싶은 물건이 하나도 없었고 에스컬레이터를 타고 올라가보아도 살 만한 것을 찾을 수 없었다. 그렇게 무릎을 통통 두드리며 고층으로 도달했을 때 문득 익숙한 간판을 발견했다.

원진성형외과(Wonjin Beauty Medical Group).

— 앗, 우리 자기 아픈 데 고쳐줄 곳이 나타났네.

규호가 그렇게 말했을 때, 내가 뭐라고 대답했지? (평소처럼) 욕을 했나. (평소처럼) 몰래 규호의 고추를 쓱 만져버렸나. 그래서 또 투닥거렸나. 그랬을 수도, 그러지 않았을 수도 있겠지. 요즘 들어 내 기억을 도통 신뢰할 수가 없었다.

이곳에서 오른쪽으로 꺾어 고개를 돌리면 아마도……

있다.

일회용 렌즈 숍과 보석상.

*

우리는 작년 요맘때 똑같은 컬러렌즈 숍에 들렀다. 그

전날 밤에 클럽에서 밤새 춤을 추었고, 규호가 신나서 고개를 흔들다 렌즈 한쪽을 날려먹었기 때문이었다. 규호의 시력이 많이 나쁜 편이라 가게에 있는 재고 중 도수가 맞는 렌즈가 하나뿐이라고 했다. 공교롭게도 엄청 두꺼운 서클 라인이 그려져 있는 일회용 컬러렌즈였다. 야, 어쩔래? 규호는 눈이 좁쌀만 해지는 안경을 쓰고 다닐 바에는 차라리 서클렌즈를 끼겠다고 대답했다. 현금으로 결제하면 15퍼센트를 할인해준다고 해서 지갑을 뒤져봤는데 밧이 모자랐다. 마침 원화가 좀 남아 있어 근처 환전소를 검색해보았는데, 같은 층에 있는 보석상에서 좋은 환율로 돈을 바꿔준다는 블로그 글이 있었다. 나는 환전소에서 원화를 얼마쯤 환전해 오다가 자라의 마네킹에 걸린 나일론 재킷이 예뻐 홀리듯 매장에 들어가 그것을 사버렸다. 뒤늦게 렌즈 숍에 도착했을 때, 웃음이 터져버리고 말았다. 규호는 이미 렌즈 포장을 까서 눈에 끼운 상태였고, 평소에는 눈꺼풀에 반쯤 가려져 졸리게만 보였던 검은자가 너무 커져버려 마치 마약중독자나 일본 만화 속 탐정 토끼 캐릭터처럼 보였기 때문이다. 규호가 초롱초롱한 눈을 깜빡이며 내게 핀잔을 줬다.

—왜 이제 와? 내가 너 기다리다 죽으면 속이 시원하 겠어?

　—미안. 너무 웃겨서 말을 못하겠어. 안녕 우사미?

　—쿠마키치! 넌 또 뭘 산 거야?

　나는 쇼핑백에서 나일론 재킷을 꺼내 보여줬고 규호는 한숨을 쉬었다. 내가 막 환전해 온 돈으로 렌즈값을 냈다. 규호가 언제나 (한국에서나 태국에서나) 메고 있던 힙색 에 렌즈 한 박스를 집어넣었다. 눈이 두배는 커지고 초롱 초롱해진 규호와 나는 센트럴엠버시 몰을 나와 규호가 미 리 찾아놓은 약국의 주소를 구글맵에 찍어보았다. 호텔에 서 BTS로 고작 20분 남짓 걸리는 거리였다.

　약국 근처의 역에서 내린 후에는 방향감각이 엉망인 규호를 대신해 내가 길을 찾았다. 으슥한 곳에 있을 거라 는 예상과 달리 약국은 대로변에 위치해 있었다. 매장 내 부도 다른 약국들의 모습과 별반 차이가 없었다. 나는 인 터넷에서 검색한 복제약 사진을 약사에게 보여주었다. 약 사인지 점원인지 모를 남자가 우리에게 약 한통을 꺼내 와 영어로 복용방법을 설명해주었다. 매일 같은 시간에 한알씩 먹어주는 것만으로도 병을 완벽히 예방해준다고 했다. 완벽이라니. 어떻게 그렇게 확신하는 거지? 의심스러운 성관계 전 두알을 먹고, 24시간마다 한알씩, 두번 더 약을 먹어주는 것만으로도 충분히 감염을 막을 수 있다고도 덧붙였다. 나는 핸드폰 메모장에 복용법을 받아 적으며 7년 전의 내가 이런 것들을 알고 있었다면 무엇이 달라졌을까 생각했다.

지금과 많이 다른 인생을 살고 있을까? 그 인생은 어떤 형태일까? 더 나을까, 더 나쁠까, 아니면 지금과 별다를 바 없을까…… 생각에 생각을 거듭하다, 생각을 멈춰버렸다. 우리는 복제약 세통과 액상형 카마그라 한 박스를 구매했다. 20만원이 채 안 되는 돈이었는데 현금으로 사면 10프로를 깎아준다고 해서, 그렇게 했다. 하루 만에 돈을 너무 많이 쓴 거 같아 얼른 호텔로 돌아왔다. 면세점에서 사 온 보드카에 편의점에서 사 온 깔라만씨 주스를 타 먹으며, 해가 질 때까지 수영장에 누워 있었다.

다음 날 아침 침대에서 일어났을 때 우리는 잔뜩 부은 서로의 얼굴을 보고 웃음이 터졌다. 밤새 둘이서 짠 과자와 함께 보드카 한병을 다 비워서 그런 것 같았다. 규호가 눈을 반쯤 감은 채 알약과 물을 들고 왔다. 처음 보는 약

늦은 우기의 바캉스  285

두알을 규호의 입에, 익숙한 형태의 약을 내 입에 집어넣
었다.

　—카일리에게도 휴가를 주는 거야.

　—그래.

우리는 거울 앞에서 나란히 양치질을 하고, 커다란 샤
워부스에서 함께 샤워를 한 뒤 얼른 호텔 밖으로 나왔다.
밍기적대다 또 한바탕 잠이나 잘 것 같아서였다. 우리는
정처 없이 거리를 걷기 시작했다.

　—우리 어디 갈까.

규호는 내게 바다를 보고 싶다고 했다. 스물몇해 동안
바닷가에 살았으면서, 아직까지 더 볼 바다가 남았다는
말인가. 그 바다가 그 바다가 아닌가, 뭐 그런 생각을 마음
에 품고 이렇게 대답했다.

　—바다는 엄청 멀어.

　—왜? 태국이잖아. 사방이 바다 아니야?

　—푸켓이나 코사무이 같은 섬이나 그렇지. 여긴 방콕
이야. 서울이나 다름없다고. 바다까지 가려면 한참은 가
야 해.

　—방콕도 육지구나.

286

살면서 육지,라는 표현을 입으로 말하는 사람을 본 건 규호가 처음이었다. 우리가 막 만나기 시작했을 때, 왜 서울에 오게 되었냐는 내 질문에 규호는 이렇게 대답했었다.

— 육지에 오는 게 내 소원이었어.

육지라니, 소원이라니. 전후세대 같기도 하고 묘하게 탈북자 같기도 한 그 표현에 약간 멍해지는 기분이었고, 나도 모르게 크게 웃어버렸다.

— 왜 웃으맨.

— 뭐야. 사투리 웃겨.

— 웃지 마.

— 미안. 그럼 지금 소원은 뭔데?

— 소원이라…… 글쎄? 돈 많이 버는 거. 그리고……

— 그리고?

— 너랑 같이 이렇게 새벽길을 걷는 거.

— 으……

나는 과장되게 팔을 벅벅 긁으며 슬쩍 규호의 팔짱을 꼈다. 평소 같았으면 어림도 없겠지만 소원이라는데 이 정도도 못해줄 건 없을 것 같았고, 새벽의 이화 사거리는 자욱하게 낀 미세먼지마저도 아련한 효과처럼 느껴질 지경이어서, 우리는 모든 게 다 망한 디스토피아에 오직 두 사람만 남은 것 같은 기분을 느끼며 집까지 걸어갔다. 술을 너무 빨리 마셔서 그런지 발을 내디딜 때마다 술이 깨는 기분이 들었지만 그래도 괜찮았던 건 규호와 함께였기 때문에. 이제 곧 허름하기 짝이 없는 방에 들어가 물이 잘 내려가지 않는 변기에 술 냄새가 나는 오줌을 쌀 것이며, 그러고 나서 옷을 벗고 샤워를 하고 선풍기를 켜놓은 채 규호와 함께 살을 대고 있을 것이기 때문에. 우리 둘만 남아 있을 것이기 때문에.

그렇게 사귀기 시작한 지 2년이나 되어버렸다는 게 믿기지 않았다. 그때의 그 설렘이 괜히 그리운 기분이 들어 슬쩍 규호의 팔꿈치 살을 만졌다. 태국에 오고 난 후로 덥다는 이유로 규호가 내게 야외에서 허락한 스킨십의 범위였다. 규호의 팔꿈치는 언제나처럼 딱딱하고 건조했다. 규호는 초롱초롱한 눈으로 내 쪽을 흘끗 돌아보더니 물었다.

—우리 이제 뭐 할 거?

—바다 대신 강 보러 갈래? 여기도 한강처럼 엄청 큰 강 있어. 택시 타고 한 20분만 가면 짜오프라야강 나와. 거

기서 배 타면 바로 카오산로드야.

—그래. 나도 들어봤어. 카오산로드. 거기 가자.

곧장 택시를 타고 선착장으로 향한 우리는 검은 연기를 뿜으며 도착한 수상택시에 700원 남짓을 내고 올라탔다. 이곳에서는 수상택시가 꽤 중요한 대중교통 수단인지, 교복을 입은 학생들이며 출근을 하는 수많은 직장인들이 우르르 몰려 탔다. 우리는 유람선을 타는 기분으로 우리의 덩치에 비해 너무 작은 주황색 플라스틱 의자에 어깨를 맞대고 나란히 앉았다. 배가 출발하자 생각보다 더 많이 흔들렸고, 아무래도 무리라는 듯한 소리를 내며 천천히 앞으로 움직이기 시작했다. 배가 강을 거슬러 올라간 지 5분도 채 되지 않아 갑자기 먹구름이 몰려왔다.

—왜 비 와? 건기라며.

—늦은 우기야.

—그게 건기인 거 아냐?

—늦은 우기도 우기인 건가봐.

—야, 저기 봐.

비를 동반한 구름이 정말이지 눈에 보이는 속도로 우리 곁으로 다가오고 있었고, 순식간에 먹구름의 영향권에

든 배에 바람이 불고 가랑비가 떨어졌다. 우리 말고 다른 승객들은 이런 상황이 퍽 익숙한지 자리에서 일어나 가장자리에 달린 비닐 차양을 내리기 시작했다. 우리도 그들을 따라 말아 올려져 있는 차양을 내렸다. 차양을 다 내리기 무섭게 거짓말처럼 폭풍우가 몰아치기 시작했다. 엔진이 맹렬히 돌아가는 소리를 냈지만 배는 앞으로 나아갈 생각을 하지 않았다. 천둥이 치기 시작했고 굵은 빗줄기가 우박처럼 배의 천장을 때렸다. 차양 사이로 빗물이 흘러들었고, 김이 서리기 시작했다. 우리는 서로의 무릎을 붙잡은 채 휘청거리는 배를 견뎠다. 규호의 뜨거운 무릎에 손을 대고 있자니 이상하게 노곤한 기분이 들었다. 배가 요동쳐도 불안하지 않았다. 나는 규호의 무릎이 땀으로 젖을 때까지 가만히 손을 대고 있었다. 규호가 무릎이 뜨겁다며 내 손을 자신의 찬 손바닥 위에 올려놓았다. 두세개의 선착장을 거쳤고 배를 꽉 채우고 있던 승객들이 다 빠져나가버렸다. 땀에 젖은 우리의 손이 차가운 손잡이로 옮겨 갈 때까지도 비는 그치지 않았다. 비가 그치면 아무 선착장에나 내려 택시를 탈 생각이었는데 다 틀렸다. 사람이 적어지니 배는 더 심하게 흔들렸다. 규호가 뱃

멀미가 나는 것 같다고 했다. 다음 선착장에 도달했을 때 우리는 충동적으로 배에서 내려버렸다.

— 네가 좋아하는 육지다, 규호야.

— 아, 정말 멀미 나서 죽을 뻔했다.

선착장의 처마 밑에서 잠시 비가 그치기를 기다려봤지만 어림도 없었다. 잠깐 왔다 가는 비가 아니라 거의 스콜쯤 되는 것 같았다. 근처에는 가게도 사람도 무엇도 보이지 않았다.

— 규호야, 우리 어떡하냐.

규호가 갑자기 내 핸드폰을 뺏더니 자신의 핸드폰과 함께 겨드랑이께에 끼고 있던 빨간 힙색에 집어넣었다. 그러고는 내 손을 덥석 잡았다. 우리는 비 오는 거리를 달리기 시작했다. 30초도 되지 않아 온몸이 다 젖어버렸다. 편의점에서 우산이라도 사려고 했는데, 편의점은커녕 그 어떤 간판도 보이지 않았다. 숨이 차고, 발바닥이 아파오기 시작하자 이게 다 무슨 소용이냐는 생각이 들었다. 규호에게 천천히 걷자고 했으나, 규호는 듣지 못했는지 계속 내 팔을 잡아끌었다. 나는 참지 못하고 소리를 꽥 질렀다. 천천히 가자고. 규호가 토끼처럼 커다랗고 놀란 눈으로 나를 돌아보았다. 웃어줘야 하는데 자꾸만 표정이 구겨졌다. 우리 사이에 잠시 침묵이 감돌았다. 규호가 갑자기 바닥에 드러누워버렸다.

—뭐 해.

—뭐 하기는. 힘드니까 누워 있지.

—그러니까 왜 길바닥에 눕냐고.

—나 어릴 적에, 서귀포 살 때 자주 이랬어.

—차도에 누워 있었다고?

—어, 바닷가 옆 도로에 이렇게 하루 종일 누워 있는 게 일이었지.

—미쳤네. 안 죽은 게 용하다. 위험하게 왜 그랬어.

—그냥 이러고 있는 게 좋아서. 시원하고. 편하고. 눈을 뜨면 하늘이 바로 보이는 게 하늘을 덮고 있는 것 같기도 하고.

—너 시 쓰니? 빨리 일어나.

내가 규호의 손을 잡는 순간 규호가 내 몸을 끌어당겼다. 나는 기우뚱 바닥에 주저앉았다.

—너도 여기 누워.

뭐야, 얘가 돌았나 싶다가 누구보다 평온해 보이는 규

호의 표정을 보니, 슬그머니 마음이 누그러졌다. 어차피 다 젖었는데 뭐. 나는 그냥 규호와 나란히 길에 누워버렸다. 빗줄기가 자꾸만 눈을 때려서 눈을 가늘게 뜨고 하늘을 바라보았다. 누군가 실수로 도화지에 물을 쏟아버린 것처럼 우글거리는 질감의 하늘. 규호와 함께 더러운 이불을 덮고 있는 것 같은 기분이었다. 규호가 눈을 감은 채 내게 말했다.

—나 지금 너무 좋아.

—팬티까지 다 젖었는데, 좋긴 뭐가 좋아.

—그냥 너랑 내가 여기서 이러고 있다는 거. 그게 좋아.

\*

밤늦게 하비비가 돌아왔다. 문을 열어보니 한 손에 쇼핑백이 들려 있었다. 본디 칙칙한 얼굴에 화색이 도는 것을 보니 석찬 모임에서 술을 한잔한 것 같았다. 같이 지낸 지 고작 이틀인데 이상하게 가족 같은 느낌을 주는 사람이었다. 어쩌면 정말 가정을 가진 사람이라 누구와 어디서든 같은 방식으로 뿌리내리고 같은 방식의 꽃을 피우는 데 익숙해진 것일지도 모르겠다. 그가 들고 온 쇼핑백을 열어보니 오리엔탈호텔 베이커리의 이름이 찍혀 있었다. 하비비는 내가 마카롱을 맛있게 먹는 것을 보았다며, 나를 위해 사 왔다고 얘기했다. 단것을 좋아한 것은 내가 아니라 규호였다. 규호를 따라서 이 집 저 집을 다니며 단것 먹다보니 어느새 탄수화물에 중독돼 나도 모르게 군것질거리를 찾게 되었다. 하비비가 내 입에 핑크색의 마카롱 하나를 집어넣어주었다. 나는 그것을 반쯤 먹다 남기고 협탁에 올려두었다. 내게는 너무 달았다. 하비비와 함께 있을 때의 나는 아주 어린 아이가 된 것 같기도, 본의 아니게 부모가 되어버린 것 같기도 했다. 하비비가 바지를 벗으며 (궁금하지도 않은) 오늘의 일들을 늘어놓았다. 호텔 앞의 대저택은 개인 소유가 아닌 영국 대사관이다, 그곳의 아름다운 영국식 정원에서 테이블을 늘어놓고 영국과 태국의 관료들과 스테이크며 랍스터, 관자 라비올리를 먹었다, 오늘 밤 방콕에서 양국의 평화와 화합을 기념하는 불꽃놀이가 벌어질 것이며, 그래서 불꽃이 잘 보이는 방을 잡았다고 덧붙였다. 하비비는 트렁크 팬티 차림으로 창가로 다가가 추측할 수도 없이 먼 지점을 가리키며 말했다.

　—오늘 밤 우리는 세상에서 가장 아름다운 불꽃을 보게 될 거야.

　불꽃이 불꽃이지 세상에서 가장 아름다운 불꽃은 또 뭐람. 제일 비싼 폭죽이란 뜻인가. 그래서 어쩌라고.

　—잠을 잘 수 없을 정도로 큰 소리가 날 거야. 바로 앞 대사관 거리에서 폭죽을 터뜨릴 거거든.

　갑자기 모든 게 견딜 수 없어져버린 나는 별 대답을 하지 않고 욕실로 들어가 욕조에 더운물을 받기 시작했다. 물이 다 차기도 전에 머리부터 집어넣었다. 물속에서 눈을 뜨니 수면에 일렁이는 그림자만 보였다. 모든 게 고요한 가운데 물 떨어지는 소리만 들려서, 그게 좋았다. 이대로 가만히, 모든 게 멈춰버렸으면 좋겠다.

　숨을 참을 수 있을 때까지 참다가 고개를 들었다.

　—넌 전생에 물고기였나.

　모텔에 가든 어딜 가든 욕조만 있으면 꼭 물을 받아서 앉아 있곤 하는 나를 두고 규호가 했던 말.

　—그 안에 누군가 똥오줌을 다 싸놨을 거야.

　너도 들어오라는 말에 규호는 하수구에 몸을 담그고

있는 거나 다름없다며 거절했다. 그러거나 말거나 나는
욕조가 꽉 찰 때까지 물을 받아 정수리까지 몸을 푹 담그
곤 했었다. 정수리를 담그면 무릎이 삐져나오고 무릎을
넣으면 머리가 자꾸 튀어나와서, 결국엔 완벽히 물에 들
어가는 데 실패하고. 나중에 돈을 많이 벌면 수영장만큼
큰 욕조를 사야지, 그런 생각을 했던 것 같다.

어메니티로 나온 르라보 보디 클렌저 한통을 다 들이
붓고 물을 최고로 세게 틀어놓으니 거품이 휘핑크림처럼
맹렬히 피어올랐다. 부풀어 오르는 거품에 질식해버리고
싶다는 생각을 하며 눈을 감았다.


\*


그날 우리의 발걸음이 멈춘 곳은 낯선 게스트 하우스
였다.

평소에는 손만 들면 드라마의 한 장면처럼 척척 잡히
던 방콕의 택시가 우리를 모두 스쳐지나갔다. 비가 더욱
거세져 발목까지 물이 차버리고 난 후로는 그마저도 잘
보이지 않았다. 우리는 손을 잡고 민가 사이를 미로처럼

헤매며 그저 앉을 수 있는 곳이라도 나타나기를 바랐다. 그리고 우리가 발견한 간판 하나, 게스트 하우스. 우리는 얼른 건물 안으로 들어갔다.

공동 샤워실에 에어컨도 아닌 실링팬이 달린 방 하나가 5만원 돈이라고 했다. 현지 물가나 건물의 상태를 보건대 아무리 봐도 바가지를 씌우는 것 같았지만 딱히 가릴 처지는 아니었다. 그렇게 방 안에 들어간 우리는 빵 터져버리고 말았다. 매트리스 하나만 달랑 놓여 있는데도 꽉 차는, 방이라기보다는 관에 가까운 크기였다. 규호와 나는 차례대로 공동 샤워실(이라고 불리는, 호스가 몇개 달린 공간)에서 미지근한 물로 샤워를 한 후 프런트에서 받은 두장의 커다란 수건을 매트리스에 깔고 나란히 누웠다. 천장에서는 털털거리는 소리를 내는 커다란 철제 실링팬이 돌아가고 있었고, 나는 규호에게 저게 떨어지면 우리는 다진 고기처럼 될 거야, 그치?라고 말 같지도 않은 소릴 했고, 규호는 함께 햄버거 패티가 되자,라고 받아주며 내 쪽으로 팔을 뻗었다. 평균보다 조금 짧은 규호의 팔에 평균보다 조금 큰 내 머리통이 잘 맞지 않았지만 우리는 별문제가 없는 척 가만히 팔베개를 하고 있었다. 그러다 누가 먼저랄 것도 없이 키스를 하기 시작했다. 축축한 서로의 몸이 겹쳐졌고 규호가 내 위로 올라왔다.

—있어?

바닥에 널브러진 규호의 힙색에 든 것은 오래돼 꼬깃꼬깃해진 일회용 러브 젤 두봉지가 전부였다. 콘돔은 다 써버렸는지 남아 있지 않았다.

—어떡하지. 괜찮을까.

걱정스러운 표정을 짓고 있는 나를 보며 규호는 러브 젤 두봉지를 이로 뜯었다.

우리는 섹스를 했다. 사귄 지 2년 만에 처음으로, 콘돔을 끼지 않고 한 섹스였다.

나는 내 몸을 짓누르는 규호를 보며, 규호의 질량을 느꼈다. 그의 체온과 그의 호흡, 그의 크고 검은 눈동자를 오롯이 느꼈다. 그의 일부였던 어떤 것이 내게로 흘러들어왔고 그것은 곧 내가 되었다.

섹스가 끝난 후 눈을 감았다. 다시 눈을 떴을 땐 사위가 어스름했다. 저녁인지 낮인지 새벽인지 언제인지 도저히 시간을 알 수 없었고, 다만 비 내리는 소리가 멎어 있었다. 고개를 돌리자 잠든 규호의 얼굴이 내 앞에 있었다.

나는 그것을 한참 바라보았다. 콧잔등에 맺혀 있는 땀을 닦으며, 천장에서 여전히 맹렬히 돌아가고 있는 실링팬을 보며, 이대로 이 모든 것들이 멈춰버렸으면 좋겠다는 생각을 했다.

*

언제라도 손을 뻗으면 그 콧잔등을 만질 수 있을 것만 같다.

그건 나의 착각에 불과하고 현실의 내 눈앞엔 다만 퉁퉁 불은 나의 손이 보일 따름이었다. 살이 찌니 손가락과 손톱조차 못생겨졌다. 아무 데서나 자는 습관도 고쳐야 하는데. 욕실 밖으로 나오니 새벽 네시가 조금 넘은 시각이었다. 세상에서 가장 아름다운 불꽃을 보겠다는 포부는 어떡하고 하비비는 거짓말처럼 깊게 잠들어 있었다. 언제부터 잠든 것일까. 욕조에 있는 나를 그대로 내버려둘 정도로 많이 취했던 걸까. 어쩌면 혼자 불꽃놀이를 보고 잠든 것일 수도 있겠지만, 왠지 그러지는 않았을 것 같았다. 자는 그의 머리카락을 넘겨보았다. 군데군데 새치가 있

는 머리. 스탠드 조명 아래에서 더욱 짙게 보이는 이마의
주름.

그는 도대체 나를 왜 이곳에 부른 것일까. 그저 방에 들
어왔을 때 누군가가 자신을 기다리고 있어주기를 바라서
일까. 조명을 켜놓고 방을 어질러놓고, 알아들을 수 없는
언어일지언정 아무 목소리라도 내줄 누구라도 필요했기
때문일까. 출장이 잦은 사람이니까. 빈 베개를 홀로 베고
누웠을 때의 차가움이나 사각거리다 못해 베일 것 같은
시트의 나쁜 감촉을 아는 사람이라서? 어쩌면 그 모든 것
때문일지도. 그러는 나는 지금 도대체 왜 이곳에 와 있는
걸까. 다른 누구도 아닌 나 자신의 마음을 가장 이해할 수
없어서, 나는 바닥에 널브러진 그의 깨진 핸드폰을 잠시
가만히 바라보았다.

불꽃놀이를 했는지 안 했는지는 알 수 없었다. 깜빡 잠
든 사이에 모든 게 지나가버린 듯했다. 언제부터인가 모
든 게 희미한 날들이 계속됐다.

나는 조명의 조도를 살짝 낮춘 채 방 밖으로 나왔다. 문을
닫고 나니 이상하게도 하비비의 얼굴이 기억나지 않았다.

*

　새해 첫날 규호와 나는 월미도에 놀러 간다. 우리는 밀
가루 반죽이 엄청 두꺼운 핫도그를 사 먹은 뒤, 안전 바가
부러질 것처럼 흔들리는 바이킹을 탄다. 경쟁적으로 소리
를 질러 10초 만에 목이 쉬어버린다. 놀이공원 바로 옆 코
인 노래방에서 음이 올라가지도 않는 이별 노래와 과도하
게 발랄한 아이돌의 노래를 열곡쯤 부르다 나오니 어느덧
동이 터올 시간이다. 우리는 일출을 보기 위해 바닷가 쪽
으로 걷는다. 패딩을 입고 있는데도 쌀쌀해, 나는 규호의
겨드랑이에 손을 끼워 넣는다.

　─뭐 하는 짓이야 쿠마키치!

　나는 웃으며 뒤에서 규호를 안는다. 우리는 한 몸이 된
채 어기적어기적 걷기 시작한다. 해변가에 사람들이 모여
있다. 맹렬히 부는 바닷바람을 뺨으로 느끼며 어릴 적 규
호가 살았던 곳이 이랬을까, 생각한다.

　방파제 근처에 사람들이 모여 있길래 우리도 그쪽으로
다가간다. 빨간 립스틱을 바르고 머리를 올려 묶은, 착하
게 생긴 여자가 사람들에게 풍등과 네임펜을 나눠주고 있

다. 우리에게도 접힌 풍등 한개를 주며, 소원을 쓰면 불을 붙여 날려주겠다고 한다. 규호가 내게 조용히 속삭인다.

　　─중국 분인가봐.

　나는 고개를 끄덕이고, 그녀가 덧붙인다.

　　─중국에서는 새해 첫날에 풍등에 소원을 적어 날리는 풍습이 있어요.

　우리는 바닥에 풍등을 펴놓고 소원을 적기 시작한다. 규호는 소원이 확실한 것 같다. 쿠마키치와 우사미의 영원한 사랑, 로또 당첨, 우주 정복…… 나는 무엇을 쓸까 고민하다 일단 규호처럼 생각나는 대로 아무거나 적어버린다.

　소원을 다 쓴 뒤 풍등을 여자에게 넘긴다. 여자가 풍등의 아래쪽 철사 부분을 만져 펼치더니 작은 초 같은 것을 달아준다. 나는 언제부터인가 계속 주머니에 남아 있던 미니쉘 하나를 여자에게 건네고, 여자는 세상천지에 슬픈 일이라고는 한번도 겪어본 적이 없는 사람처럼 맑게 웃는다. 몇개의 풍등이 한꺼번에 떠오른다. 우리는 환호성을 지르며 하늘을 향해 유유히 떠오르는 풍등을 바라본다. 모두가 행복한 얼굴이다. 마치 소원이 이뤄진 것처럼.

*

　호텔을 나와 아무 거리나 걸었다. 아직 사위가 채 밝지 않았음에도 정장을 입고 이른 출근길에 나선 사람들이 있었다. 마감을 앞둔 때의 내 뒷모습도 저들과 비슷했을 것이다. 해가 채 뜨지도 않은 시간, 회사 앞 까페에 정장을 입고 앉아 잔뜩 웅크려진 어깨로 뭔가를 정신없이 쓰고 고치는 남자.

　비가 온 건지 공기에서 먼지 냄새가 났다. 10분쯤 걷다가 편의점으로 들어갔다. 배가 고프지는 않았는데 그냥 뭐라도 사고 싶어 한국 아이돌 사진이 있는 김 과자와 원 플러스 원 행사를 하고 있는 딸기우유 두병을 샀다. 비닐봉지를 한 손에 든 채 아무 방향으로나 걸었다. 담벼락을 지나자 사람 하나가 지나갈 정도의 좁은 골목이 나타났다. 골목에 들어서자 길 가운데 쥐가 지나다니는 것이 훤히 비치는 하수구가 보였다. 아래를 보지 않기 위해 노력하며 앞으로 걷는데 곧 길 양옆으로 철제 미닫이문들이 나타났다. 유리창이 달린 철제 미닫이문은 어릴 적 슈퍼나 방앗간 같은 데에서 흔히 볼 수 있던 것이었다. 몇발짝을 더 앞으로 가서 보니 건물들은 가게가 아니라 사람이 사는 집들이었다. 길 양쪽으로 나란히 지어진 집들이 방충망도 없이 미닫이문을 활짝 열고 있어 살림이며 사람들이 훤히 들여다보였다. 벌레가 마구 들어갈 텐데. 갑자기 호기심이 일어 실례라는 것을 알면서도 집 안을 들여다보았다. 사람들은 내게 신경 쓸 겨를이 없어 보였다. 대야를 꺼내놓고 세수를 하는 사람, 그 옆에서 채소를 씻는 사람, 바닥에 앉아 기계처럼 계속 옥수수 껍질을 까는 노인과 화장대 앞에 앉아 정신없이 머리를 말리는 여자. 길의 끝자락, 문을 활짝 열어놓은 집에는 마루 한가운데 오래된 매트리스가 있었다. 네다섯살 남짓의 아이 둘이 매트리스 위를 마구 뛰고 있었다. 삐걱거리는 스프링 소리가 들릴 때마다 눈이 희멀건 고양이가 몸을 움찔댔다. 먼지가 날릴 텐데. 나도 모르게 발걸음이 멈춰졌다. 천장에 닿을 리 없는데도, 아이들은 천장을 향해 손을 뻗으며 최선을 다해 뛰고 있었다. 규호가 내게 했던 말이 떠올랐다.

 ─방방 타고 싶다.

 ─봉봉 말하는 거야?

 ─너희 동네에선 봉봉이라고 해?

─웅, 제주도에선 방방이라고 하냐?

─다 그런지는 모르겠고, 어쨌든 우리 동네는 방방.

─요즘은 그 많던 게 다 어디 갔는지 모르겠어.

나도 모르는 새 남의 집 마루에 쪼그려 앉아버렸다. 고양이가 구석으로 도망쳤다. 아이들이 내 존재를 눈치채고는 뜀박질을 멈췄다. 둘 중 조금 더 작은 아이가 큰 아이의 뒤에 숨었다. 나는 비닐봉지를 열어 딸기우유 두병을 꺼냈다. 한병을 따서 마시며 나머지 한병을 아이들 쪽으로 내밀었다. 아이들은 내게 다가오지 않았다. 나는 웃으며 바닥에 병을 내려놓았다. 아이들은 세상 제일 신기한 것을 보는 듯한 표정으로 우유를 마시는 나를 지켜보았다. 우유를 다 마신 뒤 아이들에게 어젯밤 불꽃놀이를 봤냐고 물어보았다. 알아듣지 못한 것 같았다. 너네 엄마 아빠는 어디 갔니, 물어봤지만 역시나 아무런 대답이 없었다.

다들 어디 가버리고 너희 둘만 남았니.

아무도 알아들을 수 없는 혼잣말을 하다 괜히 코가 찡해져버렸고, 이건 정말, 나이 드는 징후가 분명하다는 생각을 하게 되었으며, 눈물이 흐르는 것을 막기 위해 고개를 뒤로 젖혔다. 처마에 맺혀 있는 물방울이 떨어지려 하고 있었다. 간밤에 비가 왔나. 그래서 불꽃놀이가 취소됐나?

늦은 우기에도 비는 오고, 다 늦어버린 후에도 눈물은 흐른다.

*

규호와 헤어지고 나서 악몽을 꾸는 날이 잦았다.

꿈속에는 어김없이 규호가 나와 웃고 떠들고 나를 사랑한다고 말한다. 꿈속에서도 나는 그것이 규호가 아님을 알고 있다. 그에게 다가가 그의 숨소리를 듣고 그의 어깨를 안는 순간 규호는 사라진다. 모래처럼 흩어지고 폐수처럼 검게 쏟아져 흘러내린다. 그래서 나는 몇발짝 너머에 그저 가만히 서 있을 수밖에 없다. 그를 바라보며 그의 목소리를 들으며 언제까지라도 이런 시간이 계속되기를 바라며.

그런 꿈을 꾸고 나면 온몸이 땀에 젖어 있다.

요즘 나는 매일 조금씩 부서지는 것 같다. 내 기억 속 규호와 같은 방식으로 부서지고 흩어지고 있는 게 분명하다. 그런 확신에서 좀체 벗어나기 힘들다.

때때로 그는 내게 있어서 사랑과 동의어이기도 하다. 그러니까 내게 규호의 존재를 증명하는 것은, 규호의 실체에 대해 말하는 것은 사랑의 존재와 실체에 대해 증명하는 과정이기도 하다.

나는 지금껏 글이라는 수단을 통해 몇번이고 나에게 있어서 규호가, 우리의 관계가, 누구도 침범할 수 없는 둘만의 특별한 어떤 것이었다고, 그러니까 순도 백 퍼센트의 진짜라고 증명하고 싶었던 것 같다. 온갖 종류의 다른 방식으로 규호를 창조하고 덧씌우며 그와 나의 관계를, 우리의 시간들을 온전히 보여주고자 했지만, 애쓰면 애쓸수록 규호라는 존재와 그때의 내 감정과는 점점 더 멀어져버리고야 만다. 진실과는 동떨어진 희미한 것이 되어버리고 만다. 내 소설 속 가상의 규호는 몇번이고 죽고 다치며 온전한 사랑의 방식으로 남아 있지만 현실의 규호는 숨을 쉬며 자꾸만 자신의 삶을 걸어나간다. 그 간극이 커지면 커질수록 나는 모든 것들을 견디기가 힘들어진다. 지난 시간 끊임없이 노력하고 애써왔지만 결국 나의 몸과 나의 마음과 내 일상에 남은 게 아무것도 없다는 사실을, 더 여실히 깨달을 따름이었다. 공허하고 의미 없는 낱말들이 다 흩어져 오직 글을 쓰고 있는 나 자신만이 남는다. 어깨를 잔뜩 구부린 채 미간에 짙은 주름을 짓고 있는 내가 나 자신의 호흡만을 들을 수 있는, 그런 세상.

*

그날 우리가 날렸던 풍등은 높이 떠오르지 못했다. 방파제를 넘어선 순간 풍등에 불이 붙었고, 검은 연기를 내뿜으며 사선으로 나부끼다 곧 먼바다로 추락해버렸다. 우리를 둘러싸고 있던 몇몇 사람들이 와하하 웃었다. 빨간 립스틱을 바른 여자는 특유의 화사한 미소를 지으며, 풍등 어딘가에 구멍이 난 것 같다고 했다. 나는 멀리 날아가는 다른 사람들의 풍등과 검은 바다 어딘가에 잠겨 있을 우리의 풍등을 번갈아가며 바라보았다. 한참 동안이나. 그러는 사이 사람들은 모두 저마다 갈 길을 가기 시작했다. 규호도 내게서 등을 돌려 멀어졌는데, 나는 좀체 자리를 뜰 수가 없었다. 모든 게 사라져버렸다는 게 믿기지 않았다.

나는 풍등에 쓸 문장을 여러번 고쳐 썼다. 다이어트,

주택청약 당첨, 포르셰 카이엔, 첫 책 대박 나게 해주세요…… 뭔가 다 내 진짜 소원이 아닌 것 같아 빗금을 쳐서 지워버렸다. 아마도 그러는 사이 구멍이 나버린 것이겠지.

나는 결국 풍등에 두 글자만을 남겼다.

규호.

그게 내 소원이었다.

# 멜랑콜리 퀴어 지리학

강지희

## 1. 침대와 광화문

트레이시 에민(Tracey Emin)에게 세계적인 명성을 가져다준 1998년 작품 '나의 침대'(My Bed)는 한번 보고 나면 잊을 수 없는 작품이다. 전시장으로 옮겨진 그녀의 침대 위에는 정리되지 않은 이불과 시트, 땀에 찌들고 얼룩진 베개가, 침대 주변에는 담배꽁초와 빈 술병, 더럽혀진 속옷, 반창고, 강아지 인형, 휴지조각들과 함께 다 쓴 경구 피임약, 임신 테스트기, 피에 젖은 콘돔 등이 놓여 있다. 그 침대는 노골적으로 성적인 주제를 드러내지만, 예민한 관객이라면 거기서 그저 성적인 쾌락만이 아니라 두통, 숙취, 우울증, 알코올 중독, 외로움과 불안까지도 읽어낼 수 있을 것이다. 침대는 오히려 어떤 쾌락의 순간이 스러지고 난 후 찾아오는 외로움을, 질병과 죽음을, 홀로 겪는 어두운 순간들을 생생하게 증언하기에 열렬한 자기고백적 사물이 된다.

박상영의 두번째 소설집 『대도시의 사랑법』을 빠르고 정확하게 요약할 수 있는 사물이 있다면 역시 침대일 것이다. 파트너와의 다정한 교감의 순간에, 무력하게 육체의 고통을 견디는 순간에, 결국 홀로 남겨졌음을 곱씹는 순간에, 침대를 버리는 순간에, 심지어 침대 대신 욕조에 잠겨 있을 때조차 침대는 박상영 세계의 중심에 놓여 있다. 이 소설집 안에서 침대는 누군가와 함께 뜨겁게 달아올랐던 시절들을 끊임없이 상기시키지만, 결국 홀로 남겨져 견뎌내야 하는 주인공 곁에 끝까지 남아 있는 진정한 동반자다. 첫 소설집 『알려지지 않은 예술가의 눈물과 자이툰 파스타』(문학동네 2018)에 대한 "농담하는 퀴어라는 신인류의 등장"(김건형)이라는 적절한 호명처럼, 박상영 소설 속 인물들은 자주 울면서도 곧장 자기연민을 직시하며 웃음으로 바꾸어내곤 했다. 슬픔에 젖어드는 대신 '어디에도 고이지 못하는 소변'(「중국산 모조 비아그라와 제제, 어

해설  311

디에도 고이지 못하는 소변에 대한 짧은 농담」)을 싸버리며 현실
의 중력을 가볍게 튕겨내는 인물들의 태도는 두번째 소
설집에서도 여전하다. 하지만 함께 머물다 떠나간 상대
방의 뒷모습을 오래 직시하는 이번 소설집에서, 마지막에
이르러도 감정의 경쾌한 수직적 전환은 일어나지 않는다.
감정은 어딘가로 자꾸만 굴러 떨어지는 것이다. 그들은
블루베리 봉지에서 "보라색 얼음 조각 하나만이 툭 떨어
질"(67면) 때 영원할 줄 알았던 시절이 끝났음을 확인하고
(「재희」), 도저히 이해할 수도 용서할 수도 없다는 말과 함
께 찢어버린 종이 뭉치가 좌변기에서 "파문을 그리며 검
은 구멍으로 빨려들어"(180면)가는 것을 바라본다(「우럭 한
점 우주의 맛」). 이별의 절차는 길고 또 길어서 "늦은 우기"
의 눅눅한 슬픔 속에서 욕조에 잠긴 채, 높이 떠오르지 못
하고 "사선으로 나부끼다 곧 먼바다로 추락해버렸"(308면)
던 풍등의 추억을 떠올린다(「늦은 우기의 바캉스」). 상승보다
는 하강의 이미지들이 압도적인 가운데 인물들은 외로움
에 휩싸인 채 침대에 누워 있고, 이제 멜랑콜리한 그들을
찾아올 수면의 시간은 꽤 길 것만 같다.

　하지만 침대 위의 이 멜랑콜리들이 결코 사적으로 읽

힐 수만은 없다. 침대에서의 성적 쾌락은 어떤 관계들에만 허용되는가. 누가 더 자주 오래 어떤 고통에 둘러싸여 침대에 누워 있는가. 일반적으로 사적인 공간으로 여겨져온 침대는 사실 가장 정치적인 공간이다. 잠시 이 침대를 2019년 6월 서울의 광화문으로 옮겨보면 어떨까. 2019년 6월 1일 광화문과 시청 일대는 극적으로 다른 입장을 지닌 집단들이 한데 모여 가히 장관을 이루었다. 서울시 장애인 공감·나눔축제, 대한애국당의 태극기 집회, 퀴어문화축제와 축제 반대집회가 동시에 벌어졌다. 무지개 빛깔로 가득한 퀴어문화축제에 도달하기까지 마주친 장애인인권포럼의 보라색과, 태극기 집회 속 태극기와 성조기의 붉은색과 파란색, 보수기독교 단체가 내세우는 사랑의 분홍색은 그 자체로 서울이라는 대도시의 '퀴어 지리학'을 집약해 보여주고 있었다. 당신의 침대는 무슨 색으로 덮여 있는가. 이곳에서 당신의 침대는 허용되는가. 지금 당신의 침대는 광장 한복판에 놓여 있고, 이를 빼앗으려는 자와 사수하려는 자의 싸움은 그 어느 때보다 치열하다.

『대도시의 사랑법』은 장애와 병리화, 보수와 진보, 민족과 이념과 종교 등의 문제를 두루 아우르며, 대도시의 공적 공간에서 퀴어한 존재들의 허용과 배제가 어떻게 작동하는지 퀴어 지리학을 그려나간다. 박상영이 첫 소설집의 표제작인 「알려지지 않은 예술가의 눈물과 자이툰 파스타」를 쓰게 된 정황에는 뉴욕, 이라크, 한국이라는 세계적 지형도 안에서 퀴어의 위치에 대한 자각이 자리하고 있었다. 이 잔혹한 지정학적 조건들은 이번 소설집에서 더 세밀하게 새겨진다. 소설 속 공간이 한국 안의 이태원, 종로, 대학로, 신사동, 인천, 제주도 등을 두루 짚고 이를 넘어 도쿄, 방콕, 상해에 걸쳐 펼쳐지는 동안, 성적 지향을 넘어 나이와 계급과 몸의 상태 등에 따라 복잡하게 얽힌 퀴어의 국지적 양상들은 동아시아의 퀴어 지리학을 그려나간다. 절망의 유머를 구사하는 데 있어, 끔찍한 사랑의 아름다움을 그려내는 데 있어 지금 한국 문단에서 박상영의 에너지를 따라갈 작가는 없다. 그 혼종적 에너지에 힘입어 박상영의 이번 소설집은 더 멀리 뻗어나가는 중이다.

## 2. 병과 가족을 퀴어링!

그간 많은 성소수자 재현 서사에서 반복된 상수로 등장해온 것은 가족이었다. 동성애를 받아들이기 어려워하는 가족의 억압과 갈등 반대편에 성소수자 주인공의 자유와 사랑이 놓여 대립하는 구도는 이제 너무 익숙해진 어떤 것이다. 박상영의 「재희」와 「우럭 한점 우주의 맛」은 이성애적 가족질서와 불협화음을 내면서도, 이로부터 완전히 벗어나거나 자유로울 수 없다는 것을 알기에 가족과 함께 뒤엉킨 채 멜랑콜리의 낮은 주조음을 낸다.

게이 남성이 주인공인 소설에 헤테로 시스젠더 여성의 존재가 이렇게 비중 있게 다루어진 적이 있었던가. 「재희」는 재희의 결혼식 하객으로 온 동기들의 입방아 속 무성한 소문들을 헤치며 재희와 '나'의 대학교 1학년 시절로 돌아가, "정조 관념이 희박"(14면)하며 "명실상부 학과의 아웃사이더였던"(12면) 두 사람이 사소한 일상을 시시콜콜 공유하고, 진상을 부리는 남자들로부터 안전이별을 책임져주며 가까워지는 과정을 그린다. 이들은 서로에게 굳건한 방파제다. 군대 시절 내내 재희는 '나'에게 "좋은 연막"(18면)이 되어주고, 이후에 재희가 한 남자의 스토커 행각에 위협받았던 사건을 계기로 두 사람의 동거는 자연스럽게 시작된다.

두 남자 사이에서 고민하던 재희가 겪어야 했던 임신 중절수술을 두고 소설의 경쾌한 속도감은 주춤하는 대신 더 가속도를 낸다. 대개 여성의 죄책감으로 불편하게 채워지기 십상인 내면적 서술 대신 자리하는 것은, 한국사회에서 합법화되지 않은 중절수술 가능 여부를 알아보며 병원을 전전하는 과정에서 의사의 일방적 비난에 분노한 재희가 낡은 자궁 모형을 집어 들고 뛰쳐나오는 장면의 통쾌함이다. 재희는 병원으로 향하기 전 새로 산 디올 립스틱을 바르고, 의사 앞에서 주눅 들지 않고 할 말을 쏟아내며, 자궁 모형을 집어든 채 뛰고, 꼰대 원장을 매개로 간호사와 친근한 대화를 나눈다. 소설은 이런 재희의 활력을 놓치지 않음으로써 재희를 한순간의 실수로 절망에 빠지는 스테레오 타입의 여성으로 소비하지 않는다. 무엇보다 재희가 여성의 몸을 "숭고한 성전"(38면)에 비유하며 "느슨한 순결 의식과 주색에 경도된 망나니 같은 삶"(37면)을 비판하는 산부인과 의사 앞에서 느꼈을 수치심은, '나'가 비뇨기과에서 요도 감염을 진단받았을 때 파티션 뒤 남자 간호사들의 '더러운 똥꼬충들'이라는 속삭임이 준 모욕감과 겹쳐지며 동질감을 형성한다. 임신-출산-양육으로 연결되는 재생산의 궤적을 따라가지 않는 이들의 성적 실천은 '정상 성애'로 규정한 삶의 양식을 벗어난다는 이유로 가부장적 사회에서 강하게 제재되고 병리화된다. 규범적 이성애의 헤게모니와 긴밀히 연결된 의학 담론 속에서 여성이 숭배받거나 동성애자 남성이 경멸받는 경험은 사실상 나란히 놓인 어떤 것이다. 수술 후 누워 있는 재희를 위해 '나'가 서툴게 미역국을 끓여주고, 가족들에게 '나'가 동성애자라는 사실을 폭로하겠다며 찾아온 공대생을 재희가 대신 달래 보내주는 가운데, 두 사람은 서로를 통해서 "게이로 사는 건 때론 참으로 좆같다는 것을", "여자로 사는 것도 만만찮게 거지같다는 것을"(45~46면) 이해하게 된다.

하지만 이들의 관계는 많은 대중 로맨스 서사에서 소비되는 헤테로 여성과 게이 남성의 우정처럼 안전하고 이상적인 관계로 유쾌하게만 소비되지 않는다. 이 소설은 '재희와 나'의 관계가 '재희와 (예비) 남편' 사이에서 충

돌을 빚는 가운데, 독자로 하여금 자연스럽게 양쪽 관계의 밀도를 가늠하게 만든다. 자신의 성 지향성이 밝혀지는 데 별 거리낌이 없는 편이었던 '나'가 처음 느끼는 격렬한 배신감과 분노는 "재희와 내가 공유하고 있던 것들이, 둘만의 이야기들이" 다른 이에게 알려지는 것이 싫다는 배타적인 마음에 기반한 것이다. 그저 누구에게나 편안하게 받아들여지는 '게이 친구'가 아니라, 재희와의 관계가 "전적으로 우리 둘만의 것"(53면)임을 요구하면서 '나'의 존재는 조연의 가벼운 위치성을 벗어난다. '나'가 군대에 있던 시절 재희가 보냈던 절절한 편지의 한 구절("상실하고 나서야 비로소 알게 되는 소중함도 있어. 네가 그래." 19면)과 'K3'라 불러온 공대생이 교통사고로 죽기 전 나에게 보낸 마지막 문자("집착이 사랑이 아니라면 난 한번도 사랑해본 적이 없다." 55, 67면)는 묘하게 겹쳐진다. 과잉되어 있는 이 감상적 언어들은 사회에서 좀처럼 의미화되지 못하는 관계의 폭발적인 친밀성을 전달하며, 그 관계를 상실했을 때 애도할 방법을 묻는다. 사회에서 정상이라 말해지는 생애주기 속으로 편입되지 못한 관계는 일시적일 수밖에 없고 끝내 슬픔으로만 남는 것일까.

하지만 재희가 받은 프러포즈 앞에서 새삼스레 자신을 늘 웃게 해줬던 재희의 존재를 곱씹을 때, 재희와 함께하는 마지막 밤에 나란히 이불을 깔고 누워 잠들지 못할 때, 재희와 스무살부터 함께해온 "생물학적 남성이자 3년 된 룸메이트인"(58면) '나'의 존재는 우정으로만 단순하게 정리되지 않는다. 재희의 결혼식에서 '나'가 서게 되는 자리는 신랑의 자리도, 사회자의 자리도 아닌, 축가를 부르는 들러리의 자리일 뿐이지만, 축가를 부르다 목이 메자 재희는 웨딩드레스를 끌며 달려와 대신 노래하기 시작하고 그렇게 두 사람은 또다른 무대의 주인공이 된다. "항상 나의 곁에 있어줘. 꼭 네게만 내 꿈을 맡기고 싶어"(65면)라는 그들의 노래는 20대를 내내 함께 헤쳐온 두 사람을 위한 OST다. 결혼을 거치는 공인된 관계가 아니라면 미완의 관계로 치부되는 사회 속에서, 온갖 비밀을 공유하고 연대했던 그들은 낭만적 사랑과 결혼의 클리셰에 영원히 길들여지지 않는 또다른 사랑의 관계로 남는다. 「재희」는 앞으로도 예기치 못한 방식으로 항상 서로의 곁에 있어줄 재희와 '나'가 주연으로 만들어낸/만들어갈 로맨틱 코미디다.

「재희」의 장르가 로맨틱 코미디라면, 「우럭 한점 우주의 맛」은 가족 멜로드라마다. 5년 전 누구보다 사랑했던 '형'을 반추하는 「우럭 한점 우주의 맛」의 중심에 놓여 있는 것은 모자 관계다. 서른한살 "중도좌파에 남성 호모섹슈얼"(81면)인 '나'는 6년 만에 암이 재발해 투병 생활 중인 엄마를 간병한다. 어쩌면 이제 마지막을 준비해야 하는 어두운 상황에서 소설은 새삼 엄마를 특별히 미화하지도, 섣불리 화해를 시도하려고도 하지 않는다. "50대, 중도우파 성향의 여성"이자 "40년차 기독교인", 무엇보다 "포기를 모르는 여자"인 엄마가 여전히 결혼 타령을 멈추지 않으며, 병수발 과정에서 당당하고 우렁찬 요구들로 어떻게 "다채롭게도 사람을 미치게"(76~77면) 하는지 시시콜콜하게 보여주는 장면들은 그야말로 블랙유머로 가득 차 있다.

두 사람의 갈등은 오랜 과거로 거슬러 올라간다. 고등학교 1학년 때 두살 연상의 형과 키스를 하다 들킨 화자는 엄마에 의해 경기도 양주의 한 정신병원에 입원하게 된다. 그 과정에서 의사가 내린 결론은 오히려 "내가 아니라 엄마의 치료가 시급한 상황"(99면)이라는 것이었지만,

엄마는 종교를 내세워 상담과 약물 치료를 모두 거부한다. 그렇게 그해 여름방학 동안 모자에게 일어난 모든 일은 비밀의 영역에 묻히고 만다. 그런데 교정 치료를 둘러싼 억압과 폭력은 엄마가 어떻게 살아왔는지 누구보다 가까이에서 바라봐온 화자로 인해 입체적으로 다가온다. 상습적으로 바람을 피우다 사업까지 말아먹은 남편과의 이혼을 단행한 뒤 밥벌이를 위해 소문난 커플 매니저가 되고, 자궁암 확진 판정을 받자 복권에라도 당첨된 양 '할렐루야'를 외치는 엄마의 희극성에는 암보험 진단비를 통해서나 간신히 아파트의 남은 대출금을 갚을 수 있는 만만치 않은 경제적 상황이 모두 녹아 있다. 결혼에 대한 엄마의 집착과 나를 향한 수세적 공격성, 몸과 말투 깊이 스며들어 있는 특유의 억척스러움은 기실 결혼시장의 활황으로 이어진 금융위기와 무책임한 부친 등이 함께 만들어낸 합작품인 것이다.

그러나 소설은 보수 기독교 신자 어머니와의 갈등과 억압 바깥에 행복한 사랑의 안식처를 마련해두지 않는다. '나'가 엄마를 처음 간병할 무렵 만나게 된 띠동갑 형은 알코올 중독인 어머니를 두고 있는 프리랜서 편집자이자, "꼰대 디나이얼 게이"(113면) 티를 숨기지 못하며, 미 제국주의의 모든 것을 불편해하는 "마지막 운동권 세대"(138면)다. 우럭 한점에서도 "우주의 맛"(105면)을 논하는 그의 진지함 앞에서 화자는 자신의 감정을 판별할 수 없는 상태가 되어 그에게 속수무책으로 빠져버리고 만다. 그러나 아픈 어머니를 비롯해 자신과 많은 공통점을 가진 "환상의 탈락조 커플"(112면)이라 믿었던 그는 대낮의 거리에서 '나'와 함께 걷는 것을 몹시 불편해하며, 동성애를 미제의 악습이라 말하며 깔깔대는 학과 선배 부부 앞에서 자신들의 관계를 인정하지 못한 채 주눅 들고, 문과대 학생회장으로 운동했던 이력에 못 박혀 여전히 정부로부터 감시당하고 있으리라는 망상 속에 살고 있는 사람이다. 그들의 갈등이 최고조에 이르는 것은 그의 컴퓨터 안에 동성애를 '질병'이나 '징후'로 치부하는 기사들이 잔뜩 갈무리된 것을 '나'가 보았을 때다. 이때 "으슬으슬한 기분" 앞에서 치솟는, "갑자기 사과를 받고 싶다는 생각"(148면)이 향하는 곳이 "다른 누구도 아닌,/엄마"(149면)라는 사실은 중요하다. 이 순간에 화자는 엄마야말로 결국 언제든 다시 직면할 수밖에 없는 가장 깊은 분노의 기원이자 절대적 존재임을 확인하게 된다.

아이러니하게도 가장 지독하게 멀어지고 싶은 엄마와 '나'는 자꾸만 겹쳐진다. 집에 초대해 한번도 함께 먹지 못한 파스타를 요리해주었을 때 이제 좋은 사람을 만나라고 가벼운 어조로 말해버리는 그 앞에서 망연자실해진 '나'의 모습은, 엄마가 내연녀와 배드민턴을 치는 아빠를 바라봤을 때의 모습과 겹친다. 수술을 마친 후 "복부에 피주머니와 관을 줄줄이 꽂고서도 새벽 다섯시에 득달같이 일어나"(158면) 침대에 앉아 기도하고 성경 구절을 필사하는 엄마의 모습에서 화자는 자신이 지난 시간 동안 앓았던 "한없이 나 자신에 대한 열망"을 읽어낸다. "예수를 사랑하고 누구보다 열렬히 삶에 투신하는"(159면) 엄마의 스스로에 대한 열망은 한때 '나'가 그를 향해 가졌던 마음과 정확히 겹쳐지는 것이다. "너를 안고 있으면 세상을 다 가진 것 같았는데"(178면)라는 엄마의 말은 "그를 안고 있는 동안은 세상 모든 것을 다 가진 것 같았는데"(180면)라는 화자의 말로 이어진다. 그와 허망하게 이별한 후 5년의 시간을 거쳐, 응답받지 못한 열망들은 나를 향한 엄마의 모습 속에서 다시 찾아진다. 그가 "내가 알지 못하는 미지의 세계"(153면)라는 것을 알수록 어떻게든 붙들고 싶었지만 실패한 것처럼, 자신 역시 엄마에게는 "커다란 미지의 존재"(181면)였으며 인생이 원하지 않는 방향으로 흘러간다고 느끼게 만드는 존재였을지도 모른다는 것을 이제 화자는 안다. 화자의 꿈에서 엄마는 "더이상 빨간 마티즈가 아닌" 세상에서 가장 안전하다는 "스웨덴산 볼보"(176면)에 타고 있지만, 그럼에도 자동차가 낭떠러지로 추락해 산산조각 난다. 엄마의 상실을 누구보다 두려워하면서도 끝내 꽃으로 화하는 죽음의 장면으로 직시하는 화자는 엄마를 용서하고 있는 것일까, 복수하고 있는 것일까. 대답은 그리 단순치 않다. 여기에 이해와 용서가 있다면, 기독교 신자인 엄마와 골수 운동권이었던 그에게 끝내 교정되어야 할 대상으로 남아 자신의 모습 그대로 받아들여지지 않았음에 오래 절망해온 화자가 꿈속에서나 간신히 붙잡는 이해와 용서일 것이다. 너무나 사랑하면서도 끝내 좋아할 수 없는 가족에 대한 감정은 이렇게 잔인하게 해부된다.

소설은 사랑과 증오가 구별할 수 없이 붙어 있는 것처럼, 병리화와 정상성 또한 동전의 양면임을 직시한다. 동성애를 가장 적극적으로 병리화해온 엄마와 그가 기실 누구보다 애정과 인정욕망에 목말라 있었다는 사실, 보이지 않는 신에 기대거나 스스로를 국가가 시찰할 만큼 중요한 인물로 상상하는 편집증적 상상력으로만 삶을 버틸 수 있었다는 사실은 의미심장하게 다가온다. 이 앞에서 화자는 여러번 묻는다. "사랑은 정말 아름다운" 것인가.(159, 169면) 우리는 이미 그 답을 알고 있는 것 같다. 어떤 애정은 그저 "새까만 영역에 온몸을 던져버리는 종류의 사랑"(159면)이며, 그것은 저릿한 증오와 그리 멀리 있지 않다는 것을. 이제 가능한 것은 "그녀가 아무것도 모른 채 죽어버리기를 바라는"(181면) 것뿐임을. 나의 사랑과 증오를 완결하기 위해 그녀는 죽어야 하지만, 이 끔찍한 바람만큼은 그녀가 끝내 몰랐으면 하는 마음의 밑바닥에 있는 것은 연민일까. 이해하지도 용서하지도 못하는 자리에서 여전히 전하지 못하는 말들은 산산이 흩어져간다. 소설은 가깝기에 너무 쉽게 이루어지는 심리적 착취를, 출구 없는 증오를, 그러나 가족을 사랑하지 않는다는 죄책감의 무한회로를 반복하며 가족이란 얼마나 이상한 존재인지 가만히 바라본다.

이 소설집에서 가장 길고 또 압도적으로 아름다운 「우

력 한점 우주의 맛」을 이루는 감정들을 명쾌하게 설명하기란 불가능한 일이다. 어떤 사랑은 자신을 텅 비워내는 무력감과 절망감을 통해서만 가능하다는 것. 이 사랑이 자신을 얼마나 외롭게 하는 동시에 파괴하고 있는지 잘 알고 있음에도 자신을 한번만이라도 있는 그대로 바라봐줄 것을 비통하게 애원하기를 멈출 수 없다는 것. 하지만 등을 돌리고 자리를 떠났던 화자는 어느새 다시 돌아와 저물어가는 해와 병으로 사위어가는 엄마를 나란히 오래 바라보며 서 있다. 이 사랑이 아무리 텅 빈 것이라 하더라도 절대로 포기할 수 없다는 것만을 가까스로 아는 채로.

## 3. (불)가능한 퀴어 헤테로토피아

「대도시의 사랑법」과 「늦은 우기의 바캉스」는 '규호'라는 존재로 느슨하게 묶인 채 박상영 소설의 퀴어 지리학을 그려나간다. 먼저 규호와의 만남과 헤어짐이 모두 담긴 「대도시의 사랑법」부터 이야기해야 할 것 같다. 규호와 처음 이태원의 한 클럽에서 만났던 회상 장면에 동반된 묘사들은 이 소설의 진정한 주인공이 네온사인 빛나는 도시 서울임을 알려준다. "당장이라도 실명해버릴 것 같은 강렬한 초록 빛깔의 레이저"(187면)와 "Don't be a Drag. Just be a Queen"(188면)이라 써진 네온사인 아래서 '티아라' 친구들은 내일이 없는 사람들처럼 넘쳐흐르도록 술을 마시고, 그 와중에 밀쳐져 쓰러진 '나'는 처음 보는 규호에게 키스를 해버리고 만다. 간호조무사를 꿈꾸며 바텐더로 일하는 규호의 이름은 곧 특별해지고, 아무것도 아닌 모든 것들을 찬란하게 만들어버리며 '나'의 "아름다운 서울시티"(209면)가 된다. 그러나 규호와 진지한 관계로 넘어가는 데 있어서의 문제는 "극장 입구에 망연히 앉아 팔리지도 않는 프로그램북을 파는" "수드라" 같은 "최저시급 인생"(194면)도 아니고, "술 먹고 떡이 된 애들을 살뜰히 챙기는 종갓집 당숙모"(196면) 역할을 맡아오게 만든 평범한 외모도 아니다. 낙산공원 위에서 화자는 규호에게 "5년도 넘게 나와 함께 살아온 가족"이자, "또다른 나"(225면)인 '카일리'의 존재를 밝힌다.

소설은 HIV(인간면역결핍바이러스)라는 단어를 한번도 쓰지 않은 채, '카일리'가 무엇인지 전달한다. 질병을 호명하지 않음으로써 소설은 그간 HIV가 한국사회에서 얼마나 강력하게 타자화된 '은유로서의 질병'이었는지 상기시킨다. 성적인 것과 관련해서 유난히 고백을 요청하는 사회적 분위기는 성을 해독해야 할 의미와 진실의 영역으로 만들며, 고백하는 자를 생명관리의 통치 대상으로 몰아넣는다. 그러나 화자가 자신의 특기인 "독창적 별명 짓기"(187면)를 통해 그 질병에 예쁜 이름 '카일리'를 붙여주는 순간, 이 명명의 정치학은 성을 외부로부터 일방적으로 주어지는 비난의 시선과 폭력으로부터 빠져나오게 한다. 비극의 중심에 카일리가 있는 것이 아니라, 오히려 카일리가 있기에 자신의 특별한 한 조각이 완성되는 것이다. 물론 명명의 힘이 현실의 중력을 모두 지워주는 것은 아니다. 카일리는 규호와의 관계에서 "제일 중요한 단 하나"(235면)인 성관계를 하지 못하도록 만드는 요소이며, 취업의 마지막 관문인 신체검사를 앞두고 엄청난 불안을 야기하기도 한다. 그러나 화자가 "인생에서 모든 것을 가질 순 없"다고 생각하며 "카일리./이것은 온전히 내 몫이니까"(236면)라 되뇔 때, 순진함을 걷어낸 이 당당한 말이 주는 울림은 새로운 주체성을 확립해나가는 데서 비롯된 것이다.

소설은 '카일리'라는 문제를 끌어옴으로써 퀴어의 사랑을 이성애와 대별해 더 '낭만적'으로 보거나, 성적 관습에 대한 위반을 감행하는 '급진적'인 것으로 보는 관행을 모두 넘어서버린다. 규호는 '나'의 카일리를 "그러거나 말거나, 너였으니까"(228면)라는 말로 온전히 받아주지만, 두 사람이 상해에서의 새로운 생활을 꿈꾸기 시작했을 때 카일리는 다시 발목을 잡고 만다. 상해에서 6개월 이상 체류하려면 혈액검사를 받아야 하며, 중국에서 최근 성매개 질환을 엄격하게 단속하고 있다는 기사를 본 후 화자는 규호를 혼자 떠나보낸다. 소설에서 규호의 공간이 '제주(섬)'에서 '인천'을 거쳐 '서울'로 그리고 '상해'로 점차 넓어지는 반면, 화자의 공간은 상대적으로 고정되어 있다는 것은 중요하다. 퀴어의 성적 자유는 '대도시' 속에서 더 자유롭게 탐색될 수 있는 것으로 받아들여져왔지만, 유독 병리화되는 특정 질병과 연결된 퀴어에게 도시의 경계선은 더 강력한 제약과 통제로 작동한다. 그래서 결국 화자의 공간으로 남는 곳은 대도시 속의 공항이다. 상해로 넘어가지 못한 채 홀로 공항철도를 타고 돌아오는 그의 쓸쓸한 모습은 소설 서두에서 만료된 여권 때문에 일본 여행을 가지 못하고 홀로 돌아오던 모습과 겹쳐진다. 카일리를 가진 그에게 자유로운 이동이 보장될 수 없다는 사실은 그의 여권(시민권)이 언제나 반쪽짜리일 수밖에 없을 것임을 상기시킨다. 그리고 그 절반의 시민권이 지금 한국에서 퀴어 정치가 지닌 한계를 반영한다는 사실 역시 자명해 보인다.

이런 동아시아 퀴어 지리학의 정치성을 고려하는 속에서만 「늦은 우기의 바캉스」의 배경이 되는 방콕은 새롭게 읽힐 수 있다. 이 소설은 규호와의 이별 후 '화양연화'처럼 남은 가장 아름다운 순간을 섬세하게 그려내고 있는 에필로그다. 방콕에 와서 간단하고 손쉬운 예방법이 되는 '복제약' 한통을 산 규호와 나는 "카일리에게도 휴가를"(285면) 주게 된다. 호텔 밖으로 나와 정처 없이 거리를 걷다가, 강에서 배를 타자마자 늦은 우기의 폭풍우를 만나고, 비 오는 거리를 달리다 바닥에 함께 드러누워버리고, 낯선 게스트 하우스에 들어가 형편없는 방에서 섹스를 하는 모든 순간은 밀봉되었던 낙원처럼 조심스럽게 펼쳐진다. 무엇보다 "사귄 지 2년 만에 처음으로, 콘돔을 끼지 않고 한 섹스"(298면)라는 설명과 함께, 모든 시간이 지워지고 오직 규호의 "콧잔등에 맺혀 있는 땀"(299면)만이 생생하게 남는 장면은 물속에서 오래 참았다 내쉬는 긴 날숨처럼 자유롭고 아름답다. 두 사람이 자유롭게 완전히 합일된 순간은 아시아에서 가장 퀴어 친화적인 공간인 태국이기에 가능한 것이었을까. 방이 아니라 공적인 거리에서도 마음껏 하늘을 이불처럼 덮고 드러누울 수 있는 방콕은 그들이 막 만나기 시작했을 때 "모든 게 다 망한 디스토피아에 오직 두 사람만 남은 것 같은 기분을 느끼"(288면)게 했던 새벽길을 상기시키면서, 환상적이고 쾌락적인 성애를 가능하게 하는 퀴어 헤테로토피아를 구성해낸다.

그러나 규호와 이별한 후 크루징 상대인 '하비비'와 다시 찾은 방콕에서 퀴어 헤테로토피아는 지속되지 않는다. 싱가포르계 말레이시아인이자 미국에서 경제를 전공한 금융인인 하비비에게는 "남자도 여자도 될 수 있는" '루'라는 이름의 "홍콩 출신의 와이프 혹은 허즈번드"가 있으며, 영어와 중국어를 섞어 이루어진 둘의 대화에는 "가족 중 누군가가 암에 걸렸으며, 빨리 집으로 돌아와줬으

면 한다는 내용"(277~78면)이 들어가 있다. 하비비를 둘러
싼 묘사들은 동아시아적 혼종성을 그대로 반영하고 있다.
그러나 그에게 부착된 혼종성은 화자와 규호가 함께 누렸
던, 쏟아지는 비와 강렬했던 합일의 순간, 생생한 콧잔등
의 땀으로 구성된 퀴어 헤테로토피아를 다시 만들어주지
는 못한다. 출장이 잦은 하비비는 그저 방에 들어왔을 때
"누구라도 필요했"(300면)던 것뿐 화자는 대체 가능한 존
재로서의 자신을 인식하며 하비비의 호텔 방에서 홀로 욕
조 속에 들어가 잠들며, 그사이에 불꽃놀이는 지나가버린
다. 규호가 없는 늦은 우기의 태국은 강렬한 밀도로 쏟아
지는 비 대신 멜랑콜리에 잠긴 욕조로 변모해버리고 만
다. 눈부신 시절은 지나갔으며 되찾을 수 없다는 것, 불멸
과 덧없음이 하나가 되는 이 정조는 이번 소설집의 한가
운데 있는 어떤 것이다.


## 4. 네온으로 명멸하는 글쓰기

자서전적 글쓰기로 묶여 있는 듯한 이 네편의 소설에

서 인물들은 비에 젖은 여행자다. 그들은 익명성이 보장되는 이질적인 공간들 사이를 끊임없이 이동하면서 영원한 현재를 살아가지만, 멜랑콜리에 젖은 채 가볍게 휘발되지 못하는 끈적이고 질척이는 감정들을 점점 무거워지는 캐리어에 담아 끌고 다닌다.

그 속에서 박상영은 글쓰기의 의미를 재규정한다. 「늦은 우기의 바캉스」의 화자는 글쓰기를 통해 오랫동안 규호를 "유리막 너머에서 안전하고 고결하게 보존된 상태로"(273면) 남겨두는 데 몰두했지만, 이제 "현실의 규호는 숨을 쉬며 자꾸만 자신의 삶을 걸어나간다"(307면)는 사실을 인정하며 자신의 글과 현실 속에서 자꾸만 커지는 간극을 받아들이기 시작한다. 글쓰기가 기억하기를 통해 영원히 모든 것을 박제하는 행위라면, 그것은 화자에게 아무것도 아니다. 소설에서 "오직 글을 쓰고 있는 나 자신만이 남는"(308면) 것을 확인하는 순간은 공허하게 그려진다. 사랑과 글쓰기는 동형일 수 없고, 자신을 향해 수렴되는 나르시시즘적인 글쓰기는 박상영에게 아무런 의미가 없다. 완결된 상태로 안전하게 보존되는 글쓰기는 「늦은 우기의 바캉스」의 마지막에 나부끼다 먼바다로 빠르게 추락해버린 풍등의 기억과 대립하는 것이다. 박상영은 영원할 수 있는 것이 없다면 차라리 장렬하게 산화되어버리기를, 언제나 지금 여기만을 사는 삶을 택하겠다고 선언하는 것처럼 보인다. 풍등에 남겨진 단 두 글자 "규호"(309면)에는 삶에서 사랑을 빼고는 모두 버려도 상관없다는 응축된 열망이 서려 있다. 그러나 박상영은 이 열망조차 결국 나약하게 찢기며 떨어져 내리리라는 것을, 얼마나 깊이 사랑했던 사람이든 언젠가는 등을 돌려 멀어지리라는 것을, 그렇게 모든 게 사라져버리리라는 것을 안다. 그래서 그의 글쓰기는 단단하게 고정시키는 무거운 글쓰기가 아니라, 명멸하는 네온처럼 한없이 가벼운 글쓰기로 향한다.

이는 "Just love me" "Love is what you want"처럼 팝송 가사를 떼어놓은 듯 간결하고 가벼운 텍스트로 이루어진 트레이시 에민의 네온 작업을 상기시킨다. 에민은 네온을 두고 항상 비도덕적인 것과 연결된다고 하면서도 반짝이고 강렬할 뿐 아니라 역동적이기까지 한 네온의 섹시함을 말했다. 박상영은 『2019 제10회 젊은작가상 수상작품집』에 실린 「우럭 한점 우주의 맛」에 대한 작가노트에서

"나는 이곳에 속해 있지 않다"라는 감각에 대해 재차 말한다. 뉴욕에서 끓어 잘 때 꿈속에서야 비로소 그는 "반짝이는 곳에서 그들과 함께 술을 마시며 웃고 있었고, 너무나도 자연스럽게 사람들 안에 속해 있었다." 찬란한 네온사인이 빛나는 대도시와 꿈과 술과 웃음, 그것을 두고 우리는 박상영의 글쓰기를 이루는 요체라고 해도 좋겠다. 그 네온사인이 곧 홀로 남을 멜랑콜리한 어둠 속에 있기에 더 환히 빛난다는 사실은 당신도 잘 알고 있을 것이다. "Welcome to the PSY's Universe!" 박상영의 네온사인이 지금 명멸하며 외로운 당신에게 손을 내밀고 있다. 부디 그 섹시한 네온사인을 놓치지 마시기를.

姜知希 | 문학평론가

벌써, 두번째 책이다.

쓰는 동안은 몰랐는데 책을 만들기 위해 소설을 묶고 고치는 동안 부끄럽다는 생각을 자주 했다. 이 책의 많은 부분이 나와 내 주변 많은 사람들의 '지난 시절'에 기대고 있기 때문이었다.

지난 시절 나는 오롯이 나로 살고 싶다는 생각을 하면서도 내가 나 자신이라는 사실이 몹시 견디기 힘들었다. 이 두가지 모순된 감정이 나와 함께하는 사람들까지도 조금 곤란하게 만들었던 것 같다. 그런 주제에 '대도시의 사랑법'이라는 거창한 제목을 단 책까지 쓰다니 참 양심이 없다는 생각이 들지만…… 뭐 어쩌겠는가. (결코 좋은 관계의 대상은 아니었던) 나에게 술을 사주고 기꺼이 자신의 삶의 일부를 내주고 더러는 소중한 감정까지도 할애해준 모든 사람들에게, 지금은 떠나왔지만 한때는 서로 최선을 다했던 그 마음들에 진심으로 감사하다는 말을 전하고 싶다.

이 책을 쓰고 고치는 1년 남짓의 짧은 시간 동안 아주 많은 것이 변해버렸다. 헌법재판소에서 낙태죄의 헌법불합치 결정이 내려졌고, 이를 통해 낙태 '죄'가 더이상 유효하지 않게 되었다. HIV prEP(프렙: 노출 전 예방요법)을 위한 약물 처방이 식약처의 승인을 받았으며, 감염 고위험군을 대상으로 의료보험이 지원되기 시작했다. 언제나 세상을 반발짝 늦게 재현할 수밖에 없는 작가의 입장에서 내가 속한 사회가 이토록 빠르게 변한다는 사실이 조금 버거운 일일 수 있으나, 적어도 한명의 시민으로서 나는 내 글의 속도가 따라잡을 수 없을 정도로 빨리 사회가 나아간다는 사실이 퍽 반갑다.

책에 수록된 네편의 소설 속 화자인 '영'은 모두 같은 존재인 동시에 모두 다른 존재이다. 지금 글을 쓰고 있는 나인 동시에 어쩌면 나와는 아주 동떨어진 인물이고, 당신이 잘 알고 있는 누군가이기도 하며, 심지어는 너무 힘겨워 외면하고 싶었던 당신 자신의 모습일 수도 있다. 작가이기 이전에 치열하게 2000년대를 살아낸 한명의 청춘으로서, 대한민국이라는 사회를 구성하고 있는 시민으로서 내겐 이 문제를 쓰고 말하는 게 몹시 절실했다.

내 모든 것을 걸 수 있을 만큼.

소설 속에서 사회적으로 다소 민감할 수도 있는 이슈들을 정면으로 다루며 나는 나 역시도 이 모든 문제들로부터 자유롭지 않으며 또한 완벽하게 무결하지 않다는 사실을 잊지 않기 위해 노력했다. 맹세코 그것은 얼마간의 용기가 필요한 일이었다.

작년에 첫 책을 내고 몇몇의 독자로부터 처음 피드백이라는 것을 받게 되었다. 그중에는 좋은 말도 나쁜 말도, 더러는 견디기 힘든 말도 있었지만 특히 기억에 남는 것들이 있다.

"우리의 얘기를, 나의 얘기를 써주어 고맙습니다."

자신이 퀴어 당사자 혹은 감정적으로 힘든 처지에 놓여 있다고 밝힌 사람들이 내게 건넨 쪽지 속에 담긴 말이었다. 일상의 나는 실은 겁이 많고 불안지수가 높은 사람인데 그들이 내게 적어준 문장 속 진심 어린 단어들과, 그것을 나에게 건네기 위해 짜냈을 안간힘과 용기가 모여 지금의 나를, 이 책을 가능하게 했다. 지금 어딘가에서 구부정한 자세로 이 책을 읽고 있을 당신에게도 이 무수한 용기와 안간힘이 전해지기를 간절히 바란다.

　글을 쓸 때 (혹은 일상을 살아갈 때) 홀로 먼지 속을 헤매고 있는 것처럼 막막한 기분이 들 때가 대부분이지만 가끔은 손에 뭔가 닿은 것처럼 온기가 느껴질 때가 있다. 나는 감히 그것을 사랑이라고 부르고 싶다. 사랑이라는 감정이, 말이 얼마나 부서지기 쉬운지 너무나 잘 알고 있지만 그럼에도 불구하고 나는 다시금 주먹을 꽉 쥔 채 이 사소한 온기를 껴안을 수밖에 없다. 내 삶을, 세상을 사랑한다고 말할 수밖에 없다. 단지 나로서 살아가기 위해. 오롯이 나로서 이 삶을 살아내기 위해.

2019년 여름
사랑하는 나의 대도시, 서울에서
박상영

| 수록작품 발표지면 |

재희 ······『자음과모음』2018년 가을호

우럭 한점 우주의 맛 ······『창작과비평』2018년 겨울호

대도시의 사랑법 ······『문학과사회』2019년 봄호

늦은 우기의 바캉스 ······『문학동네』2018년 겨울호

* 「재희」에 등장하는 공대생의 문자는 이다의 그림 에세이 『무삭제판 이다 플레이』(랜덤하우스코리아 2008)에서 인용했다.

 * 「늦은 우기의 바캉스」에 등장하는 HIV PrEP(Pre-exposure prophylaxis: 노출 전 예방요법)을 암시하는 장면의 경우 "Truvada for PrEP Fact Sheet: Ensuring Safe and Proper Use"(FDA 2012)와 "Pre-exposure Prophylaxis (PrEP) for HIV Prevention"(CDC 2014)의 내용을 기반으로 쓰여졌다. 이밖에도 동일한 제제를 '안전하지 않은 성관계를 한 후' 최대 72시간 내에 복용한 뒤, 24시간 주기로 28일 동안 복용하는 pEP(Post-exposure prophylaxis, 노출 후 예방요법) 등이 HIV 감염 예방에 효과가 있다고 입증되었음을 밝힌다.

 (자문: 예방의학 전문의 김우용)

 * 소설 속 지명은 사실을 기초로 하고 있으나, 그밖의 인물이나 사건은 모두 허구다.

## 대도시의 사랑법

초판 1쇄 발행 • 2019년 7월 1일
초판 32쇄 발행 • 2024년 6월 3일

지은이 / 박상영
펴낸이 / 염종선
책임편집 / 전성이
조판 / 한향림
펴낸곳 / (주)창비
등록 / 1986년 8월 5일 제85호
주소 / 10881 경기도 파주시 회동길 184
전화 / 031-955-3333
팩시밀리 / 영업 031-955-3399 · 편집 031-955-3400
홈페이지 / www.changbi.com
전자우편 / lit@changbi.com

ⓒ 박상영 2019
ISBN 978-89-364-3797-8 03810